СЕКРЕТЫ РУССКОЙ
ДУШИ

Андрей ГЕЛАСИМОВ

ХОЛОД

Роман в трех действиях с антрактами

ЭКСМО

МОСКВА
2015

УДК 821.161.1-31
ББК 84(2Рос=Рус)6-44
    Г31

Оформление серии *А. Саукова*
Иллюстрация на переплете *И. Хивренко*

Автор признателен Гору Нахапетяну
за то, что на благотворительном аукционе 7 февраля
2010 года тот приобрел право, согласно которому
один из персонажей этой книги
будет назван именем его жены Лилии Ли-ми-ян.
Средства, вырученные от продажи лота, перечислены
в благотворительный фонд помощи хосписам «Вера».

Геласимов, Андрей Валерьевич.

Г31   Холод : роман в трех действиях с антрактами / Андрей Геласимов. — Москва : Эксмо, 2015. — 352 с.— (Секреты русской души. Проза Андрея Геласимова).

ISBN 978-5-699-78236-9

Когда всемирно известный скандальный режиссер Филиппов решает вернуться из Европы на родину, в далекий северный город, он и не подозревает, что на уютном «Боинге» летит прямиком в катастрофу: в городе начались веерные отключения электричества и отопления. Люди гибнут от страшного холода, а те, кому удается выжить, делают это любой ценой.

Изнеженному, потерявшему смысл жизни Филе приходится в срочном порядке пересмотреть свои взгляды на жизнь и совершить подвиг, на который ни он, ни кто-либо вокруг уже и не рассчитывал...

УДК 821.161.1-31
ББК 84(2Рос=Рус)6-44

ISBN 978-5-699-78236-9

«Who'd ever thought that Hell would be so cold?»

Tom Waits. «Lucinda».

«Откуда было знать, что Ад — это кромешный холод?»

Том Уэйтс. «Люсинда».

Действие первое

Заморозки

В обморок лучше всего падать в хвостовом туалете «Боинга-757».

Неплохо, конечно, завалиться с унылым лицом где-нибудь на пляже или на диване среди мягких подушек, но если ни песка, ни дивана в нужный момент не подвернулось, то лучше туалета в хвосте «Боинга» места уже не найдешь.

Каморка настолько тесная, что никто ничем не рискует. Слушаем обычные в такие моменты звонки у себя в голове, привычно им удивляемся, после чего мягко складываемся и сползаем по стеночке. Если стоим лицом к унитазу, колени упрутся в него, поэтому гигиеничней повернуться к белому другу бочком. Тогда ноги сами собой фиксируют нас, упираясь в панель умывальника, и мы затихаем на полу в позе эмбриона.

Лайнер мчит нас над облаками, в проходе к туалету образуется очередь, стюардессам пора вывозить свою тележку с едой, а мы блаженно отсутствуем. Нас нет ни в салоне самолета, ни в собственном теле, ни в стране грез. Мы нигде, и наша внезапно осиротевшая оболочка со скоростью почти девятьсот километров в час летит спиной к тому промерзшему странному городу, где протекла половина то ли нашей, то ли ее жизни.

В посадочном талоне, который лежит в кармане нашего сильно измятого пиджака, указано имя Eduard Filimonov, однако даже оно почти не связывает нас и опустевшее скрюченное тело. Усталая пожилая девушка за стойкой регистрации рейса ошиблась, набирая фамилию, а тот, кто знал правильный вариант, не сказал ей об этом. Он еще не был уверен в том, что вообще полетит. Да и говорить было больно. Губы почти не слушались.

* * *

— Эй, как вас там! Режиссер! Проснитесь, пожалуйста...

Кто-то сильно тряс Филиппова за плечо.

— Вы меня слышите? Восемь вечера! Просыпайтесь! На самолет опоздаете.

Филиппов оттолкнул чужую мерзкую руку и попытался спрятаться под одеялом. Но одеяла на нем не было. В следующую секунду он понял, что вынырнул из небытия в самое жуткое, самое бесчеловечное похмелье. От обиды на себя Филиппов застонал.

— Только не надо прикидываться, — сказал мерзкий голос, прилагавшийся к мерзкой руке. — Ничего у вас не болит. Утром еще скакали по всей квартире. И не надо меня пинать, пожалуйста... Сами же просили вас разбудить. Я уже такси вызвала. Вам в Домодедово, правильно?

Филиппов хотел приподнять голову, но головы на нем тоже не было. Вернее, она была, но чья-то чужая. Кто-то забыл на нем свою голову — гадкую, липкую, непослушную. Чужая голова не приподнялась. Все остальные органы и части тела немедленно присоединились к этому параду суверенитетов. Желудок требовал отнести его туда, где можно стошнить; лоб умолял, чтобы в него больше не лили раскаленный свинец; язык и гортань мечтали об айсбергах; а руки скромно хотели дрожать и покрываться испариной. Филиппов чувствовал себя как Советский Союз в девяносто первом году. Он распадался на части. Всё это было как будто он умер, только намного хуже.

По поводу смерти Филиппов годам к сорока понял, что, уходя, он просто станет равен себе приходящему, и перестал активно напрягаться на эту тему. До сорока напрягался, но потом отпустило. Ведь не было его, такого замечательного, талантливого и неповторимого до определенной точки во времени, до двух закорючек в календаре. Точно так же не будет и после другой цифры. Он просто выйдет за скобки, и уравнение будет решено. А решить уравнение — значит найти его корни. В этом смысле он сравнивал себя со старым хитрым китайцем, который рыщет по горам в поисках каких-то волшебных корешков. Нашел корешок — уравнение решено. А вместе с ним и бессмертие. Потому что после смерти Филиппов собирался лишь уравняться с тем существом, которого не было тут сорок два года тому назад, которое тусило до момента рождения непонятно где и уж наверняка ни о какой смерти не заморачивалось. Он планировал просто поставить знак равенства между собой и этим прикольным, ни на что не заморачивающимся существом. Вся разница для него между тем, что было до скобок, и тем, что будет после них, состояла теперь в десятке-другом остающихся после него фотографий, которые несомненно были зло, потому что никому ведь не приходило в голову рыдать над ними или вставлять их в траурные рамки до твоего рождения — скажем, на том основании, что тебя еще нет в этом мире, и что все вокруг заждались, а ты никак не появляешься на белый свет. Это уже потом они взяли моду. Привыкли, что ты в зоне доступа, и про знак равенства им невдомек. Так что смерти как таковой Филиппов почти не боялся. Похмелье было страшней.

— Вы будете вставать или нет? Что я скажу таксисту?

Поразмышляв о своем уходе, Филиппов смирился с необходимостью жить и постарался собрать все восставшие органы воедино. Даже самая шаткая консолидация возможна лишь при наличии сильного лидера.

— Где я? — выдавил он, преодолевая невыносимый для любого другого индивидуума приступ тошноты.

— В прихожей, — злорадно ответил мерзкий голос.

Филиппов разлепил то, что у него осталось вместо глаз, и обвел этим то, что удалось обвести. В поле зрения попало совсем немного — фрагмент стены, обклеенной старыми фотографиями; белокурая прядь, очевидно принадлежавшая мерзкому голосу; спинка кожаного дивана, на котором он, собственно, и проснулся. Точнее, пришел в себя. Диван действительно стоял в огромной прихожей. Филиппов сумел понять это со второй попытки. Прямо напротив темнела массивная входная дверь.

— Может, хватит щуриться? Я сама, что ли, таксисту буду платить?

Филиппов призвал граждан своего внутреннего отечества к мужеству и уцепился рукой за спинку дивана. После двух-трех колебательных движений, в результате которых желудок едва не заявил о своем добровольном выходе из состава федерации, Филиппову удалось найти точку консенсуса. Он замер в более-менее вертикальном положении, сглотнул сухую слюну, оглядел свой безнадежно измятый костюм и перевел взгляд на то, что говорило мерзким голосом.

— Ты кто?

— Ну, спасибо.

— Не могла, что ли, пиджак снять?.. Он, между прочим, от Burberry.

— Вы сами не дали. Сказали, что вам будет холодно.

— Могла бы... пледик какой-нибудь принести... А где все?

— Кто все?

— Ну эти... Кто тут живет...

Ночные люди вспоминались расплывчатым безликим пятном. Никого из них Филиппов прежде не знал. Даже то, каким образом он очутился на этой вечеринке, ускользало от него, едва брезжило в опухшей, воспаленной, сильно заплывшей памяти. В голове у него мелькали обрывки какой-то невероятно гадкой эмтивишной мелодии, от которой очень хотелось избавиться, но мотивчик не отпускал. Человеческие пятна дружно крутились под эту тошнотворно бодрую музычку, и его собственная тошнота незаметно совпала с общим ритмом.

— Где туалет? — успел спросить он.

— По коридору налево, вторая дверь.

* * *

Следом за слухом и зрением к нему наконец вернулись и запахи. Обоняние чуть запоздало, но быстро наверстало свое. Филиппов, не ожидая новых подвохов, вяло плескал воду из-под крана в свое пластиковое, совершенно онемевшее лицо, как вдруг его настиг удушливый запах паленой шерсти, и он снова ринулся к унитазу. После приступа жутких конвульсий, кашля и слез ему удалось выдавить на сверкающий фаянс жалкую каплю желчи.

— Надо было съесть утром хоть что-нибудь, — сказал ему внутренний голос.

— Да пошел ты, — ответил голосу Филиппов, и ответ его прозвучал весомо и гулко, усиленный чашей унитаза.

Сам себя в этот момент он вдруг ощутил маленькой Алисой, которая заглядывает в кроличью нору, прислушиваясь к звукам собственного голоса и удивляясь бесконечности пространства, скрывающегося за черной дырой. Одинокая капля желчи нерешительно скользнула в бездонные глубины канализации, а Филиппов все никак не мог подняться с колен, как будто скользнул туда следом за нею. Правда, вместо сумасшедшего шляпника, ухмыляющегося кота и в хлам обкурившейся гусеницы ему неожиданно явился демон пустоты. Он ржал над ним, требовал наполнения, новых вечеринок, новых людей, односолодового вискаря, дорогой жратвы и эмтивишных нон-стоп мелодий.

— Полжизни бухаешь, — глумился демон над Филипповым. — А кто тебе это время вернет? Думаешь потом как НДС на таможне его получить? Явился в аэропорт вылета, предъявил чеки, показал купленное шмотье — и распишись в получении? Нет, чувак, не прокатит. Половину второй половины жизни ты спишь...

— Да пошел ты, — повторил Филиппов, обрывая ладонью нитку горькой слюны, которая тягуче свисала у него из угла рта и никак не хотела кончаться. — Достал...

— Сам достал, — заржал демон, со свистом скрываясь в таких таинственных недрах, какие Льюису Кэрроллу и не снились.

Откуда-то снова вдруг нанесло запахом паленой шерсти. Филиппов содрогнулся, не в силах выдавить из себя еще хоть что-нибудь, и боль, порожденная этим тщетным усилием, осветила его мозг подобно сигнальной ракете. Стали видны самые дальние, самые темные закоулки, а запах швырнул его в далекое прошлое, когда он с родителями приезжал к бабушке на праздник убийства свиньи.

Поросят всегда брали по двое. Называли их Мишка и Зинка, отчего Филиппов подспудно всю жизнь потом сторонился людей с этими именами. Целый год их выкармливали, а резали осенью на 7 ноября. Никакой исторической метафоры, конечно, тут не было — просто подгадывали к празднику. К тому же свинину в таких количествах можно было держать в погребе только по холодам. Маленький Филиппов прятался в бане или убегал за ворота, чтобы не слышать отчаянный визг и не думать о том, что там делают свинкам, однако запах паленой щетины, после того как забитые туши обжигали паяльной лампой, пропитывал все вокруг. Его источала даже мамина праздничная блузка, когда он прижимался к ней во время застолья, и все вокруг уже перекрикивали друг друга, думая, что поют.

— Эй! — забарабанила в дверь озабоченная темой такси девушка. — Вы там не уснули?

Филиппов поморщился, сплюнул в унитаз и, пытаясь не расплескать головную боль, медленно поднялся с колен.

— Все в порядке, — подал он голос. — Я выхожу.

Задержавшись у зеркала, он обнаружил наконец источник зловония. Его собственная борода и усы справа были заметно оплавлены, а кончики щетины покрыты неожиданно красивой россыпью крохотных и как будто стеклянных шариков. Это место у него на лице напоминало теперь какое-то морское животное с плотной массой коротких полупрозрачных щупалец или свод глубокой пещеры, покрытый хрупкими и очень мелкими сталактитами. На губах продолговатыми слизняками светились белесые пятна ожогов.

Кто подпалил ему бороду и зачем — Филиппов не помнил.

* * *

— Тоже уходишь? — сказал он, выходя из ванной комнаты и поднимая полный печали взгляд на девушку.

Та в расстегнутой красной куртке стояла посреди прихожей. В руках она держала филипповское пальто.

— Я с вами.

— Куда? — Филиппов остановился и попытался припомнить свои планы.

Планы не припоминались.

— На Север.

— Зачем?

— Сияние смотреть... Строганину кушать... Вы обещали.

— Да? — Он грустно вздохнул и ощутил, как воздух вокруг него заблагоухал восемнадцатилетним, не до конца еще растворившимся в нем Balblair. — Только это пообещал?

— Нет, еще жениться.

— Понятно... А ты кто? Напомни, пожалуйста.

Девушка улыбнулась, и Филиппов понял, почему ночью их отношения приняли такой оборот.

— Я — Нина.

— Не ври.

— Правда.

Он провел по лицу влажной ладонью, как будто хотел что-то стереть.

— Фотомодель?

— Да. Я же вам вчера говорила. Уже полгода работаю.

— Молодец... Скажи, я тебе банковскую карточку не дарил?

— Нет.

— А что подарил?

— Телефон.

— Дай, пожалуйста, на минуту.

Она вынула из кармана куртки черный iPhone и протянула его Филиппову. Просмотрев сообщения, он поморщился, не найдя того, что искал, затем вытащил SIM-карту и вернул телефон девушке.

— Ты красивая, Нина.

— Спасибо... То есть не возьмете меня на Север?

— Нет. Я и сам не хочу туда ехать.

— И в спектакле своем роль не дадите?

— А ты актриса?

— Нет.

— Значит, не дам.

Она загрустила.

— Жалко... Я вам поверила.

Филиппов забрал у нее из рук свое пальто и опять вздохнул так глубоко, что в прихожей ощутимо проступили образы далекого, но прекрасного шотландского нагорья.

— Завидую, — сказал он.

* * *

На Север Филиппову надо было по двум причинам. Во-первых, он был скотина. А во-вторых, он был трус. Собственно, поэтому он и напился в совершенно незнакомой компании до такой степени, что какая-то Нина разбудила его в чужой прихожей. Как он туда попал, ему вспоминалось туманно.

Усевшись в такси, он закурил и тут же выбросил сигарету в окно. Следом за ней полетела вся пачка.

— Лучше бы мне отдали, — сказал таксист.

— В другой раз.

Филиппов опустил взгляд и увидел, зачем таксист просил у него сигареты. В глубоком пластиковом кармане на дверце тесными рядами стояли картонные пачки «Мальборо», «LM», «Золотой Явы» и еще какого-то барахла. Штук тридцать, не меньше.

— На зиму запасаешься?

— Они пустые.

Филиппов протянул руку и открыл одну из пачек.

— Тогда зачем?

— Как зачем? — снисходительно усмехнулся таксист. — Пассажир сядет, курить захочет — а пепел ему куда трясти? У меня же пепельница давно сломалась.

— Логично, — одобрил Филиппов и устроился поудобней.

Мир идиотов был близок ему не только по профессии. Еще до своего успеха, задолго до того, как он начал подмигивать своей роже, глазевшей на него с журнальных обложек из газетных киосков, Филиппову нравилось вести себя так, чтобы люди злились на него или даже лезли подраться. Сидя без копейки денег однажды зимой на даче у своих знакомых, которые пустили его туда под предлогом охраны дома, он подружился с тамошней крысой, назвал ее Петька, научил по особому свисту забираться в коробку из-под чужих ботинок «Salamander», а потом ходил с этой коробкой на встречи с кинопродюсерами и худруками самых известных московских театров. На вопрос, что у него в коробке, он всегда честно приподнимал крышку. Старым друзьям по театральному институту, которых становилось все меньше и меньше и которые совершенно не удивлялись его неудачам, Филиппов объяснял, что Петька дорог ему не просто как друг. Петька сумел объяснить ему, кто он такой на самом деле.

— Сам посуди, — говорил он одному из последних своих друзей, еще соглашавшихся платить за него в ресторане. — Я утром на этой даче встаю, шарю по всем шкафам и нахожу только пакет из-под чипсов. И в нем ни фига. Я думаю — долбаный ты пинк флоид, какие шутки. Жрать ведь охота. А у меня только хлеб. И то — два кусочка. Потому что крысы почти всё у меня спороли. Я этот хлеб — в бумажный пакет, и на веревку повесил, чтобы они до него не добрались. А веревка такая, знаешь, через всю комнату. Типа, белье сушить. Короче, я захожу, а этот орел по ней ползет, по веревке, прямо к пакету. Вверх ногами, как альпинист. Я думаю — ну, совсем оборзели. Беру свою биту, подхожу к нему, размахиваюсь, а ударить вдруг не могу.

— Почему?

— Да ты понимаешь... Он так настырно лез. Как танк. Смотрит на меня и все равно прет. Знает ведь, что я долбану, и не останавливается. И тут я думаю — блин, это же я. Он — как я, понимаешь?

— Нет.

— Ладно, забей. Возьми мне еще полтишок. А еды больше не надо.

Дружба Филиппова с Петькой продлилась недолго. Как-то раз он, будучи сильно пьяным, уронил коробку со своим другом в полупустом вагоне метро и, когда его начали бить два щеголеватых кавказца, трижды успел заявить, что животное не его. Так он отрёкся от своего Петра и заодно выяснил про себя, что он трус.

— Куда летим? — дружелюбно поинтересовался таксист, прерывая туманные воспоминания.

Филиппов открыл глаза, но головы не повернул.

— На кудыкину гору.

— А чего так грубо?

— Будешь разговаривать, я другую машину возьму.

* * *

В обморок в самолете он хлопнулся, в общем-то, по своему собственному желанию. Еще сидя в баре перед выходом на посадку, Филиппов представил, как было бы на самом деле чудесно, если бы его похмельная тушка сама добралась до пункта назначения, а он тем временем как-нибудь так бестелесно продолжал бы сидеть в этом баре и пялиться в стакан с виски.

Он слушал унылую песенку Тома Уэйтса и воображал себя ее героем, который из-под земли уговаривает свою возлюбленную прилечь на его могилку и приложиться щекой к тому месту, где раньше у него было сердце. Впрочем, самому Филиппову было еще тоскливей, чем персонажу Тома Уэйтса. У того не хватало лишь сердца. В качестве компенсации Том хрипло обещал небо, которое хоть и рухнет на землю, но зато вместе с ним свалятся птицы, и можно будет их всех переловить.

«Бесполезно, — думал Филиппов в унисон заунывному блюзу. — Все равно разбегутся. У них сильные ноги».

Холодными негнущимися руками он тоже пытался дотянуться из-под земли до аппетитной возлюбленной Тома Уэйтса, но та не обращала на него никакого внимания. Будучи, видимо, умудренной и разборчивой некрофилкой, из двух трупаков она предпочитала хрипатого и романтичного Тома.

Однако желание Филиппова о том, чтобы его похмельное тело путешествовало отдельно от него, было исполнено. После двух часов полета тело встало со своего места, прошло в туалет, свалилось там в обморок, бесхозно пролежало минут пятнадцать, пуская слюну из левого угла рта, потом зашевелилось, уцепилось руками за край умывальника, с трудом поднялось и включило воду.

* * *

Снаружи кто-то нетерпеливый мгновенно уловил эти вялые проявления жизни.

— Вы там долго еще? Здесь очередь, между прочим!

Вернувшись на свое место, Филиппов отхлебнул предусмотрительно купленной в Домодедове граппы и стал озираться, как будто не понимал, где очутился. Он даже привстал, оглядывая салон.

— Слушай, а куда мы летим? — обратился он к своей соседке в розовом спортивном костюме.

Та была похожа на сорокалетнюю Бритни Спирс, которая закончила курсы бухгалтеров, здорово потолстела и никогда не была в шоу-бизнесе. Во всяком случае, кожа у нее на лице больше говорила о внезапном приходе весны, когда под лучами солнца ровный до этого снег становится пористым и блестящим, нежели о кропотливой заботе кудесников макияжа. Короткая и кокетливая прическа «под целочку», как определил ее для себя Филиппов, состояла из обесцвеченных в гепатитную желтизну не самых густых на свете волос.

Польщенная его вниманием, суррогатная поп-принцесса вынула из уха наушник своего телефона и улыбнулась.

— Что, простите?

— Я спрашиваю — куда летим?

Лицо суррогата в розовом стало слегка беспомощным. Для нее это был не совсем тот вопрос, который она ожидала услышать после двух с лишним часов полета. Она вполне могла рассчитывать на что-нибудь вроде «Вам нравятся горные лыжи?», или на любую другую чушь, которой обычно пользуются мужчины, чтобы завязать разговор, но услышала она именно это.

— Куда мы летим?

Филиппов с очень серьезным видом смотрел ей в лицо, судя по всему, ожидая ответа. Розовый мозг сорока-с-чем-то-летней принцессы ощутил подвох и напрягся. Следы этого напряжения заметно проступили у нее на лбу в районе бровей. Она думала.

— В каком смысле — куда? На Север... В ваш родной город.

Теперь пришла очередь Филиппова напрягаться.

— В мой город? А ты знаешь, где я родился?

— Конечно. Вы же сами сказали.

Филиппов тоже нахмурил брови, хмыкнул, потер лоб, а потом с подозрением уставился на соседку.

— Когда?

— В аэропорту. Еще перед вылетом.

Она вынула наушник из второго уха и выключила музыку в своем телефоне.

— А мы разве знакомы? — недоверчиво спросил Филиппов.

— Ну да... Я — Зина. Вы что, не помните?

Она удивленно смотрела на него, пытаясь понять — шутит он или говорит серьезно.

— Нет, — покачал он головой. — Я вообще ничего не помню. У меня обморок был сейчас в туалете. И, кажется, я там ударился головой. Я даже не помню, кто я.

Принцесса Зина перестала дышать. В ее розовой, обесцвеченной перекисью водорода жизни, возможно, происходили драматические события, но случай Филиппова был явно круче всего.

— Как не помните? — наконец проговорила она. — Совсем?

— Абсолютно, — Филиппов пожал плечами. — Кто я?

* * *

К этому времени стюардессы со своей огромной облезлой тележкой добрались до их ряда кресел, и старушка, активно дремавшая у иллюминатора, начала подавать признаки жизни. Дремала она именно что активно и даже напоказ, потому что в самом начале полета, когда самолет еще только выруливал на взлетную полосу, вынудила Филиппова пересесть на ее место рядом с проходом. Своей тревожной старушечьей совестью она чувствовала, что ей надо отыгрывать заявленную в прологе роль, состоявшую в том, что она была сильно больна, и от этого даже стонала, и что единственным средством от ее наверняка неизлечимой болезни могло послужить только место рядом с окошком, куда она благополучно переползла через усевшуюся уже розовую Зинаиду, быстро разулась и тут же страдальчески закатила глаза, чтобы не видеть весь этот измучивший ее несправедливый и жестокий мир. Впрочем, всякий раз, когда стюардессы принимались что-нибудь разносить, она невероятным усилием воли восставала к жизни и надолго задерживала их с требованием показать ей все, что они предлагали. Получив желаемое, она ловко шуршала оберткой, хрустела печеньем, потом ставила пустой стакан на откидной столик Зинаиды, поднимала свой, чтобы устроиться поудобней, и со смиренным стоном отходила в гостеприимное лоно страдания.

Теперь она, видимо, по-настоящему проголодалась, и Зинаиде пришлось выдержать небольшой штурм. Старушка нервничала, толкалась и переспрашивала, боясь что-нибудь упустить, долго решала — мясо или рыба, а бедная Зинаида, которой не терпелось загрузить Филиппова, как внезапно опустевшую флешку, без конца передавала взад и вперед нестерпимо горячие аэрофлотовские судочки с едой.

В перерывах между этими судорожными транзакциями, когда старушка на мгновение затихала в раздумьях о коварстве стюардесс и бренности всего сущего, взволнованная Зинаида успевала вводить Филиппова в курс дела.

— Вы известный режиссер... Модный... Вас все знают... Ну, неужели не помните?

— Да? — говорил он. — Театральный режиссер? Или в кино?

— И там, и там... Вы недавно за границей какой-то приз получили... В Италии, кажется.

— На Венецианском фестивале?

— Нет... По-моему, в Риме.

— Бабушка, — прерывала их диалог измотанная вторым подряд перелетом через всю страну стюардесса. — Ну, вы будете брать что-нибудь?

— Жаль, — продолжал Филиппов. — Я бы хотел в Венеции... А там, куда мы летим... меня тоже все знают?

— Конечно. Там, вообще, про вас легенды рассказывают. И каждый второй хвастается, что с вами знаком. Нет, слушайте, вы правда ничего не помните?

В этот момент старушка наконец пришла к нелегкому для себя решению и потребовала вернуть судок с мясом, от которого успела дважды отказаться минуту назад.

— Все забыл, — покачал головой Филиппов, передавая поднос в надежные старушечьи руки. — У меня есть семья?

— Нет. То есть раньше была, но сейчас вы в разводе. И это был уже второй брак. Первый, вообще, практически сразу не сложился. Слишком рано женились.

— А дети?

— Один сын. Он с вашей бывшей — ну, в смысле, со второй — в Европе где-то живет. Она его туда увезла к своему новому. У нас в городе много про это говорили.

— Да? И что говорили?

Зинаида смутилась и занялась оберткой на своем подносе.

— Ну... Говорили, что вы ее бьете... То есть били...

— Давай помогу, — Филиппов отнял у нее поднос и одним привычным движением сорвал с него прозрачную пленку. — Вот так.

— Нет, ну это всё сплетни, — продолжала она. — Вы не принимайте близко к сердцу.

— Да я и не принимаю. Мне вообще, если честно, плевать. Я никого не помню. Хочешь пирожное? Я не буду.

— Спасибо.

— *Bon appetit.*

Они приступили к трапезе и некоторое время молча жевали разваливающееся на волокна рагу с водянистыми овощами. Мальчик лет пяти, сидевший в кресле через проход, ковырялся у себя в носу, а затем облизывал палец.

— Что еще говорят? — спросил Филиппов, опуская тупую пластиковую вилку.

— Говорят, что вы гей.

— Стюардессу позовите, пожалуйста, — потребовала старушка у иллюминатора. — Она мне рыбу дала. Я же говорила им, что хочу мяса.

— Моё будешь? — предложил ей Филиппов. — Тебе откуда отрезать? У меня самая вкусная филейная часть.

Старушка секунду смотрела ему в глаза, потом начала ковыряться в своей рыбе. Филиппов перевел взгляд на Зинаиду.

— Думаешь, насчет голубизны — правда?

— Не знаю, — пожала она плечами. — Мужчина вы, конечно, вполне себе... Но по нынешним временам, сами знаете, всё так сложно. Кто гей, кто нормальный среди мужиков с первого взгляда не разберешь. Иногда такие сюрпризы бывают, что обхохочешься. Я, когда про вас это услышала, не поверила. Но потом даже в газетах стали намекать.

Желтые, конечно, газетенки, а сомнения все равно возникли. Дыма без огня не бывает.

— Резонно. Еще что говорят?

— Что вы алкоголик и наркоман. Одно время много об этом трепались, но теперь поутихло...

Они помолчали, а потом Зинаида внезапно нырнула под свой столик и выудила оттуда белый пластиковый пакет с красной эмблемой «Moscow Duty Free».

— Ну а это вы узнаёте?

Она торжествующе смотрела на Филиппова, показывая ему белую чашку со следами кофе внутри и ожидая немедленного просветления, но он лишь покачал головой.

— Вы же сами мне ее дали.

— Я? Зачем?

— Вы ее для меня украли.

— Та-а-ак, — протянул Филиппов. — Еще и воруем...

— Нет, вы из хороших побуждений. Вы увидели, как я в баре прятала блюдце, подсели ко мне и предложили украсть его вместе с чашкой. Еще про кафе в Амстердаме и про кексы с марихуаной рассказывали... Ну что, совсем ничего не помните?

Она жалостливо смотрела ему в лицо.

— А ты зачем прятала блюдце?

— Вы уже спрашивали... Там, в аэропорту.

— Не помню. Расскажи еще раз.

Она вздохнула, почему-то смутившись и скроила глупую мину.

— Вы смеяться будете.

— Не буду. С чего ты взяла?

— Вы уже смеялись.

— Да? Ну, все равно расскажи. Мне интересно.

Она закатила глаза под лоб, как будто решалась на откровенность, но при этом стеснялась важных для нее чувств.

— Я это блюдце на память хотела забрать.

— На память? — Он усмехнулся. — О чем? О баре?

— Ну вот видите, вы так уже говорили.

— Да не помню я ничего. Маразм какой-то. Зачем тебе блюдце?

— На нем снизу написано «Аэропорт Домодедово».

— И ты решила стырить его на память об аэропорте?

— Да нет, о Москве. Я же вам сказала тогда, что уезжаю домой навсегда, и в Москву больше не разрешат вернуться.

— Кто не разрешит?

— Да есть там... Короче, не важно. Не разрешат.

— Ты вроде взрослая уже тетя.

Она засмеялась, издав при этом странный звук.

— Чего смеешься?

— Меня ровесники тетей не называют.

Филиппов прислушался к ее смеху и снова уловил в нем дополнительный звук.

— Ну-ка, сделай так еще раз.

— Как?

— Ну вот так, как ты сейчас делала. Хрюкни.

— Я не хрюкала.

— Да ладно тебе.

— Не хрюкала, я вам говорю.

— Ага, не хрюкала. А это вот что?

Он передразнил ее смех и отчетливо хрюкнул в конце, втягивая носом воздух.

— Поняла? Вот так ты смеешься.

* * *

Временами Филиппову действительно хотелось потерять память. Жизнь его отнюдь не была неказистой, однако вспоминать из нее он любил совсем немногое. Список того, что он оставил бы себе после внезапной и давно желанной амнезии, состоял всего из нескольких пунктов. Первые места занимали песни Тома Уэйтса, их он хотел помнить всегда; затем шла сверкавшая на солнце, бешено вращающаяся бутылка водки, со смехом запущенная высоко в воздух рукой лучшего друга, который, в отличие от этой бутылки, несомненно подлежал амнезии; лицо двухлетнего сына, покрытое грубой, почти зеленой коркой от бесконечного диатеза, и его слеза, мгновенно исчезающая в глубоких сухих трещинах на щеках, как будто это не щеки, а склоны, и он не ребенок, а маленький печальный вулкан, и склоны его покрыты застывшей лавой. Напоследок Филиппов оставил бы себе воспоминание о беззаботной толстухе в необъятных черных брюках и дешевой цветастой куртке, которая выскочила однажды пухлым Вельзевулом прямо перед ним из метро, нацепила наушники, закивала и стала отрывисто скандировать: «Девочкой своею ты меня наза-ви, а потом абни-ми, а потом абма-ни». Свои требования она формулировала уверенным сильным голосом и, судя по всему, твёрдо знала, чего ждёт от жизни. Вот, пожалуй, и все, о чём Филиппов хотел помнить. Все остальное можно было легко забыть.

Мечта навсегда избавиться от бесполезного и надоевшего балласта не раз приводила его в игривое настроение, и тогда он просто имитировал утрату памяти, но, даже отчаянно придуриваясь перед своими армейскими командирами, институтскими преподавателями или всесильными продюсерами с федеральных телеканалов, он всегда немного грустил оттого, что на самом деле всё помнит. В этих приколах никогда не было особой цели. Скорее, они служили отражением его тоски по несбыточному. Однако на этот раз Филиппов хотел вульгарно извлечь пользу из любимой, практически родной заморочки. И дело было вовсе не в Зинаиде, с которой он совершенно случайно познакомился в Домодедове, и даже не в том, что он по-настоящему грохнулся в обморок в самолёте — нет, дело заключалось в том, *зачем* он летел в свой родной город.

Филиппову было стыдно. Все связанное с этим чувством ушло из его жизни так давно и так основательно, что теперь он совершенно не знал, как себя вести — как, вообще, себя ведут те, кому стыдно, — а потому волновался подобно девственнику накануне свидания с опытной женщиной. Впереди было что-то новое, что-то большое, о чём он мог только догадываться, и теперь он ждал этого нового с любопытством, неуверенностью и как будто даже хотел встречи с ним. Стыд бодрил его, будоражил, прогонял привычную депрессию и скуку. Филиппову было стыдно за те слова, которые он собирался произнести в лицо последним, наверное, оставшимся у него близким людям — тем, кому он еще не успел окончательно опротиветь. Ему никогда не было стыдно за свои выходки, но сейчас он испытывал стыд за вот такого себя, у которого хватает наглости не только на безоговорочное предательство, но и на то, чтобы, совершив это предательство, явиться к обманутым с бессовестной просьбой о помощи.

Два дня назад в Париже он подписал бумаги на постановку спектакля, придуманного его земляком, партнером и другом. Тот был известным театральным художником и в свое время многое сделал для того, чтобы странный и никому не нужный режиссер из провинции добился успеха не только в Москве, но стал востребован и в Европе. Без его неожиданных, зачастую по-настоящему фантастических идей у Филиппова, скорее всего, ничего бы не вышло, и дальше служебного входа в московских театрах его бы так и не пустили. Буквально за пару лет их внезапный и свежий тандем покорил самые важные сценические площадки, привлекая к себе внимание неизменным аншлагом, скандальными рецензиями и не менее скандальным поведением режиссера. Однако на этот раз французы хотели одного Филиппова — художник у них был свой.

Разумеется, он мог не подписывать с ними контракта, но предложение было таким хорошим, Париж осенью — таким манящим, да еще агент намекнул, что после Парижа, скорее всего, откроется опция с одним из бродвейских театров, что Филиппову, который струсил все это потерять, в конце концов пришлось подписать бумаги. Он так и говорил себе: «Мне пришлось», как будто у него на самом деле не осталось выбора. На Север в свой родной город он теперь летел, чтобы, во-первых, самому объяснить другу, что у него *не осталось выбора*, а во-вторых, ему позарез нужны были эскизы спектакля, в которых его друг, насколько он знал, уже успел сформулировать все свои основные и наверняка решающие для успеха этой постановки идеи.

В общем, гораздо легче было бы прибегнуть к старому доброму беспамятству и разыграть партию с другом по давно проверенной схеме, прикинувшись опять, что он все забыл, и в процессе как-то сымпровизировать, выкрутиться, чтобы в итоге получить эскизы, но тут, как на грех, подвернулась Зинаида, и Филиппов не удержался. В легкой атлетике, насколько он помнил, это называлось фальстарт. К тому же он пошло хотел узнать, что о нем говорят на родине. Покинув промерзший северный город более десяти лет назад, он еще ни разу туда не возвращался и потому не знал, как там к нему относятся. До нынешнего момента ему на это было просто плевать. В списке того, что подлежало забвению, это место числилось у Филиппова под номером один.

* * *

— Через десять минут наш самолет приступит к снижению. Просьба привести спинки кресел в вертикальное положение, поднять откидные столики и застегнуть ремни безопасности.

Филиппов открыл глаза и покосился на Зинаиду. Та смотрела в спину старушке, прилипшей к иллюминатору. Очевидно, бабушка хотела созерцать бескрайние поля облаков не только глазами, но еще плечами и даже кофтой.

— Расчетное время прибытия двенадцать часов, — продолжал голос в динамиках. — Местное время одиннадцать часов двадцать минут. Температура в городе минус сорок один градус.

— Сколько, сколько? — протянул кто-то сзади.

— Ни фига себе, — отозвался другой голос. — В октябре!

Филиппов не помнил наверняка, сколько должно быть градусов у него на родине в конце октября, но точно знал, что не минус сорок. Это была скорее декабрьская погода. Вообще, все эти холода припоминались довольно абстрактно — как детские обиды или приснившийся кому-то другому сон, и даже не сам сон, а то, как его пересказывают. Путаясь и все еще переживая, пытаются передать то, что безотчетно взволновало почти до слез, но из этого ничего не выходит, и все, что рассказывается, совершенно не интересно, не страшно, безжизненно и нелепо. Слова не в силах передать того, что пришло к нам из-за границы слов, — того, что охватывает и порабощает нас в полном безмолвии. Примерно так Филиппов помнил про холод.

За все эти прошедшие годы его тело утратило всякое воспоминание о морозе. Его поверхность больше не ощущала стужу физически, как это было раньше. Его кожа не помнила давления холода, забыла его вес, упругость, плотность, сопротивление.

Изнеженная московскими, парижскими и женевскими зимами поверхность Филиппова с трудом припоминала, сколько усилий требовалось лишь на то, чтобы просто передвигаться по улице, разрезая собой густой, как застывший кисель, холод.

Глядя в спину Зинаиде, которая, упрямо на что-то надеясь, продолжала смотреть в спину старушке, Филиппов совершенно непроизвольно и, в общем-то, неожиданно провалился в далекое прошлое. Брезгливо перебирая полезшие из всех самолетных щелей образы и воспоминания, он даже слегка помотал головой, как будто хотел стряхнуть их с себя. До этого момента он был совершенно уверен в том, что они навсегда покинули его, осыпались и скукожились как мерзкая прошлогодняя листва, чавкающая под ногами в мартовском месиве. Но теперь одно только упоминание о настоящем холоде мгновенно пробудило всю эту скучную мразь, и она прилипла к Филиппову, предъявляя свои права, требуя нудной любви к прошлому и внимания.

Глядя в спину розовой Зинаиде, он вдруг увидел себя пятнадцатилетним, бредущим в школу в утренней темноте и в непроницаемом тумане, который на несколько месяцев колючей стекловатой обволакивает зимой город, едва столбик термометра опускается ниже сорока. Одеревеневшая на морозе спортивная сумка из дешевого дерматина постоянно сползает с плеча, норовит свалиться, но поправлять ее нелегко, потому что на пятнадцатилетнем Филиппове огромный армейский тулуп, пошитый или, скорее, построенный в расчете на здоровенного бойца, и щуплый Филиппов едва передвигается в этой конструкции, пиная от скуки ее твердые, как фанера, широченные полы. Родные руки в этом сооружении ощущаются как протезы. Или манипуляторы в глубоководном батискафе. Пользоваться ими непросто.

Тулуп раздобыт отцом, у которого блат на каком-то складе, поэтому отвергнуть армейского монстра нельзя. Отец гордится тем, что он, как все остальные, тоже мужик и добытчик, и, выпив после работы, бесконечно рассказывает, какой он ловкий, полезный и незаменимый чувак. Филиппов бредет по убогой улочке вдоль ряда двухэтажных бараков, точнее вдоль ряда громоздких теней, похожих на эти бараки, потому что в темноте и тумане можно только догадываться, мимо чего ты идешь. Сумка его наконец соскальзывает, но он уже не обращает внимания и продолжает волочить ее за собой по твердому, как бетонное покрытие, блеклому снегу, прислушиваясь к тому, как грохочут внутри тетрадки в окаменевших от холода клеенчатых обложках. Он бредет за сорок минут до начала уроков, потому что директор заставил учителей проводить в старших классах политинформацию, и теперь подошла очередь Филиппова сообщать своим хмурым, не выспавшимся одноклассникам о тезисах последнего Пленума ЦК КПСС, о возрастании руководящей и направляющей роли Коммунистической партии в жизни советского общества, о нераздельности авторитета партии и государства, о единстве разума и воли партии и народа, а также о выполнении интернационального долга советскими воинами в Афганистане. Почему он ведет такую нечеловеческую жизнь, Филиппов в свои пятнадцать лет не знает.

— Мы как скоты, — бормочет уже из другого, соседнего воспоминания Эльза.

Откуда она появилась в местном театре, Филиппов не помнит. Может быть, из Москвы, а может, из Ленинграда. Во всяком случае ведет себя так, что все остальные актеры автоматически ее ненавидят. Им неприятно быть провинциальным быдлом, требухой актерской профессии, бесами низшего разряда. Впрочем, они ненавидят даже сами себя. А по инерции — всё человечество. Причины этой ненависти в каждом случае разные, но результат всегда один. Ненависть — их самая большая любовь.

Закутанная в невообразимые шали, которых тут на Севере никто не носит, Эльза выныривает из тумана, каким-то чудом узнает в заиндевевшем коконе гибнущего от ненависти Филиппова, приближается к нему, и они замирают, словно два космонавта, неизвестно зачем покинувшие свои корабли.

— Мы как скоты, — бормочет Эльза, склоняя к нему голову, чтобы он услышал, и отдирая от лица тот участок платка, в который она дышит и который влажной белесой коркой застыл до самых ее печальных глаз.

Филиппову в этом воспоминании двадцать пять лет. Он уже вдовец и сам покупает себе одежду. Зимой он больше не похож на бродячий памятник. На нем двое штанов, толстый свитер, крытый черным сукном полушубок, ботинки из оленьих камусов, ондатровая шапка и огромные цигейковые рукавицы. Эти совершенно негнущиеся, титанические варежки раз и навсегда вставляются в карманы полушубка и торчат из них, напоминая странного Чебурашку, у которого уши — очевидно, от холода — сползли в район поясницы. Зимой так одето все мужское население города, и каждый абсолютно доволен тем, что он не хуже всех остальных.

Тулупы и полушубки начали сдавать свои незыблемые позиции после горбачевской перестройки, когда сюда зачастили миссионеры. Алмазный край манил их сильнее Царства Небесного, и все эти одухотворенные шведо-мормоно-евангелисты оттягивались на бывшем советском Севере как могли. Выли под электрогитару в кинотеатре, плясали в мебельном магазине, рыдали с микрофоном в руках, раскачивались и взывали: «Твой выход, Иисус!» После их бодрых проповедей никто в городе как-то особо не замормонился, но вот гегемонии крытых сукном полушубков пришел конец. Миссионеры приезжали в ярких импортных пуховиках, и, очевидно, именно в этом состояла их настоящая миссия. Грубые местные недомормоны смеялись над ними, уверяли, что те, как клопы, перемерзнут в своих «куртёшках», но для молодого Филиппова эти фирменные сияющие ризы оказались подлинным и практически религиозным откровением. В двадцать пять лет он экстатически возмечтал о красной куртке на гагачьем пуху, и ничто в целом мире уже не в силах было остановить его на этом высоком пути. Так в его жизни наступил конец эпохи всеобщего черного сукна. Разрыв с родным городом стал неизбежен.

К тому же у него не было больше сил ходить на могилу своей юной жены.

* * *

— Пристегнитесь, пожалуйста.

Филиппов поднял голову и посмотрел на склонившуюся к нему стюардессу. Концы шейного платка выбились у нее из под блузки и торчали наружу, как упрямые симпатичные рожки.

— И вот это уберите, пожалуйста.

Она перевела взгляд на бутылку граппы у него в руке.

— А уши свои покажешь?

Филиппов смотрел на ее темные блестящие волосы, в обрамлении которых белела узкая полоска лица.

— Зачем?

— Мне важно, какие уши меня слушают — красивые или нет.

— Уберите бутылку.

— Я не могу. Для меня пьянство — последняя форма искренности. Других уже не осталось.

— На борту запрещено употребление алкогольных напитков, приобретенных в другом месте.

— А у тебя можно купить?

— Сейчас уже нет. Через двадцать минут посадка.

— Жаль. Хочешь глоток?

Стюардесса выпрямилась и пошла дальше, поводя головой из стороны в сторону, как будто следила за игрой в теннис. Или как будто решительно отказывала в том, о чем вслух никто из мужчин так и не набрался храбрости попросить.

— Стой! — крикнул ей вслед Филиппов. — У меня вопрос.

— Я вас слушаю, — усталым голосом сказала она, возвращаясь к его креслу.

— Ты бы поговорила с летчиком. Что-то мы медленно летим... И вообще, кажется, не туда. Я дорогу не узнаю. Ты сама посмотри в окошко.

Розовая Зинаида при этих словах прыснула, а стюардесса молча развернулась и продолжила свое неторопливое движение по салону. Школьные выходки сорокалетних балбесов наскучили ей давным-давно.

Филиппов отхлебнул из бутылки, сунул ее в карман впереди стоящего кресла, застегнул свой ремень и снова закрыл глаза, стараясь не упустить ни одного привычно обжигающего момента. Граппа согрела глотку, потом пищевод и наконец воссияла в желудке.

— Вот молодец какая, — пробормотал Филиппов, погружаясь в свое покрытое ледяным панцирем прошлое. — Красавица ты моя.

* * *

Отцовский тулуп сделал его в школе главным посмешищем. Одноклассницы и девочки из младших классов очень любили смеяться над ним. Когда он

41

брел в этом меховом конусе после уроков домой, они выглядывали из форточек в своих двухэтажных бараках, не ленясь при этом заскакивать на подоконник, торопясь, пока он не прошел, стукаясь торчавшими из-под домашних халатиков худыми коленками, и весело кричали ему: «Филя-Филя! Феликс из утиля!»

В своем тулупе он действительно был похож на беспокойный памятник Ф. Э. Дзержинскому, который в конце советской эпохи сбежал от горя со своего постамента и теперь неприкаянно бродит по замерзшему городу в поисках остальных, таких же потерянных бойцов революции.

Среди насмешниц из форточек была и та, что потом, буквально через три года, стала его женой.

— Ты чувствуешь? — говорил он ей, задыхаясь от усталости и от счастья после первых тайных попыток любви. — Чувствуешь? По другому пахнет. Раньше так не было.

Он нюхал свои подмышки, затем это делала она, и оба смеялись от незнакомого запаха, от Филиной нелепой новой доверчивости, и от того, что им надо прятаться, а в кухне сидит зачем-то поднявшаяся среди ночи ее одинокая мать.

— Дурак, ты свой тулуп в коридоре оставил.

Они давились от смеха, а свет из прихожей обличающе падал через матовое стекло на скомканное толстое одеяло.

Вдвоем вообще было весело. Собираясь на дискотеку в чужую школу, она могла теперь смело надевать толстые шерстяные рейтузы, потому что Филя преданно таскал их весь вечер в сумке, пока она подпрыгивала под свой «Оттаван» и вопила как резаная «Hands up, baby, hands up». В принципе, они, конечно, все там кричали, но остальные девочки, прежде чем кричать и подпрыгивать, спешили в женский туалет и долго щипали себя за красные от мороза, онемевшие ляжки. В чужой школе некуда было пристроить уродливые нижние штаны, поэтому юные девы в брючках на тонких колготках мчались туда со всего города как озверевшие от допинга олимпийцы. Хорошо, если чужой завуч или физрук не заставлял долго ждать на крыльце. Когда на улице минус пятьдесят и темнеет в три часа дня; когда люди на остановках буквально бросаются под автобус, чтобы просто разглядеть номер маршрута; когда по улицам в темноте и тумане бредут меховые коконы, и каждый в этом безмолвии сам себе подводная лодка; когда шампанское, забытое на балконе под Новый год на лишние полчаса, в мелкие осколки разрывает толстенную бутылку — словом, когда на Севере наступает обычная зима, веселенький «Оттаван» в чужой школе может слишком дорого обойтись.

Однако веселье длилось недолго. Через год после свадьбы Нина погибла. Филиппов никого не простил, бросил учебу в институте, стал циником и устроился работать пожарным в местный драмтеатр. Страна в тот момент упивалась гласностью — все говорили про всё, тайн практически не осталось, поэтому Филиппову надо было заползти в самый глухой угол. Обсиженный тихими бездарями и ласковыми дармоедами провинциальный театр подходил для этого как нельзя лучше.

Пожилая, очень грузная вахтерша, с которой Филиппову приходилось дежурить по ночам, однажды недвусмысленно выразила свое отношение к тамошней Мельпомене. Выпив около половины припасенной для своего дежурства бутылки водки, она отправилась в туалет, а поскольку ходить кругами не царское дело, она решила сцену не огибать. Впрочем, и этот маршрут она сократила. Вышедший на обход Филиппов обнаружил ее прямо на полутемной сцене. Вахтерша, как торжествующий бенефициант, сидела на корточках в самом центре поворотного круга и победно журчала в темноте. Филиппов не знал, как к этому отнестись. Он и сам уже презирал всю местную труппу, поэтому уставшую от искусства даму совершенно не осуждал, но через месяц ее нашли насмерть замерзшей на окраине города, и он серьезно задумался о мистике театра. Мистику холода он тогда еще не замечал.

Заинтригованный Филиппов поспешил в городскую библиотеку, и там для него нашлась книга Фридриха Ницше о рождении трагедии. Филиппов с жадностью тогда ее проглотил, размышляя об античном театре и своей собственной трагической участи, а в читальном зале познакомился с темноволосой, но при этом голубоглазой Ингой. Та писала диплом по старославянским местоимениям и была удивительно похожа на Изабель Аджани, в которой Филиппов души не чаял по черно-белому буклету «Артисты французского кино». Буклет за неимением средств был украден в книжном магазине. Изабель на тех фотографиях едва исполнилось восемнадцать.

На снимках из буклета юный вдовец Филиппов с болезненной тщательностью выискивал приметы другой, инопланетной для него жизни, и только эти незначительные детали — перчатка на столе, недокуренная сигарета в пепельнице рядом с белой чашкой, россыпь маргариток на платье слегка растерянной Изабель, собачка у нее на руках, — лишь они позволяли ему поверить в то, что этот мир существует, что он материален, и где-то прямо сейчас есть Париж, и там есть платановые аллеи, река, не промерзшая на три метра, и никто не толкается в злой длинной очереди, нащупывая в ледяной рукавице талоны на водку и ёжась от холода в огромных тулупах из овечьих шкур. В принципе, полеты советских космических кораблей, о которых бесконечно твердили во времена его детства и юности в программе «Время», были для него гораздо реальней, чем собачий поводок в руках у восемнадцатилетней Изабель Аджани. И в этом он улавливал какой-то подвох.

О французской кинозвезде и своем необычном с ней сходстве сама Инга ничего не знала, и по большому счету ей было плевать. Она бы ни за что на свете не согласилась оставаться в чьей-то тени. Своей нездешней красотой эта молодая волчица распоряжалась единолично. На вопрос Филиппова, почему она отдалась ему после первой же встречи, Инга, не задумываясь, ответила: «Ты похож на француза». С чего она это взяла и каков был образ француза у нее в голове, оставалось загадкой, но это ее утверждение льстило Филиппову и к тому же связывало его с черно-белой Изабель Аджани не только капризной красотой Инги, но и внезапно обретенным «французским» статусом, который она так неожиданно и так щедро пожаловала ему.

После гибели Нины Филиппов некоторое время и сам не хотел жить. На похоронах он растолкал стоявших у могилы своих и ее одноклассников, спрыгнул туда и потребовал, чтобы его тоже засыпали землей. Ему отказали, вытащили из неглубокой прохладной ямы, как могли привели в чувство, и уже через несколько месяцев он перестал об этом жалеть. Выяснилось, что он еще многого не знает про жизнь, и, не узнав этого, уходить было бы слишком рано. Ниспосланная ему трагической музой Инга не просто удивила — она поразила его своим отношением к любви, к сексу, к биологической природе человека. Филиппов был озадачен и сбит с толку. Он был захвачен врасплох. Очевидно, именно это его и спасло. Его как пушинку встряхнула разнузданная античная мощь, и он вновь пробудился к жизни.

Секс для Инги был не больше, чем спорт, поэтому партнеров она меняла, как спринтер — беговые дорожки на стадионе. Пару недель бегала по одной, потом переходила на другую. Отличие состояло лишь в том, что брошенные беговые дорожки не могли ей докучать своим нытьем и разбитыми сердцами, а мирно лежали на тех местах, где их прочертила чья-то рука. В этом смысле идеальным сексом для Инги, наверное, был бы классный перепихон с настоящей беговой дорожкой.

Так или иначе, отпущенные ему две недели Филиппов провел в усердных и сладостных трудах, отвлекших его от угрюмой ненависти к миру. По каким-то своим неведомым и от того еще более манящим причинам Инга называла эти труды «заезжать». Еще она называла их Школой Фигурного Секса.

«Заезжали» в самых разных местах. Ярчайшим переживанием для Филиппова остался «заезд» в библиотечном отделе для прослушивания грампластинок. Городская библиотека не без оснований гордилась огромной коллекцией классической музыки, и для нормальных людей там была отведена укромная комната со звукоизолированной и запирающейся изнутри дверью. Никто и представить себе не мог, насколько все это не просто подходило, а было как будто создано для одержимой Инги. «Заезд» начался под Бетховена, достиг кульминации с Вагнером и завершился менуэтом Боккерини. Ничего более мощного и в то же время изящного Филиппов до этого даже не представлял. Кажется, именно там, еще слегка задыхаясь, она сказала ему: «Он у тебя твердый как скала... Нет, как маяк».

При этом у нее зачем-то был муж и ребенок. Встречая Филиппова, этот молчаливый четырехлетний человек должен был непременно называть его папой, чего Филиппов совершенно не понимал, но Инга жила по своим законам — раз мама с кем-то на данный момент «заезжает», значит, наездник и есть папа. Француз и папа — никак иначе. Очевидно, она оберегала ребенка от нехороших мыслей о том, что мама может предаваться этому с чужим дядей.

Когда ей становилось неинтересно, она предлагала «заезжать» де-труа. Для этой цели ангажировалась ее самая уродливая подруга и в качестве дополнительного резерва филипповский друг. Поскольку подруга за человека и за отдельную единицу практически не считалась, именно друг в понимании Инги шел третьим номером. Он пытался требовать лучшей доли, но у синеглазой брюнетки насчет подруг были твердые правила. В итоге ее де-труа состояло в том, что несчастную пару размещали на соседней кровати, а потом прямо из-под сопящего Филиппова отпускали колкие шуточки насчет того, что у друга, видимо, совсем не скала и уж точно никакой не маяк. Максимум — скромная башенка с часами, на которых всегда одно и то же время.

— Полшестого, — смеялась под Филипповым Инга, однако смех ее совершенно его не сбивал, а лишь удивлял новизной отношения к жизни.

Ни Аристофана, ни Апулея он тогда еще не читал.

Впрочем, контраст совершенно невинной, боттичелиевской красоты и полной распущенности томил юного Филиппова очень недолго. Ровно через две недели после прочтения книги Ницше об античном театре он привел Ингу домой и совершил там непростительную ошибку. Все это время она ни разу не снимала перед ним свой бюстгальтер, ссылаясь на неподходящую обстановку или нехватку времени, как будто на то, чтобы снять лифчик, требовалось полчаса. Но в этот раз Филиппов проявил настырность, а в результате едва успел скрыть разочарование, глядя на две грустные покачивающиеся сосиски.

— Ты знаешь, — сказал он, будучи юным и честным эстетом. — Мне больше нравится твое лицо, чем твое тело.

Спустя несколько дней, печальный, как те сосиски, Филиппов лежал в постели с уродливой подругой, которая поглядывала на соседнюю кровать и жарко шептала ему:

— Женишься на мне, если я залечу?

К этому моменту боль от гибели Нины практически оставила его.

* * *

Перед самой землей самолет ощутимо качнуло, и розовая Зинаида вцепилась Филиппову в плечо. Это вернуло его в полутемный салон. Сбитый с толку быстро допитой граппой и неожиданно яркими воспоминаниями, он даже не успел съязвить по адресу дружно аплодировавших после приземления пассажиров. Обычно это раздражало его, однако теперь он молча встал со своего места и смиренно замер в проходе, ожидая, когда подадут трап.

Через минуту все остальные тоже стояли. Какая сила заставляет людей после приземления вскакивать на ноги, зная о том, что выпускать из самолета начнут далеко не сразу, оставалось для Филиппова большой тайной. Национальность и гражданство, как он давно уже отметил в своих постоянных перелетах, никакой роли при этом не играют. Потолкаться в проходе любят и американцы, и европейцы, и азиаты — практически все. Причем, натягивая свои пиджаки и куртки, они так активно машут локтями, что, летая достаточно часто, вполне можно овладеть начальными навыками восточных единоборств. Даже если не получится красиво уйти от очередного замаха, можно будет по крайней мере незаметно дать сдачи.

На этот раз пассажиры облачались в толстенные пуховики. Филиппов мог поклясться, что в Домодедове в очереди на регистрацию ни у кого из них не было с собой громоздкой зимней одежды, но стоило самолету замедлить бег по бетонке, и буквально у каждого в руках оказался пуховик, а кое-кто, сопя, уже натягивал оленьи, расшитые разноцветным бисером, унты. Крытых сукном полушубков, кстати, не обнаружилось, так что миссионеры в девяностых приезжали не зря. Филиппов успел порадоваться за земляков, вернее — «зём» или «земель», как они обычно сами себя называли, но тут начали просыпаться дети. С учетом количества теплых вещей, от которых они, разумеется, отвыкли «на материке» и которые теперь надо было довольно быстро на них напялить, в салоне поднялся легкий вой. Граппа у Филиппова вся закончилась, поэтому смикшировать какофонию было нечем. Впрочем, соседнему пацану вместо него врезала его собственная мамашка. Измотанная бессонной ночью, семичасовым перелетом, бесконечным нытьем своего спиногрыза, отсутствием мужа и резкой сменой часовых поясов, она уже особо не церемонилась.

— Поори у меня, — пояснила она сквозь зубы, рывком затягивая вязочки ондатровой шапки чуть ниже внезапно умолкшего, но все еще грозно приоткрытого рта.

Филиппов испытал к ней большое теплое чувство. Если бы она протиснулась через толпу по салону и быстро проделала то же самое с остальными мерзкими крикунами, он был бы безгранично ей благодарен, однако ей хватало и своего.

— Попробуй пикни, — грозно сказала она, поднося к испуганному лицу прямой и длинный, как танковый ствол, указательный палец.

Недоросток решил не искушать судьбу. Хлопая глазами, он терпеливо молчал, пока она пломбировала его кричальное отверстие огромным мохнатым шарфом. Затянув его у пацана на затылке, она для полной гарантии просунула под шарф белый платок. Видимо, хотела запечатать ему рот понадежней.

«Вот теперь кричи, — злорадно подумал Филиппов. — А лучше просто слюни туда пускай».

Он как будто забыл, для чего местные закрывают шарфом лицо. Тем временем эпидемия заматывания распространилась на весь салон. Шарфы, шали, платки крутились в воздухе и, казалось, посвистывали, подобно арканам североамериканских ковбоев. Ставшие вдруг родными человеческие лица исчезали под этим шерстяным арсеналом с такой скоростью, что Филиппов, несмотря на свою застарелую мизантропию, невольно почувствовал укол одиночества. Шерсть пожирала людей, оставляя в проходе одни бесформенные куклы. Сам Филиппов мог намотать на себя, по-жалуй, только шнурки. В своем глупом пальтиш-ке от Dirk Bikkembergs посреди этой шерстяной вакханалии он вдруг почувствовал себя сиротой. Шапки у него не было тоже. Сидевшая в одном с ним ряду старушка, которая теперь неизвест-но каким образом оказалась на несколько метров ближе к выходу, оглянулась, подмигнула ему и по-вертела меховой рукой у мехового виска. Видимо, она имела в виду, что с Dirk Bikkembergs Филип-пов погорячился.

В следующее мгновение все это закутанное цар-ство вздохнуло, чуть шевельнулось и, как празд-ничный, но молчаливый китайский дракон, медлен-но поползло к выходу. По дороге дракон отрыгивал на опустевшие кресла мятые газеты, пластиковые стаканчики, журналы, салфетки и прочую дребе-день, которая для Филиппова в этот момент нео-жиданно стала трогательной и близкой, потому что все еще связывала его с Москвой, с жизнью, с дру-гим миром — не с тем, что клубился непроницае-мым туманом за серыми иллюминаторами и с не-приязнью поджидал его на обледеневшем трапе. Усилием того, что нормальным людям служит в ка-честве воли, Филиппов подавил жалобно запищав-шее в нем желание остаться. Самолет должен был вернуться в Москву без него.

Измученно улыбавшиеся стюардессы жались к двери в кабину пилотов. Холод из распахнутого люка нагло хватал их за красивые колени в тонких колготках, но они упрямо кутались в оторочённые мехом по капюшону парки, кивали уползающему дракону и улыбались, улыбались, улыбались. Пилоты, прятавшиеся где-то позади их улыбок, ждали, когда все закончится, поэтому старались даже не шуршать у себя в кабине. Филиппов представил, как они тихо стоят с другой стороны, приложив ладони к бронированной двери, чтобы девчонкам было хоть немного теплей.

— Спасибо большое, — сказал он, пошло улыбаясь и подходя к стюардессам. — Все было замечательно.

— До свидания, — на автомате ответила та, которую Филиппов просил показать уши. — Благодарим за то, что воспользовались услугами нашей авиакомпании.

Произнеся это совершенно безлико, она в следующее мгновение узнала Филиппова и ожила, успела нахмуриться, однако вид его жиденького пальто с насмешкой вместо воротника и ничем не прикрытая лысая макушка вызвали у нее сначала удивление, а следом за ним жалость. Филиппов заметил это сочувствие, мелькнувшее на ее красивом лице, и разозлился.

— Меня встречают, — подмигнул он. — Поедешь со мной? Я тебе бриллиант подарю.

Дорогое пальто на Филиппове говорило о многом. Было понятно, что придурок, летевший из Москвы в таких шмотках, не станет давать дуба на автобусной остановке. Его наверняка ждет огромный, натопленный, как баня, автомобиль. Человеческие чувства в глазах стюардессы погасли, и голосом коренного жителя Матрицы она тепло попрощалась со следующим пассажиром.

Шагнув на трап, Филиппов буквально в доли секунды осознал, насколько он утратил контакт с реальностью за последние годы. Он, разумеется, понимал, что не попадет из самолета в привычную по европейским полетам выдвижную трубу, ведущую в здание аэровокзала, но все же рассчитывал хоть на какой-то транспорт. Раньше, насколько он помнил, пассажиров тут встречал длинный автобус, который потом долго петлял по бетонке, швыряя прилетевших по обшарпанному салону из стороны в сторону. Народ цеплялся за чемоданы и поручни, матерился, зубоскалил, но все-таки ехал. Теперь же, перепрыгнув жуткую полуметровую щель между бортом самолета и шатким трапом, Филиппов с тоской смотрел на растянувшуюся в ледяном тумане цепочку пассажиров, бредущих по летному полю к зданию аэропорта.

Спускаясь по тревожно звенящим от холода металлическим ступеням, Филиппов прикрывал рот ладонью, чтобы не хватануть полной грудью ледяной воздух. Он еще помнил, к чему это может привести в такую погоду. В лысину, в щеки и в лоб ему впились тысячи алмазных иголок, и он побрел следом за остальными. Сжавшись в маленького скрюченного червяка, он прислушивался к собственному дыханию, которое в этом абсолютном безмолвии теперь принадлежало как будто бы не ему, а сиплому, никем не понятому и бесконечно одинокому Дарту Вейдеру.

«Жесть, — отрывисто думал Филиппов. — Полная жесть».

Он шел, низко опустив голову, но все же разглядел на летном поле еще три больших самолета. Рядом с каждым толпились и подпрыгивали на месте изнывающие от холода и нетерпения пассажиры. На трап их пускали по одному. Предъявив закутанной фигуре у подножия лестницы свои посадочные талоны, они торопливо карабкались на борт, а Филиппов зачем-то всё оборачивался на них, поскальзывался на обледеневшей бетонке и спотыкался, не в силах избавиться от ощущения, что видит это в последний раз, и что, когда они все улетят, дороги отсюда уже никому не будет.

Так он понял, какие примерно чувства должна испытывать доставленная в Чистилище перепуганная душа при виде тех баловней, перед кем Святой Петр уже распахнул сияющие врата.

— Скажите, а вас кто-нибудь встречает? — схватила Филиппова за локоть догнавшая его Зинаида.

* * *

За прошедшие десять лет привокзальная площадь нисколько не изменилась. Во всяком случае, из окна огромного и, судя по всему, только что купленного внедорожника, на котором Зинаиду приехал встречать ее муж, все выглядело совершенно по-старому. Над въездом с портовской трассы узнаваемо горбились трубы, закутанные в стекловату. Филиппов, разумеется, помнил, что весь город покрыт металлической паутиной теплотрасс, однако вид их все же его покоробил. Если в парижском небе отсутствовали даже провода, то здесь вдоль каждой улицы, а кое-где и над головами прохожих тянулись километры толстенных труб. Стекловата на теплотрассах временами разматывалась и свисала безобразными клочьями, раскачиваясь в тумане от ветра. В юности это напоминало Филиппову готические романы, где в мрачных сырых подземельях со сводов непременно свисает и раскачивается в полутьме что-то мерзкое.

Рядом с крыльцом видавшего грустные северные виды аэровокзала деловито окутывала себя клубами выхлопных газов местная автофауна. Капоты нагловатых и шустрых, как гопота, «уазиков» по зимней моде были затянуты старыми ватными одеялами. На боковых окошках красовались давно забытые Филипповым квадраты из пластилина. Впрочем, он не был уверен, что водители использовали пластилин. Вполне возможно, это была какая-нибудь замазка. Зимой эти квадраты, по неизвестной Филиппову научной причине, оставались единственным не заиндевевшим пятном на автомобильных окнах, и те, кто обитал внутри, горделиво поглядывали через них на заведомо несчастных при минус пятидесяти пешеходов.

По площади от здания аэровокзала к небольшому барачному строению в тумане сновали смутные силуэты встречающих и прилетевших. Барак этот, насколько помнил Филиппов, служил помещением для выдачи багажа. Почему сумки и чемоданы нельзя было выдавать в теплом аэровокзале — оставалось загадкой. Впрочем, суровый местный народ такими вопросами не задавался. Он просто сновал по холоду туда и сюда, перетаскивая упакованную для надежности в синюю пленку поклажу. Чем тяжелее был багаж, тем быстрее народ согревался.

Глядя на этих сильных и неприхотливых людей, на их «уазики», на их теплотрассу, на их жизнь, Филиппов почувствовал, что его может стошнить. Это была не только реакция на родной город. Граппа уже отпустила, и капризный организм требовал дополнительного топлива. В тщетной надежде Филиппов повертел головой, однако спиртного в чужой машине не оказалось. Тогда он приоткрыл дверцу, съежился от холода и склонился над ущербным асфальтом, покрытым масляными пятнами и проплешинами серого льда. Тело его содрогнулось, жалобно всхлипнуло, потом застонало, но не извергло из себя ровным счетом ничего. Туман мгновенно сгустился в демона пустоты.

— Обуяю, — снова глумился тот. — Наполни меня. Тошно.

Филиппов глубоко вздохнул, поднял голову и посмотрел в серое небо, как будто надеялся разглядеть ту кроличью дыру, через которую он свалился в эту Страну Чудес.

— Напрасно вы дверь открыли, — сказала фигура Зининого мужа, материализуясь прямо перед ним из тумана с огромным чемоданом в руке. — Выстудите мне машину, и будет у меня не «Лэнд Крузер», а «Студебекер».

— Смешно, — вежливо похвалил нисколько не смешную шутку Филиппов.

Впрочем, чтобы оправдаться в своих глазах, ему захотелось тут же добавить что-нибудь обидное, но сил на гадости уже не осталось. Он откинулся на спинку сиденья и захлопнул дверь. В следующее мгновение рядом со своим мужем из тумана вынырнула Зинаида. В руках у нее были горные лыжи. Она начала что-то быстро и сердито говорить, но муж ее не слушал. Обойдя автомобиль, он открыл заднюю дверь, поставил чемодан внутрь, сказал Зинаиде: «Давай не сейчас», захлопнул дверцу и начал пристраивать лыжи на крышу. Филиппов прислушивался к его возне, к своей тошноте и неприятному голосу Зинаиды. Она была чем-то расстроена. Что-то произошло, пока он сидел в их машине, любуясь давно оставленной родиной.

— Как ее зовут? — раздраженно спросила Зинаида, усаживаясь на переднее сиденье и сильно хлопая дверцей.

— Слушай, — вздохнул ее муж, — я машину только что поменял. Ну зачем ты?

— Павлик, не надо мне про машину, — взвилась она. — Я и так не в себе. Ты мне еще не ответил, кстати, откуда деньги на нее взял. И хватит заговаривать зубы. Как ее зовут?

Павлик виновато обернулся на Филиппова и стянул с головы лохматую шапку. Под ней обнаружилась точно такая же лохматая шевелюра. В принципе, непонятно было, зачем ему при таком раскладе вообще нужна шапка. Волосы Павлика стояли практически дыбом, как у гениального Дока Брауна из фильма Земекиса в момент запуска машины времени. А может, он просто испугался своей жены. В любом случае, почти облысевший к своим сорока двум годам Филиппов успел слегка ему позавидовать.

— Давай все-таки дома поговорим, — мягко сказал Павлик. — Ну зачем это? При посторонних...

— Да вы не стесняйтесь, — подал голос Филиппов. — Я такие вещи люблю. Только сначала заедем куда-нибудь. Мне выпить надо. А то может стошнить — половички вам испачкаю...

Павлик вынул из внутреннего кармана своего пуховика симпатичную фляжку с кожаными боками и протянул ее Филиппову.

— Рояль в кустах? — спросил тот.

— Нет, «Хеннесси».

— Тоже нормально.

Филиппов отвинтил крышечку, и на несколько секунд в машине установилась полная тишина. Зинаида, закрывшись на все свои внутренние замки, отрешенно смотрела в скучный туман за лобовым стеклом. Павлик тоже о чем-то задумался. Филиппов небольшими глотками, как старый и очень расчетливый вампир, высасывал коньячок. Аромат «Хеннесси» постепенно заполнил салон внедорожника.

— Насчет «Студебекера», кстати, — подал голос Павлик. — Я вам скажу, что это неправильное произношение. По-настоящему его надо называть «Студэбейкер». Улавливаете разницу? «Бейкер», как в слове «Бейкер-стрит». Улица в Лондоне, где жил Шерлок Холмс, знаменитый британский сыщик. А у нас произносят «Студебекер»... Исторически так сложилось. Но это неправильно. И, кстати, именно этот американский грузовик послужил в качестве шасси для многих наших «катюш» во время Великой Отечественной. Не все об этом знают. Вы когда-нибудь приглядывались к их кабинам? Сразу можно определить. У «Студэбейкера» такие характерные...

— А хочешь, любезный, я тебе стихи про твою жену почитаю? — перебил его Филиппов, завинчивая крышку на коньяке. — Ты только далеко фляжку не убирай.

— Конечно, хочу. Вы сами их написали?

— Нет, стихи народные.

Зинаида вышла из ступора и развернулась на своем переднем сиденье. Лицо у нее было теперь совсем не похоже на тот простодушный счастливый блин, которым она таращилась на Филиппова в самолете. Сейчас она была внутренне собрана и, похоже, готова задать кому-то жару. На то, что у нее в машине сидит гламурный московский селебрити, ей, судя по всему, было уже плевать.

Филиппов принял позу, подсказанную парой глотков коньяка, и, слегка подвывая, начал декламировать:

«Резиновую Зину
Купили в магазине.
Резиновую Зину
В корзине принесли.
Она была разиня,
Резиновая Зина.
Упала из корзины,
Испачкалась в грязи».

Он замолчал, а Павлик и Зинаида смотрели на него, явно не понимая, как им реагировать.

— Ну что? — спросил Филиппов. — Сильная вещь?

— Это что-то эротическое? — предположил Павлик.

— Почему?

— Похоже на рекламу секс-шопа.

— Нет, — покачал головой Филиппов. — Когда я это учил, секс-шопов у нас еще не было. В театральном на занятиях по сценречи приходилось постоянно это читать. У меня со звуком «з» были проблемы. Небольшой дефект. Педагог специально для меня нашла стихотворение. Там еще что-то было, но я дальше не помню.

— К вам память вернулась? — спросила Филиппова Зинаида.

— Отчасти, — кивнул тот. — Может, поедем? Пока меня не тошнит.

* * *

Перед выездом из портовского поселка на ведущую в город трассу лохматый Павлик спросил у Филиппова, куда его отвезти. Разумеется, тому надо было ехать прямиком к своему другу, падать перед ним на колени, раскаиваться, обвинять во всем французских продюсеров и, главное, просить о помощи, но он струсил. Иллюзорная радость, которая в любом случае охватывает нас при известии о том, что стоматолог сегодня не принимает, подсказала мгновенную реплику:

— В гостиницу... Только давай в нормальную, а то, помнится, была тут пара «отелей»...

— Нет, нет, — натянуто засмеялся Павлик. — Эти деревяшки уже давно снесли. Тут вообще многое изменилось. Вы когда в последний раз приезжали?

— Никогда... Стоп, а ты куда поворачиваешь? Город не там.

Выскочив на портовскую трассу, автомобиль свернул не влево, а вправо — туда, где за большими ангарами был переезд на другой берег. Филиппов за всю свою жизнь ни разу этой переправой не пользовался, но знал, что летом там ходит паром, а зимой машины идут через реку по льду.

— Мне нужно заехать в одно место, — обернулся Павлик, и в глазах у него, как у собаки, блеснула просьба о понимании. — Из города потом будет совсем далеко.

— Так высади меня. Я такси возьму.

— Не получится, — как ребенку объяснил Филиппову Павлик. — Московские борты уже все прилетели — таксисты разъехались. В порту вы никого не найдете.

— Тогда на автобусе уеду.

Павлик даже рассмеялся этим словам. Неожиданный смех его настолько раздражил Зинаиду, что она демонстративно зажала уши руками.

— На автобусе? Вы и вправду здесь давно не были. Они же не отапливаются. По городу все еще ходят «ЛиАЗы» советского производства.

— Сараи?

Павлик с улыбкой обернулся.

— А-а, вы еще помните, как они тогда назывались.

Филиппов хмыкнул:

— Такие вещи не забываются.

— Боюсь, при вашей экипировке до центра вы доберетесь уже в глубокозамороженном виде — как палтус в магазине или треска.

— Зато есть гарантия, что не протухну.

Павлик с готовностью рассмеялся. Несмотря на угрюмое молчание жены, он явно был в полном восторге от неожиданной встречи со знаменитым даже в Москве земляком, который к тому же оказался таким простым и забавным парнем.

Филиппов смотрел на мелькавшие за окном в тумане хлипкие елочки, на безликие складские и служебные постройки, припавшие тут и там к промерзшей земле, на отчужденную от обычных человеческих нужд и затей скучную территорию позади аэропорта и на серое небо, которое дышало таким безграничным и таким окончательным равнодушием, что даже у Филиппова, не без оснований считавшего себя чемпионом в этой дисциплине, холодело где-то между лопаток и перехватывало дух как в детстве, когда ребята постарше не брали на себя даже труд прогонять его из двора во время своих игр, считая его пустым местом. Он смотрел на все это и старался не слушать болтовню Павлика, вещавшего о температурных рекордах, о ценах на отопительные приборы и о чем-то бесконечном еще. О чем-то, что убаюкивало, примиряло с приездом, настраивало на дорожный лад. Все было хорошо — он ехал в тепле, а не бродил в поисках такси по выстуженной привокзальной площади, рядом маслянисто колыхался в чужой фляжке доступный теперь и вселяющий уверенность в будущее коньяк, трудная встреча и разговор были отложены как минимум на завтра. Все было хорошо.

«Нет, все же удачно прилетел, — говорил про себя Филиппов. — Зря напрягался. Завтра всё порешаем, и сразу домой. А потом — в Париж. Нафиг-нафиг эти родные пенаты...»

И тем не менее что-то было не так. Он боролся с чувством нарастающей, совершенно иррациональной тревоги, но оно, это чувство, плескалось уже где-то рядом, подмывало некрепкий берег его коньячного счастья, и Филиппов потихоньку начинал сомневаться — так ли уж надо было садиться в машину к незнакомым людям, которые предложили подбросить до города, а теперь везут неизвестно куда. Старый друг паранойя тут же взялся напомнить, насколько суровые здесь места и какое количество трупов еженедельно поднимали на улицах города во времена филипповской молодости милицейские патрули.

— Семь-восемь, — пробормотал он, и Павлик тут же прервал свою болтовню.

— Что, простите? — повернул он свое ухо к Филиппову.

— Куда мы едем?

— Тут недалеко уже, не беспокойтесь. Доставим в целости и сохранности — лучше чем «Ди-эл-эйч».

Павлик радостно засмеялся тому, что принимал за собственное остроумие, а потом начал донимать Филиппова расспросами о всякой чепухе. Его интересовало, почему у того обожжена борода, каковы его творческие планы, что с погодой сейчас в Париже и сколько стоит входной билет в «Лидо». Чтобы подавить свои идиотские страхи, Филиппов тоже проявил интерес, разузнав, почем в городе хорошая рыба, можно ли заказать пошив унтов и зачем на теплотрассе при выезде из порта на трехметровой высоте сидят верхом мужики с паяльными лампами. Павлик отвечал, что такое сейчас наблюдается по всему городу, но причина ему неизвестна.

— Может, какая-то профилактика, — пожал он плечами.

— По всему городу? Когда уже грянул такой дубак?.. Ну да, самое время для профилактики. Ты на похоронах давно был?

— На чьих?

Павлик начал коситься на Зинаиду, которая хоть и успела просветить мужа на тему филипповского звездного статуса, однако не предупредила о странностях его поведения, а теперь, поглощенная чемто чрезвычайно для нее важным, вообще не слушала их разговор и явно не собиралась оказывать мужу поддержку.

— Да без разницы чьих. Ты покойника в гробу видел?

— Ну... Видел, конечно... А при чем здесь покойник?

— Да при том, что о профилактике ты ему расскажи. Чтоб не сильно расстраивался.

— А-а... Вот вы о чем, — неуверенно кивнул Павлик, делая вид, что понял метафоры своего пассажира. — Это, конечно, да... Это вы правы... Только я немного о другом говорил...

— Все мы говорим о другом, любезный. Так что хватит уклоняться от темы. Давай сюда свой коньяк.

Когда подъехали к переправе, Филиппову снова было хорошо. Ему даже показалось, что неимоверная толща серой ваты над головой слегка прохудилась, и сюда, к ним на дно, пробилось немного солнца. Однако светлее стало не из-за этого. На реке туман, очевидно, сдувало, и как только машина, подпрыгнув на гигантском ухабе, выскочила на лед, видимость во все стороны значительно увеличилась.

— Эй, подожди! Я думал — мы только до переправы. Ты на другую сторону, что ли, намылился?

— Да тут совсем близко, — заторопился Павлик. — Перескочим в два счета. А там прямо на берегу.

— Какие два счета? Где этот берег? Я его даже не вижу.

— Да сейчас вот остров объедем, и сразу увидите. Ну, или после второго острова. Там, возможно, туман опять будет.

— Какие острова?! Любезный, ты куда меня тащишь?

— Недолго совсем, я вас уверяю.

Филиппов припомнил, как подлетал к родному городу лет двадцать назад, возвращаясь из Владивостока, и крохотная тень огромного «Ил-62» целую вечность, как ему тогда показалось, плыла посреди сонма барж, пароходов и катеров. Если магистральный авиалайнер так долго пересекал эту реку, то сколько времени уйдет у глупого внедорожника? Да еще с учетом всяких торосов, объездов и островов.

— Давай обратно, — сказал Филиппов. — Ты задолбал. Мне в гостиницу надо, у меня встреча.

Насчет встречи он, конечно, соврал, но на Павлика даже это не произвело ни малейшего впечатления.

— Я не могу. — Он упрямо вцепился в свой руль. — Мне обязательно надо. Никто вас, в конце концов, силой в машину к нам не сажал.

Филиппов покосился на Зинаиду, но та, изображая нудного абонента мобильной сети, была временно и, видимо, очень сильно недоступна.

Отец Филиппова, служивший в начале шестидесятых на подводной лодке, любил выедать ему мозг рассказами об автономных походах и о том, как сходившие от скуки с ума во время длительных переходов матросы крутили в кинопроекторе давно заученные наизусть фильмы задом наперед. Подводников это, очевидно, забавляло, но Филиппову, который переживал сейчас во многом подобные ощущения, было не до смеха. Его кинолента отматывалась назад, и он с тоской разглядывал вернувшиеся в его жизнь пейзажи, а память с готовностью и с издевательскою любовью стирала с них лед настоящего — вокруг уже плескалась вода и шумел летний ветер, звенели о своем тысячелетнем голоде комары, орали, как угорелые, чайки, и солнце вот-вот должно было показаться из-за края воды. Все здесь было практически как на море, поэтому солнце вставало не из-за леса, не из-за холма, а из-за кромки воды, которой здесь точно хватило бы на средних размеров европейское море. Эта река только прикидывалась рекой, она снисходительно терпела то, что ее так называли. На самом деле это было, конечно, море. Просто оно двигалось вбок, ощутимо и тяжело смещалось куда-то вправо, открывая для взгляда бесконечную во все стороны плоскость пространства, на которой пятнами прорисовывались острова, корабли и моторные лодки, но не было того, что делает в нормальном человеческом восприятии реку рекой — не было противоположного берега. Он отсутствовал, и рождалось такое чувство, что он и не нужен, и что река может спокойно жить с одним берегом, что ей этого достаточно, что два берега — это для обычных рек, для скромняг, в длину таких же, как в ширину эта, которая настолько величественна, настолько божественно широка, что даже одному берегу — много чести, и если бы еще чуть-чуть неземной спеси, то можно было бы вовсе без берегов, просто ни одного, лишь вода и небо.

Филиппов поежился, переводя потерянный взгляд с линии горизонта на медленно уползавший из поля зрения засыпанный снегом остров. От накатанной колеи к нему тянулась утопавшая в глубоких сугробах тропинка. Зачем она тут была и кто ее протоптал — Филиппов не мог себе представить. Он на секунду задумался о том, какая жизнь могла тут происходить зимой в этих условиях, и ему стало жутко. Если такая безграничная мощь была не только остановлена, не просто обездвижена, но при этом закована в многометровый ледяной панцирь практически на полгода, и значит — на половину всей жизни, то причина этой безмолвной неподвижности должна быть абсолютно всесильной. Река безраздельно царила здесь над пространством, но холод безоговорочно царствовал над рекой.

— Вот он, другой берег. — Павлик радостно ткнул пальцем в лобовое стекло. — Вон там уже видно. Смотрите, смотрите. Я же говорил — быстро доедем. Зря беспокоились...

Филиппов склонился вперед и увидел темную полоску леса.

— До него ехать еще полчаса.

— Да какие там полчаса? — затараторил Павлик. — Сейчас дорога лучше пойдет. С этой стороны зимник сильнее укатан.

Заскочив резво на небольшой пригорок, после которого колея тянулась уже по коренному берегу Лены, машина снова нырнула в густой туман. Елки по обеим сторонам дороги выплывали из него, как мачты затонувших кораблей. Расплывчатые образы за окном сильно напоминали картинки из детского волшебного фонаря, какой был у Бергмана в самом начале фильма «Фанни и Александр». Павлик заметно прибодрился и снова начал свою канитель. Теперь он вещал о природе и свойствах местного тумана и как-то незаметно переполз на туманные явления вообще, в том числе и в культуре. Филиппов не уследил, когда он перескочил на театр.

— Ну, согласитесь! — горячился Павлик, требуя от Филиппова подтверждения тому, чего тот, зачарованный матовыми картинами за окном, даже не услышал.

— Что? С чем согласиться?

— Что Шекспир не мог написать все эти гениальные пьесы.

— Почему?

— Ну как почему? Это был недоучка актер, он даже писать грамотно не умел. Вы в курсе, что после него не осталось ни одного внятно подписанного документа. Он заверял их точкой! Вы представляете? Точку под ними ставил или каракули какие-то.

— Ну и что?

— Да как ну и что?! Нас всех ввели в заблуждение.

— Тебе пьесы его не нравятся?

— Да нет, пьесы нравятся. Но это же не он их написал!

Филиппов пожал плечами:

— А не все ли равно?

— Вы это серьезно? — Павлик даже задохнулся от возмущения и беспомощно завертел головой, как будто хотел взглянуть Филиппову в глаза и понять, зачем тот над ним так издевается.

— Ты сейчас как птенец в гнезде, — засмеялся Филиппов. — Знаешь, их на канале «Дискавери» постоянно показывают. Голые такие, противные.

Мамка прилетает с червяками для них, и они тоже вот так башкой вертят. А ну-ка, разинь клюв.

Остаток дороги Павлик обиженно молчал. Выйдя из машины у каких-то высоких ворот, он даже не ответил Филиппову, надолго ли он уходит, и, разумеется, не оставил ему фляжку с коньяком. Когда складывались похожие ситуации, а складывались они в его жизни довольно часто, Филиппов невольно припоминал свой спектакль по чеховской «Чайке». Все роли в нем были исполнены инвалидами. Парализованную Аркадину возили в кресле-каталке, Нина Заречная была без рук, Тригорина он, вообще, мечтал найти без головы, но это так и осталось мечтою, а Треплева играл семнадцатилетний мальчик с дискинетической формой ДЦП. Болезнь превратила юношу в мычащее и бормочущее существо, неспособное координировать свои движения, однако оставила ему такой красивый и такой ясный ум, что Филиппов, прерывая репетицию, мог сколько угодно ждать, пока из его мычания вылеплялся невероятно яркий, парадоксальный и всегда свежий образ. Когда этот мальчик однажды сказал ему, что критерием для определения инвалидности является прежде всего социальная недостаточность, Филиппов немедленно возрадовался, во всеуслышание диагностировав у себя то, что он тут же назвал коммуникативной инвалидностью. Он заявил, что не принимает больше никаких обвинений в хамстве и жлобстве, поскольку он тоже инвалид, причем, разумеется, первой группы, а на инвалидов обижаться нельзя.

Наказанный теперь за то, в чем, по его убеждению, он был ни сном ни духом не виноват, Филиппов грустил об унесенной фляжке и ничуть не раскаивался в своем поведении. Ему на самом деле было плевать на проблему с авторством Шекспира, на споры о том, была ли Энн Хэтэуэй его женой, на то, что нынешняя Энн Хэтэуэй недавно пришла на модный голливудский прием без трусов, на либеральную оппозицию, которая хоть и сидела на московских бульварах полностью одетая, но зато гадила там, как заправский цыганский табор, — ему было глубоко безразлично все, что с таким жаром и с брызганьем слюны обсуждалось по телевидению и в Интернете. Более того, он искренне удивлялся небезразличию остальных. Для него на самом деле было загадкой, почему, скажем, женский лобок, вполне, наверное, симпатичный — это он допускал, мог произвести такую сенсацию. Ведь каждый из тех, кого взволновал конфуз молодой актрисы, даже если принять на веру, что конфуз этот не был намеренным, скорее всего, неоднократно имел дело или хотя бы видел эту замечательную деталь в своей личной, в реальной жизни. Где тут была новизна, Филиппов не понимал и готов был тысячу раз согласиться с Макбетом, кем бы он, кстати, ни был придуман, что «жизнь — есть повесть, рассказанная дураком, где много шума и страстей, но смысла нет».

Иногда ему даже казалось, что этот «рассказ дурака» пленял обывателя в значительно большей степени, чем обстоятельства его или ее собственной жизни. Практически все, кого знал Филиппов, любили поговорить о том, что их лично никоим образом не касалось. Они как будто возводили вокруг себя крепостную стену — Великую Китайскую стену неизбывной чепухи, баррикадировались во внутреннем дворе своих маленьких и, как им наверняка казалось, незначительных жизней. Оставляя это нелепое, но неизбежное самоуничижение на их совести, Филиппов тем не менее жалел обывателей, хотя в одном интервью честно назвал их «контентом». Журналистка поспешила тогда поправить его, сказав, что он, видимо, имел в виду «контингент», но нетрезвый и упрямый Филиппов несколько раз повторил в ее диктофон «Контент, контент...», словно от многократного повторения в жизни всех этих малозаметных и малоинтересных людей должно было прибавиться хоть сколько-нибудь смысла. Так что ему было совершенно неважно — писал Шекспир свои пьесы или не писал. А вот то, что он сам сейчас сидит в чужой машине посреди леса, вглядываясь в такой туман и в такой холод, — это было по какой-то причине важно. Филиппов еще не понимал этой причины, но уже смутно улавливал в тумане если не ее очертания, то во всяком случае ее масштаб.

Когда прямо перед машиной буквально из ничего материализовалась фигура Павлика, он вздрогнул. Отвыкнув от местных фокусов с визуальной дистанцией, он был еще не готов к тому, что объекты возникают из тумана не далее чем в трех-четырех метрах. Зимой ни один привычный способ ориентации в пространстве здесь не работал. Звуки тоже беспомощно тонули в этой серой вате. Определить, что тебя окружает — или что приближается к тебе, — гораздо проще было при помощи воображения, нежели пытаться хоть что-нибудь разглядеть.

— Пойдемте со мной, — выдохнул Павлик яростное облако пара, открывая заднюю дверь. — Я один там не справлюсь.

— Куда пойдем? Ты сдурел, что ли?

Филиппов зажал рукой ворот пальто, чтобы хоть как-то защититься от ударившей волны обжигающего холода.

— Вы же сами торопитесь... Пойдемте, я вам шапку свою дам.

Павлик стянул с головы лохматое сооружение, другой рукой натягивая на себя капюшон.

— Идемте скорей. Сами себя задерживаете.

Все те недобрые предчувствия, которые охватили Филиппова при выезде из аэропорта, немедленно вернулись к нему потревоженным гнездом змей. Лохматая шапка Павлика нисколько не помогла.

Выпрыгнув из машины, он торопливо застучал по твердому насту мгновенно одеревеневшими на морозе подошвами своих кедиков, но догнать Павлика не сумел. Тот поджидал его рядом с большим домом, недостроенная веранда которого зияла подобно распахнутой брюшной полости несчастного пациента на операционном столе.

— За мной идите, — махнул ему рукой Павлик. — Сюда, сюда.

Он скрылся за углом дома, и Филиппов обреченно потопал следом. Руки, спрятанные от холода в жалких карманах, сдавило будто чугунными тисками, ноги разъезжались, а дыхание перехватило так жестко, что на ум приходил вовсе не воздух. У Филиппова возникло твердое ощущение, что он пытается дышать сверкающими алмазными иглами, которые впиваются в его теплые, нежные, беззащитные легкие. Затравленно повизгивая при этих странных попытках дыхания и несколько раз споткнувшись о какие-то вмерзшие в тропинку стройматериалы, он добрел до огромного металлического контейнера, почти доверху заполненного строительным мусором. Павлик решительно дергал контейнер за край, стараясь для чего-то сдвинуть его с места.

— Помогайте! — махнул он рукой, и Филиппов, не успев даже сообразить, чем это чревато, уцепился за металлический край своими скрюченными от мороза клешнями.

В следующую долю секунды его пронзил удар, о котором приговоренные к электрическому стулу не успевают никому рассказать. Подобно Будде под фикусовым деревом, он узрел истину и обрел наконец полное представление о сути человеческого страдания.

— Вы почему без перчаток?! — закричал ему в ухо Павлик. — На ту сторону давайте! Толкайте оттуда. Плечом толкайте!

Филиппов отклеился от контейнера и проковылял, куда было сказано. Упершись плечом в металлическую поверхность, он стал послушно толкать исполинскую мусорку, но кеды его смешно заскользили, и он сполз на твердый, как бетон, снег.

Поскольку руки у него снова были в карманах, упал он весьма неудобно, гулко стукнувшись по пути головой. Лохматая шапка при этом ударе оказалась весьма кстати.

— Давайте! — кричал откуда-то из-за железного неба Павлик. — На счет «раз»... И раз! И раз!

Филиппов плечом ощущал, как вздрагивает от тщетных усилий Павлика контейнер, и едва удерживался от идиотского смеха. Валяясь на промерзшей земле рядом с металлическим исполином и совершенно не понимая при этом, для чего нужно его куда-то толкать, он представил эту картину со стороны и понял, что ничего смешнее в своей жизни ему еще не встречалось. Не вынимая рук из карманов, он попытался подняться на ноги, но снова упал, снова стукнулся и на этот раз начал смеяться уже в полный голос.

— Что с вами? — спросил Павлик, появляясь из-за контейнера и присаживаясь рядом с ним на корточки. — Почему вы лежите?

— Я... я... — давился от смеха Филиппов. — Я устал... Отдохнуть прилег...

— Нельзя лежать. Немедленно поднимайтесь.

— А не пошел бы ты в зад? Ты зачем, вообще, меня сюда притащил?

— Вставайте, я говорю! — Павлик изо всех сил потянул его за пальто, и Филиппов наконец поднялся на ноги.

— Мне надо в дом попасть, — продолжал Павлик. — Видите, балкончик на втором этаже? Нужно подвинуть под него контейнер, и я туда заберусь.

Филиппов задрал голову и посмотрел на недостроенный балкон без перил.

— А через двери ты не ходишь?

— Там заперто.

— Значит, в доме никого нет. Зря мы сюда тащились.

— Мне надо проверить. Они бы не уехали — я им деньги привез.

— Еще раз приедешь.

— Нужно удостовериться, что там никого. С меня спросят.

Филиппов повертел головой и заметил сваленные у забора большие ящики.

— Может, вон те подойдут? — мотнул он головой. — Поставим их один на один, и залезешь.

Через пару минут Павлик скрылся за балконной дверью, а Филиппов побрел вокруг дома к веранде. Поднявшись на ступеньки, он попинал ногой входную дверь, и та, щелкнув замком, открылась.

— Проходите, — впустил его Павлик. — Тут намного теплей. Я еще на втором этаже посмотрю. Не все комнаты там проверил.

— Думаешь, они от тебя прячутся?

— Нет, но, может, просто напились и спят. Строители, сами понимаете...

Когда они вернулись в машину, Филиппов потребовал у Павлика фляжку и не отнимал ее от саднивших губ до тех пор, пока на глаза не навернулись «бусинки счастья». Так он называл слезы, набегавшие от крепких напитков, когда спиртное поглощалось не рюмкой — в один глоток, а заливалось в организм хорошей равномерной струей, как топливо в бак автомобиля на заправке.

— Не понимаю, — бормотал Павлик, возившийся со своим телефоном. — В доме никого нет... Теперь еще никуда не могу дозвониться... Да что же такое? Данилов мне твердо сказал, что они будут ждать...

— Слушай, поехали, — оторвался наконец Филиппов от фляжки. — А то я пью, пью, ничем не закусываю. Вредно это. Корм нужен какой-нибудь, иначе — беда.

При выезде на лед расстроенный Павлик не справился с управлением, и машина едва не задела огромную глыбу спрессованного в бетон снега.

— Эй! — прикрикнул Филиппов, цепляясь за ручку над дверцей. — Давай-ка поосторожней, любезный... Убьешь ненароком.

Глядя на бескрайнее белое поле, он вновь ощутил себя в самолете, пробившем плотную пелену облаков и неподвижно зависшем над ними. Не страдая, как ему казалось, от клаустрофобии, он, тем не менее, временами испытывал в такие минуты тяжелое чувство, похожее на то, что пережил однажды на первых в своей жизни похоронах. Это случилось ровно за год до того, как погибла его Нина. Стоя тогда у гроба своего однокурсника, утонувшего в этой самой реке, Филиппов не нашел в себе сил заглянуть в окошечко, оставленное в крышке на уровне лица. Тело почти неделю пробыло под водой, поэтому хоронили в запаянном металлическом ящике, в каких тогда привозили из Афганистана убитых парней. Однокурсника звали Славка, он сам только что вернулся из армии, благополучно и стойко выдержав такие невзгоды, о которых даже не хотел никому говорить, — погиб же, спасая подхваченных сильным течением детей. Огромный металлический гроб для него привезли из военкомата, где Славкин отец был самый главный начальник. Филиппов любил Славку за прямоту, за какую-то мощную и совершенно непобедимую наивность, за веру в хорошее, а потому, даже несмотря на то, что уже в те времена был уверен в бессмысленности жизни, заглянуть в окошечко из толстого стекла так и не смог.

— Смотрите, там рядом с островом — машина, — показала куда-то вперед Зинаида.

Филиппов пригнулся и увидел вишневую «десятку» с тонированными стеклами. Автомобиль почему-то стоял не на укатанной колее, а чуть в стороне от зимника, словно водитель хотел проехать к острову, но завяз в непроходимом снегу.

— Интересно, зачем его туда понесло?... — сказал Филиппов.

— Может, случилось что-то? — предположила Зинаида.

— Водка у них случилась, — пробурчал Павлик. — Нажрутся и гоняют на своих драндулетах... Вот здесь его вынесло.

Он показал на обочину дороги, где довольно высокий снежный бруствер был пробит вылетевшей с трассы «десяткой».

— Вы, кстати, в курсе, что у местного населения в организме отсутствует фермент, отвечающий за переработку алкоголя? — продолжал Павлик, в то время как Филиппов поворачивал голову, не отрывая взгляда от проплывавшей за окном сиротливой машины. — Они ведь поэтому так быстро спиваются. Казаки, пришедшие сюда в семнадцатом веке, быстро все это поняли, и началось повальное спаивание...

— Стой! — прервал его Филиппов, дернув за капюшон с такой силой, что на мгновение Павлик даже выпустил руль. — Тормози!

От застрявшей в снегу «десятки» в их сторону, высоко взбрасывая колени, бежал человек. В руке у него была монтировка. Размахивая железякой, он что-то кричал, но разобрать его слова было невозможно.

Павлик, успевший от неожиданности остановить машину, тут же включил скорость и прижал педаль газа.

— Стой, ты куда?! — вцепился ему в куртку Филиппов, но на этот раз Павлик ловко освободился, рывком нагнувшись вперед.

— Ты сдурел? Может, там помощь нужна?

— А если не помощь? Если они специально туда заехали, чтобы мы вышли на лед?.. Я не могу останавливаться. У меня при себе крупная сумма денег, а в здешних местах такое бывает... Вам лучше не знать.

— Вестернов, что ли, насмотрелся?

— Тут часто ездят. Ему помогут.

Филиппов обернулся и долго смотрел на человека, который выбрался наконец на трассу, швырнул им вслед свою монтировку и что-то кричал, кричал и всё никак не мог остановиться.

* * *

Минут через двадцать они снова проехали мимо аэропорта и выскочили на городскую трассу. В качестве компенсации за долгий крюк и неприятные переживания Филиппов потребовал у Павлика фляжку, отчего настроение снова пошло вверх. Впрочем, после пятого или уже шестого захода на чужой «Хеннесси» он неожиданно скис. Откинувшись на спинку сиденья и умело сохраняя при этом вид одушевленного существа, он в полной прострации проехал мимо портовских пятиэтажек, мимо портовской школы и мимо портовского ДК. Именно сюда незадолго до своей гибели полюбила мотаться из города его юная, как и он, едва вышедшая из школьного возраста жена. Учившийся тогда на третьем курсе пединститута Филиппов неоднократно пробовал набиться в сопровождающие, но допуска так и не получил. Нина ездила в этот ДК заниматься народными танцами одна. Красные башмачки, пришпиленные белые косы и сарафаны разлетались там не для него.

Для кого — Филиппов узнал не сразу.

Портовские в городе исторически считались намного круче всех остальных. Заветные *Montana* и *Wrangler* сидели на них как влитые, потому что куплены были не в общественных туалетах и подземных переходах во время судорожных наездов в Москву, а в настоящих фирменных магазинах в Прибалтике и в странах Варшавского Договора, куда командирами экипажей, вторыми пилотами, штурманами и бортинженерами летали их неземные отцы. Тото Кутуньо в начале восьмидесятых запел для этих неуловимо нездешних парней гораздо раньше, чем для городских. После школы они поступали не в местный ликбез, гордо названный зачем-то пединститутом, а улетали на больших красивых самолетах в Рижский институт инженеров гражданской авиации, откуда на Север из них возвращались единицы, да и те купались в лучах девичьего поклонения, роняя словечки вроде «палдиес», «Юрмала», «Дзинтари», «лабасов отмудохали» и далее по списку. На пресном фоне городских мальчиков они выглядели как Хамфри Богарт в «Касабланке» даже с учетом того, что ни одна городская девственница об этом фильме не слышала никогда в жизни.

Помимо очевидного аэрофлотовского эротизма, не в последнюю очередь опиравшегося на элегантную лётную форму — кожаные куртки регланом, золотые шевроны, нашивки, крылышки и прочие атрибуты этих современных и традиционно шаловливых амуров, — летуны занимали особое положение в городе еще и по причине строго географической. Без проблем выбраться отсюда на Большую землю можно было только по воздуху. Железная дорога из-за постоянно плывущей летом вечной мерзлоты оставалась научной фантастикой. Шоссейное сообщение крайне затруднялось отвратительными дорогами и общей удаленностью мест. В навигацию, разумеется, по воде приходили и уходили тяжелые баржи, доставлявшие в город жизненно важные грузы, но кому захочется как в девятнадцатом веке неделями кормить комаров на великой сибирской реке? Холодами из города можно было уйти на машине по «зимнику», в который уже осенью превращался любой водоем, однако эпические расстояния и колоссальные риски легко отбивали охоту к таким безумствам. Даже детям было известно, что если в тайге при минус пятидесяти заглох двигатель, надо сначала сжечь запаску, а потом — остальные колеса. Пока все это дело горит, кто-нибудь может проехать. Часа на полтора тепла хватит. Никто не проехал — значит, не повезло. Тем более что и колес у тебя уже нет. То есть летчиков тут любили. В городе реально многое зависело от них. Зарплатами они уступали, пожалуй, только «тепловикам». Те, кто работал на ТЭЦ, оставались вне конкуренции.

Учитывая все эти обстоятельства, приходилось признать, что у молодого, нервного, изъеденного, как сыр в крупную дырку, бесконечными сомнениями в себе Филиппова не было против бортинженера Венечки никаких шансов. Откуда тот вынырнул в его жизни — некоторое время оставалось загадкой, но вскоре доброжелатели нашептали, что танцеобильная Нина повстречала его в культовом, как тогда еще не говорили, пионерлагере «Сокол». Это напряженно живущее коротким северным летом начально-эротическое учебное заведение принимало желавших расстаться со своей невинностью девушек и юношей из портовских семей. Пубертаты попроще уныло топтались вокруг пионерского костра в разных «Связистах», «Маяках» и «Геологах», а гордые отпрыски соколов из «Аэрофлота» устраивали у себя в лагере такой кипеж, что педсоветы в городских школах по осени считали не только цыплят. Более того, на полдник в «Соколе» давали огромные кисти винограда. Основным фруктом на Севере тогда являлась картошка, но для своих озабоченных детей летуны могли запросто пригнать борт с витаминами из Ферганы.

Нина в «Сокол» попала без всякого блата. Не имея среди родственников ни одного даже самого завалящего авиатора, она предложила директору лагеря создать яркий и самобытный, как тогда говорили, танцевальный коллектив, и директор повёлся. Так что тем летом Нина отожгла по полной. До выпускных экзаменов у нее оставался всего один год, и к этому невыносимо скучному периоду жизни требовалось как следует подготовиться. Потом, она знала, времени на такую мелочь, как секс, уже не будет. Учеба для школьника главный труд.

А сокол Венечка кружил над малолетками каждое лето. Вернее, не кружил, а шакалил, как позже говорили некоторые знакомые Филиппова о своих визитах на фуршеты в посольства европейских стран. Главная задача во время этих фуршетов — ухватить побольше. И даже не столько съесть, сколько надкусить, попробовать, сунуть во всё свой палец. Вот так и Венечка вместо летнего отпуска, когда остальные летуны целыми семьями поднимались на крыло и отваливали куда-то на юг, нарезал круги вокруг расслабленных дурочек, легко получая от них все, что хотел. Де-юре он числился в лагере физруком, де-факто трудился ночным котом за сметанку. Выдавая при свете дня ненужным и неинтересным пацанам ободранные ракетки для настольного тенниса, ночами он мяукал под окнами корпуса пионервожатых и мурлыкал о чем-то вечном в своей уютной физкультурной каморке.

Мужчины в этом смысле вообще делятся на два типа. Одни проходят по собачьему ведомству, другие уверенно демонстрируют навыки котов. Поведение половозрелых и заинтересованных жизнью кошек разительно отличается от правил гона в мире собак. В то время как псы объединяются в группу, чтобы вежливо следовать за дамой своего сердца и терпеливо ожидать знаков симпатии с ее стороны, котам совершенно плевать на чувства своей возлюбленной. Они сбиваются в стаю, загоняют очень встревоженную девушку на дерево или куда-нибудь в глухой угол, а после этого шустрят изо всех сил. Бортинженер Венечка, несомненно, принадлежал к породе кошачьих.

Филиппов — точнее, тогда еще просто Филя — узнал о давних приключениях своей юной жены слишком поздно. Нина, разумеется, не планировала продолжение тех летних «заездов», однако, закончив школу и выйдя замуж, неожиданно почувствовала себя взрослой, и то, что раньше в своем поведении она неосознанно оправдывала недостатком опыта, девичьим томлением и общей торопливостью жить, нашло теперь оправдание в ее глазах как непременный атрибут жизни замужней дамы. Во всяком случае, так об этом рассказывалось во французских фильмах, которые постоянно смотрел временами реально занудный из-за своего эстетства и высокомерия Филя. Женщины у французов бесконечно изменяли своим мужьям, нисколько от этого не переживали, а в конце могли запросто кокнуть из пистолета надоевшего любовника, ну или мужа — как получится. Такие повороты Нину интриговали, но даже под влиянием всех этих фильмов она не стала бы искать Веню сама. Тот свалился на нее как снег на голову за кулисами городского Дворца пионеров, где Нина по старой памяти еще выступала с детьми на новогодних елках. Он сжал ее влажную руку и как-то сразу предложил поставить совместный танец в портовском ДК. Хореография, как выяснилось, интересовала его ничуть не меньше, чем физкультура.

И понеслось.

Очень скоро Филю стали донимать странные телефонные звонки. Если трубку поднимал он, с ним не говорили. На том конце провода либо кто-то молчал в ожидании, когда ему надоест повторять свое нелепое и беспомощное «алло», либо сразу начинал капать на нервы уклончивый сигнал отбоя. Спустя минуту-другую Нина обязательно звонила подруге, матери или еще кому-нибудь и договаривалась о встрече, но у Фили не возникало ни малейших подозрений. Он был настолько занят собой, своим будущим и своим непременно великим предназначением, что эти звонки воспринимал как почему-то участившуюся, но от этого не менее глупую случайность. Как-то раз неизвестный мужской голос назначил ему встречу, многозначительно обещая рассказать нечто важное, однако Филя и этому не придал большого значения. Вернее, придал, но совершенно в другом смысле. Все, что с ним происходило в те ранние и довольно неловкие годы, по его глубокому убеждению, касалось только его будущего величия, и если кто-то таинственный хотел поговорить с ним, то даже сама эта таинственность была напрямую связана с его, Филиной, избранностью и больше ни с чем иным. Голос предупредил, чтобы на встречу он явился один, и что условным знаком для опознания будет служить журнал «Rolling Stone» на английском языке.

Очарованный такими приготовлениями Филя трепетной ланью помчался на свидание, но, проторчав у кинотеатра «Север» почти полтора часа, лишь обморозил щеки и нос. Ни журнала с манящим названием, ни обладателя телефонного голоса он так и не увидел. Белые пятна у него на лице уже на следующий день превратились в багровые синяки, нос безобразно распух, а милая Нина долго смеялась, глядя из-за его плеча в зеркало, пока он пытался побриться.

Правду о ее выкрутасах он узнал от ее же лучшей подруги. Добрая девушка сдала ему не только адреса, пароли и явки, но с радостью посвятила во все, что произошло в свое время в пионерлагере «Сокол». Уязвленный Филиппов жаждал подробностей и, разумеется, не замедлил их получить. Готовясь к разборкам с Венечкой, он целую неделю прижигал себя картинками чужой любви. Раздувая ноздри, принюхивался к запаху своего паленого мяса, выдумывал картинки еще ужасней, мечтал умереть, мечтал убить и маялся оттого, что не понимал своего положения.

Измена жены при всей ее очевидности казалась ему ненастоящей. Он сам казался себе ненастоящим и мучился, как персонаж, позабытый своим нерадивым автором. До этого момента текст его жизни был прописан более-менее внятно, и он двигался по своей роли, отыгрывая ожидаемые от него мизансцены, эмоции, выходы к публике, поклоны, уходы. Но теперь, после того что с ним сделала его милая Нина, пьеса вдруг оборвалась, и он замер на авансцене в ослепительном свете рампы. Что от него требовалось дальше, Филя не понимал. Любое движение, он это чувствовал, будет ненастоящим.

Впрочем, кое-что уже начинало брезжить перед ним. Оборванные нити, за которые так долго его водил по сцене неведомый кукловод, еще беспомощно свисали с его развинченных рук и ног, а он, лихорадочно слушая Тома Уэйтса, хватаясь как за поручень в трясучем автобусе за его песни, уже начинал понемногу грезить о чем-то странном — о необычном, своем и свежем. Спустя много лет, когда он отчего-то вдруг вспоминал про эту тягостную маету, на ум ему тотчас приходила песенка Тома «Make It Rain», в которой тот надрывно сетовал на вероломную подругу, сообщал о том, что утратил всякую гордость и требовал от кого-то немедленного очищающего дождя. По задумке хрипатого рогоносца Тома ливень должен был потушить пожар нечеловеческой боли в его истерзанной рогоносным статусом хрипатой груди. Том

Уэйтс настаивал на том, что он теперь не Авель, а Каин, требуя, чтобы небеса разверзлись, и оттуда немедленно шарахнул дождь. Вот так и Филя тогда мечтал о ливне, который смыл бы куда-нибудь в грязную канализацию его неверную милую Нину и память о ней, а главное — его собственный непонятный стыд за то, в чем он был совершенно не виноват.

— Привет, — сказал Филя бортинженеру Венечке, когда тот открыл перед ним дверь своей портовской квартиры. — У нас, короче, будет с тобой дуэль. Собирайся.

Осознавая торжественность момента, они закупили в универсаме шесть бутылок водки. Выпить столько вдвоем было практически невозможно, однако положение требовало крайних жестов. Закуску решили не брать — поединок должен был протекать в чистом виде.

После второй бутылки, когда победитель не выявился, решили испытать себя на слабо. Вышли на улицу, добрели до отделения милиции, а там улеглись перед входом на очищенный от снега асфальт — прямо на вонючие бензиновые пятна от милицейских автомобилей. Первым лег Филя. Венечка опоздал всего на секунду, потому что задумался о неминуемом отстранении от полетов.

— Ну что, западло? — спросил его снизу Филя.

— Кому? Мне? Ты за базаром следи.

Через минуту оба сидели в «обезьяннике». На это, собственно, и рассчитывали, потому что по февральской погоде лежать на земле дольше было бы чревато. Хотя водка, конечно, грела.

— Я все равно первый, — настаивал Филя. — А ты, козел, проиграл.

— За козла ответишь.

Дежурному капитану Филя заплетающимся языком сообщил, что это была акция скорби.

— Да? Интересно, о чем скорбим?

— Об утрате... О тяжелой, *невыс... невос-полнимой* потере...

— И что потеряли?

— Мы потеряли покой.

— Ну, суток на пятнадцать покой могу теперь гарантировать.

— Напрасно вы так, *тварищ* капитан. Мы скорбим о погибших братьях.

— Не понял.

— Несколько дней назад в *ужжжжаснейшей* катастрофе погибли семь *америга... амери-канских* астронавтов... Они нам были как братья, *тварищ* капитан... Это *ужжжасная* потеря... Она разрывает нам сердце... Подумайте — по ком звонит колокол... Он звонит по тебе... То есть по вам... То есть по мне... Короче, я запутался...

Попив чаю и поговорив о чем-то со своими коллегами, капитан в итоге их отпустил. Тем более что он был знаком с отцом Венечки. В порту вообще все знали друг друга.

Дома у распутного бортинженера они открыли третью бутылку. Прогулка по морозу, утрата и обретение свободы, беседа о недавней гибели шаттла «Челленджер», а также возникшая вследствие этого тревога за судьбу человечества пробудили в них новые силы, поэтому схватку решено было продолжить. Идиллию едва не испортила Венечкина мать, которая вернулась вечером с работы и категорически не желала видеть пьяным ни своего сына, ни его юного друга. Сошлись на том, чтобы забрать в комнату к Венечке тазик из ванной, закрыться на замок и не беспокоить маму, буде захочется в туалет или поблевать.

Захотелось довольно скоро. Причем сразу и то и другое. Венечку начало сильно тошнить, и, стоя перед маминым тазиком на карачках, он печально повесил над ним свою буйну голову. Филе же ровно в этот момент приспичило по малой нужде. Встав прямо напротив скромно блюющего бортинженера, он пустил в тазик веселую звонкую струю. В себе Филя был абсолютно уверен, поэтому рассчитывал спокойно попасть в огромную, слегка расплывающуюся эмалированную окружность, однако он не учел Венечкиного состояния и той амплитуды, с которой ходила из стороны в сторону его голова. Струя резво ударила по дну тазика, но в следующее мгновение не ожидавший такого развития Венечка испугался чужих брызг и отпрянул в сторону. Все могло обойтись, однако, к несчастью, он был бортинженер, а не штурман, и после двух с половиной бутылок водки в два голодных лица выбрал неверное направление отхода. Угодив прямо под мощную, полную жизни Филину струю, он отчего-то покорно замер, курчавые волосы у него на затылке красиво заблестели, как под настоящим летним дождем, которого так хотел в своей песне Том Уэйтс, а Филя, завороженный этой картиной, никак не мог остановиться, и всё продолжал, продолжал и продолжал.

* * *

Двадцать два года спустя, оказавшись волей своей похмельной судьбы практически в том же месте, Филиппов очнулся на заднем сиденье чужого автомобиля. От неумолимо наступающей трезвости у него сильно болела голова. В глотке было так сухо, как будто изнутри ее проложили наждачной бумагой, щедро добавив туда еще и то, что осыпается со старой стекловаты. Похмелье никуда не исчезло. Оно притаилось, якобы испугавшись коньяка из чужой фляжки, но в итоге довольно нагло дало понять, что испуг был поддельным. Зато Филиппов знал теперь куда уходит детство.

— В задницу, — пробормотал он, сжимая скользкую от внезапно пробившей его испарины фляжку и упираясь уже осмысленным взглядом в нервный затылок Зинаиды.

«Крузак» Павлика в этот момент тряхнуло так сильно, что Филиппов подлетел на сиденье, а Зина вцепилась в ручку у себя над головой.

— Потише нельзя?

Прикрикнув на мужа, она обернулась к Филиппову.

— Что вы сказали?

— Хороший коньяк. Навевает... приятные воспоминания... Будешь?

Он протянул ей фляжку, но она неожиданно резко отстранила ее от себя.

— Нет, спасибо.

— Да ты не бойся, я не заразный. Просто выгляжу так.

— А вы, кстати, в курсе, — вмешался Павлик, — что Ричард Хеннесси, основавший во Франции этот коньячный дом, служил в ирландском батальоне короля Людовика Пятнадцатого и даже не был французом...

— Может, хватит уже о своей Википедии? — оборвала его Зинаида и заговорила наконец о том, что, очевидно, мучило ее всю дорогу и о чем до сих пор ей хватало силы молчать. — Ты мне скажи, она насовсем переехала? Вещей много с собой привезла?

Говорить об истории французского коньяка Павлику было явно приятней, однако семейный долг в лице уставшей и сердитой жены требовал от него обсуждения более насущных материй.

— Ты знаешь... Ты лучше сама с Тёмой об этом поговори. Он уже вполне взрослый. Во всяком случае, решения принимает самостоятельно... Я понимаю, конечно, ему сейчас нелегко. Оказаться тут в его возрасте... После Москвы... Короче, со мной он не разговаривает.

— А с кем он разговаривает?

— Со своей девочкой. Она, в принципе, очень милая. Только я их почти не вижу. Они все время сидят у него в комнате. Практически не выходят.

— Нет, ну нормально? — всплеснула руками в бессильной ненависти Зинаида. — У меня в квартире поселилась чужая девка, а он ее называет «в принципе, очень милой»!

— Зина, — своим вкрадчивым тоном Павлик явно извинялся перед Филипповым. — Тёма ведь просил, чтобы мы оставили его в Москве. Его поведение сейчас — это юношеский протест.

— Еще чего! А если бы он у тебя яду попросил, ты бы тоже с радостью побежал? «Вот, сына, самый лучший цианистый калий». Слушай, хватит уже мне жилы мотать! Не я, кстати, заставила нас всех сюда переехать... А без меня он жить нигде не будет. Ни здесь, ни в Москве, ни у черта на куличках. Я сказала — и хватит об этом. Если надо возвращаться на Север, значит, возвращается вся семья.

— Аллилуйя, — сказал Филиппов.

Павлик покосился на свою фляжку, которую тот по-прежнему держал в руке.

— Вы еще будете пить, или я уберу коньячок?

Филиппов сделал большой глоток про запас и завинтил крышку.

— Как ее зовут? — с трудом сдерживая себя и почти по слогам произнесла Зинаида.

— Послушай, — осторожно начал подбор слов ее муж, убирая фляжку в карман пуховика. — Давай обо всем дома поговорим. Тут без нас, вообще, много чего изменилось.

— А скажи мне, пожалуйста, Павлик, — решил помочь ему все-таки благодарный за «Хеннесси» Филиппов. — Вот я на взлётке в порту сразу три больших самолета видел. И все три одновременно грузятся. Это что? У вас так расписание изменилось? Раньше вроде только один рейс на материк был.

— Ну, понимаете, — заметно приободрился Павлик. — Туман из-за холода опустился... Вылеты, наверно, задерживали — вот и скопились. А теперь, как только возникло окно, они их до кучи... Вам вообще повезло, что проскочили. Из Москвы уже пару дней все борты на Магадан уходят.

— Да? А что там?

— Ничего. Просто тут сильный туман.

Филиппов кивнул и замолчал, вглядываясь в серую полумглу за окном. Родные места, которые он еще не успел толком рассмотреть, вели себя как его похмельный организм — держались отстраненно и всячески подчеркивали, что они тут сами по себе и к нему, Филиппову, не имеют ни малейшего отношения. Ни с организмом, ни с родными местами он был не в силах установить хоть сколько-нибудь доверительных отношений. «Хеннесси» лишь на очень короткое время создал более-менее комфортную иллюзию контакта.

Подобно сбитой с толку Алисе в ее замороченной Стране Чудес, Филиппов осторожно присматривался к тому, что, по идее, должно было представляться ему понятным и близким, однако ничего, кроме замешательства, отчуждения и полного непонимания, эти места в нем не вызывали. Вдобавок ему было странно оттого, что хрупкая и вряд ли сильно пьющая героиня Льюиса Кэрролла испытывала одинаковые с ним переживания. Казалось бы, сказочная страна в ее возрасте — самое милое дело. Игры, зверушки, купание в луже слёз.

Уж точно не хуже, чем перемёрзшая, заполярная родина для модного режиссера с тяжелого бодуна. При этом определенного сходства с Алисой Филиппов за собой не мог не признать. Ему тоже время от времени являлись бутылочки, на которых невооруженным глазом так и читалось «Выпей меня».

Ни холмов на горизонте, ни огромной унылой пустоши, по которой бежала в сторону города портовская трасса, из-за тумана не было видно. Память быстро дорисовала всё это, и Филиппов брезгливо поморщился. Чахлые кустики, притворявшиеся деревьями, росли только в городе, а здесь, вдоль дороги в аэропорт, не было вообще никакой растительности. Летом — только пыльная, бледная от гнетущего зноя трава.

— Зато здесь не взрывают, — вслух продолжил свои размышления Филиппов.

— Что не взрывают? — Павлик с готовностью повернул к нему скрытое где-то в своей шевелюре доброжелательное ухо.

— Метро. В Москве почти каждый год... Однажды сразу на двух станциях долбануло. Сорок человек — на куски.

— Ах, вот вы о чем... Да, да, ужас... Нет, в этом отношении тут, конечно, спокойней.

— Спокойней? — переспросил Филиппов и на мгновение о чем-то задумался. — А что, если местная ГРЭС, или как она там у вас называется... Которая тепло вырабатывает... Что, если она вдруг накроется?.. Быстро, как думаешь, при таком холоде город вымрет?

От этих слов Павлика даже передернуло.

— Типун вам на язык. Как вам в голову такое могло прийти?

— Нет, ну теоретически.

— Да я даже теоретически про такие вещи не хочу говорить.

— Ну, ты хотя бы прикинь — через сколько часов батареи в домах начнут лопаться? Как люди себя поведут? И что потом будет? Сразу начнется паника или какое-то время спустя?

Павлик обеспокоенно завертел головой.

— А вам зачем? Вы вообще, для чего этот разговор затеяли?

— Мне по работе надо.

— По работе?

Павлик настороженно хмурил густые брови. Филиппов наклонился вперед и дружески потрепал его по плечу.

— Ну да, для спектакля. Хочу ощутить образ гибнущего города.

— А что за спектакль, если не секрет?

— «Чума» по Альберу Камю.

— «Чума»? Но там ведь в Алжире, кажется, всё происходит. — Павлик не упустил возможности снова блеснуть эрудицией. — В Африке, если память не изменяет, батареи от холода не лопаются. Даже на севере.

— Да какая разница! Мне важно понять, как город начнет реагировать. Он ведь чувствует свою гибель. Симптомы какие-то видит. Крысы там из подвалов ползут. А жители думают — просто плохая примета. Голод начнется, или типа того.

— У нас дома без подвалов.

— Я знаю.

— На сваях они.

— Да знаю я. Что ты заладил! Мне нужно почувствовать механизм беды. Как он тикать начинает. Понимаешь? «Тик-так, тик-так, скоро всем конец».

— Жуть какая.

— Правильно. Зритель с первых минут должен густо навалить в штаны.

Зинаида, которая уже с интересом слушала их разговор, поморщилась при этих словах Филиппова. Однако Павлик принял игру. Ему льстило, что «лицо с обложки» обращается к нему за профессиональным советом.

— Ну, батареи в домах по такой погоде лопнут, я думаю, на следующий день. Еще сутки, наверное, можно мебель жечь.

— А потом?

— А потом — я не знаю... Потом — конец.

— Не надо пока про конец. Финал мне сейчас не интересен. Важно, как стартовать. Плюс масштабы трагедии. Сколько сейчас тут народу живет?

— Около двухсот тысяч.

— Прилично. Такую ораву на самолетах быстро не увезешь. А город ведь до весны заморозят. Как им тут выживать?

— Никак.

— Офигеть...

— Павлик! — пронзительно закричала вдруг Зинаида.

Прямо перед ними стремительной черной глыбой из тумана вылетел почти такой же, как и у них, «Лэнд Крузер». Чужой внедорожник на предельной скорости шел прямо по встречной полосе. На хвосте у него висел серебристый «Бумер». В последний момент Павлик успел уйти от столкновения, бросив машину вправо, и оба встречных автомобиля пролетели слева от них в считаных сантиметрах. Филиппова жестко швырнуло на дверцу, Зинаида продолжала что-то кричать, а машину как по стиральной доске колотило на застывших от мороза придорожных рытвинах и ухабах. Когда Павлик наконец остановил свой «крузак», Филиппов отцепился от дверной ручки и потрогал ушибленную голову. На пальцах осталась кровь.

— Нормально у вас тут ездят, — пробормотал он. — Мировое искусство едва не понесло тяжелую невосполнимую утрату... нафиг.

* * *

Рядом с гостиницей, куда его привезла Зинаида, расположились, присев на корточки, несколько гастарбайтеров. Несмотря на сильный мороз, они были заняты на каких-то работах у теплотрассы. Сигаретный дым и негромкая чужая речь клубились над ними, как пар над незамерзающим водоемом. Замызганные ватные спецовки поверх рабочих комбинезонов, монтажные черные шапки с белой шнуровкой на затылке, темные лица, а также сама поза прижавшегося к земле небольшого осторожного зверя — все это вызвало у Филиппова мгновенную мысль о сотнях и тысячах других таких же присевших по всей стране людях, которые примерно в такой же одежде и примерно с такими же лицами любили почему-то именно эту позу, когда им требовалось отдохнуть.

«Быть может, — размышлял туманно Филиппов, — все они в прошлой жизни были невысокими существами: овечками, собаками, ёжиками — что-нибудь в этом духе, а потому теперь им неловко на высоте человеческого роста. Может, у них кружится голова?»

— Лучшая гостиница в городе, — сказала Зинаида, паркуясь на площади рядом со стайкой присевших на корточки ремонтников. — Хотя вы, наверное, сами уже все припомнили. Узнаете родные места?

Филиппов осторожно кивнул.

— При мне эта площадь в народе называлась «Пятак».

— Ее и сейчас так называют. Пойдемте, я помогу вам заселиться.

— А мне нужна помощь?

Стойка администратора находилась почему-то на втором этаже. Девушка за стойкой была из местных. Отвыкший от якутских лиц Филиппов с интересом и совершенно по-хамски разглядывал ее в упор. Давным-давно, еще в советские «дружбонародные» времена, когда здесь, в условиях Крайнего Севера, численно преобладал слетевшийся на денежные надбавки приезжий народ, местные в гостиницах не работали. Не было их и среди продавцов, строителей, коммунальщиков, милиционеров — обычные городские профессии как будто не подходили им. Сохраняя свою природную чистоту, они занимались охотой, олене-

водством, резьбой по кости, хождением в хоро-
водах, горловым пением, научными исследовани-
ями, доказывавшими, что именно они являются
прародителями человечества, партийной работой на высоких постах, комсомольской работой
на самых высоких постах, игрой на хомусе и, наконец, курением «Беломора». Очень старенький
и всегда очень маленьких якутских бабушек с не-
изменной папиросой во рту Филиппов помнил
с раннего детства. Ни одна большая семья, выби-
раясь летом за город, чтобы отпраздновать *Ысыах*,
свой языческий Новый год, не забывала привезти
с собой такую старушку, и та сидела в кругу родных на почетном месте, щурила узкие знающие
глаза на ведро с кумысом, покуривала «Беломор»
и непроницаемо улыбалась.

— Вы что, издеваетесь? — напирала тем временем Зинаида на девушку за стойкой. — Что значит — у вас «люкс» кем-то занят? Освободите! Вы
понимаете, кто приехал к вам в город? У вас что,
каждый день мировые звезды останавливаются?

Девушка перевела бесконечно равнодушный
взгляд на «мировую звезду», и у Филиппова возникло такое чувство, что ее узкими глазами на
него ровно секунду смотрела вся тысячелетняя
тундра — с оленями, стойбищами, ягелем, мошка-
рой, заблудившимися геологами и стужей. Судя по
ее реакции, Филиппов тундру покорить не сумел.
Подпаленная борода, разбитый лоб и влажные от
затяжного пьянства глаза, очевидно, были недостаточным аргументом. Таких «звезд» в этой гостинице видели не раз.

Заскучавший Филиппов отвернулся от покрытой дешевым пластиком стойки администратора. На противоположной стене красовались блеклые, немного криво приклеенные фотообои. Изображенная на них березовая роща со сморщенным в углу деревом олицетворяла несбыточные чаяния северян по настоящему лесу и модному лет пятнадцать назад «евроремонту».

— А где тут у тебя наливают? — спросил он девушку-тундру, прерывая страстный монолог Зинаиды. — Бар в гостинице есть?

— Баар, да, — девушка кивнула и указала на лестницу. — Бон там, мнизу.

Услышав полузабытые, но неожиданно милые сердцу созвучия, Филиппов немедленно вспомнил, что «баар» в этих местах значит «есть», а согласные звуки всегда округляются в сторону местной фонетики.

— Бахыыба, — вежливо поблагодарил он и неверным шагом направился к лестнице, ведущей на первый этаж.

В пединституте, который из-за смерти жены он так и не окончил, некоторые преподы тоже любили перекраивать русское произношение на свой лад. Вернее, не столько любили, сколько не могли произнести иначе. Физкультура у них была «пискультурой», пуфик в деканате — забавным «пупиком», икс — немного тревожным «ихасом», а «функция» самым естественным образом превращалась в медицинский термин. Кое-какие проблемы с пониманием от этого возникали, но при известной степени догадливости все они разрешались безобидным студенческим ржанием.

— Доробо, табаарыс, — поприветствовал Филиппов субтильного узкоглазого юношу за кассой, входя в то помещение, которое девушка-тундра со второго этажа назвала баром.

Несколько легких и светлых столиков, очевидно из разоренной школьной столовой, плюс никаким образом не сочетавшиеся с ними тяжелые помпезные стулья с витыми полированными спинками и красными бархатными сиденьями составляли странное убранство этой комнаты. В пандан к стульям на окнах висели громоздкие театральные портьеры, перехваченные в талии широкими пыльными поясами с огромными пуговицами. За столами никого не было. Зато на каждом из них красовалась полная до краев солонка.

«Все как мы любим», — подумал Филиппов.

Юноша за кассой оторвался от своих подсчетов, зябко поежился, пряча смуглые тонкие пальцы под мышками, и перевел безучастный взгляд на своего единственного клиента.

— Доробо, табаарыс, — повторил тот, подходя к стойке.

— Здравствуйте, — совершенно по-русски ответил бармен. — Только вы неправильно произносите. Нужна долгота на второй слог. Доро-о-о-бо. А слово «товарищ» давно вышло из употребления.

— Филолог, что ли?

Субтильный кивнул.

— Учусь на втором курсе.

— В педухе?

— Нет. У нас филиал Томского университета недавно открыли.

— Круто. А скажи мне как филолог — филологу: чего бы мне у тебя долбануть?

Мальчик завертел головой, оборачиваясь на ядовито-цветастый ряд бутылок у себя за спиной, как будто не знал, что у него там стоит. Вид этой батареи вызвал у Филиппова предварительный, но весьма ощутимый приступ тошноты.

— Только из этого мне ничего не предлагай. Без обид, но я цветное не пью.

— Может, беленькую тогда?

— Водки? — переспросил Филиппов и ненадолго задумался.

Его всегда трогали и немного смешили французы, которые у себя в ресторанах тратили уйму времени на то, чтобы сначала рассадить народ за столом, потом заказать салаты, а когда подходило время для выбора сыров, они вообще становились так задумчивы и так глубоки, что Филиппов не мог удержаться от иронии. Он постоянно подтрунивал над своими парижскими друзьями и уверял их, что замысел монументального «Мыслителя» наверняка пришел Огюсту Родену в ресторане. Француз, размышляющий над меню, просто требовал запечатлеть себя в бронзе.

Как и русский, задумавшийся — не пора ли ему накатить еще.

Впрочем, была и другая причина у Филиной задумчивости. Он прикидывал — как пойдет. Опыт подсказывал, что затея была чревата немедленными последствиями, и вполне возможно было блевануть прямо тут, но изящный и по сути математический расчет привел его в итоге к полному позитиву.

— Скажем, семьдесят грамм... Как думаешь, смогу? — на всякий случай спросил он субтильного филолога, однако вопрос этот был уже риторическим.

— «Стандарт», «Парламент» или «Булус»?

— Что за «Булус»?

— Местная водка на ледниковой воде. Леднику больше тысячи лет. Он совсем недалеко отсюда. В Качикатцах.

— Давай Качикатцы, — махнул Филиппов рукой. — Пусть шотландцы удавятся. В каком колене клетчатого клана вода для вискаря хранилась тыщу лет?

Как только философский вопрос был решен, пришла очередь скучной прозы.

— Чем будете закусывать?

Филиппов погрустнел и уставился на трупики бутербродов, закутанные в полиэтиленовые саваны и выставленные — очевидно, для церемонии прощания — прямо на барной стойке.

— Может, с рыбой? — предложил филолог, указывая на сморщенную розовую плоть под целлофаном.

— Ты ее в прошлом веке поймал?

— Нет. Вчера привезли. На улице холодно — что ей будет?

— Да уж, — вздохнул Филиппов. — У вас тут, кстати, не только на улице холодно.

Он сделал губы колечком и выдохнул наружу немного своего родного, практически имманентного ему перегара. Тот послушно сгустился в белесое облачко.

— Видал? Это что такое? На отоплении экономите?

— Не знаю, — субтильно пожал плечами филолог. — Но, вообще-то, холода рано пришли. А коммунальщики осенью, как всегда, не готовы. Временные перебои с теплом. У нас там, у входа, уже два дня бригада ремонтников суетится.

— Видел я, как они суетятся, — хмыкнул Филиппов. — С такими работничками перемерзнем сегодня ночью тут, как клопы.

— В номера тепло дается в полном объеме. Прохладно только на первом этаже.

— Ты это называешь «прохладно»? Ничего, что я в пальто у тебя тут сижу?

— Сидите, пожалуйста. Мне все равно. Может, с колбасой тогда бутерброд, если не хотите с рыбой?

Филиппов ответил не сразу, потирая озябшую лысину.

— А колбаса у тебя с крысиными хвостиками?

— Почему с крысиными хвостиками?

— Ты когда-нибудь в колбасном цеху был?

— Нет.

— Вот если бы был, тогда бы не спрашивал. Они на ночь свою мясорубку вырубают.

Он многозначительно поднял брови, но бармен оказался не настолько догадлив. Филиппову пришлось поднять брови еще раз. Бармен снова не догадался.

— И что?

— Не тупи. Представь огромную мясорубку. Просторную как вагон... Или как вот этот твой бар. Хотя это, конечно, не бар. Все, что угодно, только не бар. Зал ожидания в поселковой автостанции. Я тебе потом расскажу, какие бывают бары. В Барселоне на Рамбла я однажды очень серьезно завис в одном заведении... Ладно, это сейчас не важно. Короче, здесь у тебя мясорубка. Туши, туши... Коровьи, свинячьи... Мясо, кровища целый день. Кишки перекрученные. Все как положено. Ты это дело тут перемалываешь, кости дробишь, мозг по стенам — в общем, всё круто. Фарша у тебя до фига. Вечером надо идти домой. Рабочий день у тебя закончился. Что ты делаешь? — пародируя эпизод из «Desperados», Филиппов перегнулся через стойку к бармену и сделал тарантиновскую ложно-драматическую паузу, следом за которой должна идти непременная банальность. — Все верно, сынок. Ты нажимаешь на кнопку.

Юноша за стойкой перестал зябко поеживаться, с интересом наблюдая за тем, как Филиппов руками, голосом и даже лицом изображает затихающую после отключения промышленную мясорубку.

— И тишина, — негромко сказал тот, прекратив гудеть. — The rest is silence...

Несколько секунд они оба молчали, оставаясь неподвижны, а потом Филиппов сделал эффектный жест, который подсмотрел у одного актера тамбовского драмтеатра, выступавшего в детском спектакле «Поющий поросенок».

— И вот в этот момент... — торжественно заговорил он, гипнотизируя бармена убойным сочетанием тамбовского жеста и загробных интонаций Эдварда Радзинского. — В этот момент появляются крысы... Ты «Ревизора» читал?

— Да.

— Так это совсем не те крысы, которые приснились Городничему. Помнишь? Пришли, понюхали и пошли прочь. Нет, мой родной, этих не две. И они не уходят. Они пришли на всю ночь голодной оравой не нюхать, а жрать. Ты представляешь себе — сколько всего остается в этой выключенной мясорубке? Думаешь, ее чистят? Или, думаешь, крысы пропустят хотя бы одну ночь? Фига с два! Ходят как на работу, как паровоз по расписанию! И жрут целую ночь. Во все свои наглые крысиные морды. А вот теперь представь, что происходит наутро... Когда возвращаются эти... ну как их... колбасники, и кто-то из них врубает мясорубку опять. Думаешь, крысы пожрали, сказали спасибо и тихо пошли прочь? Или, может, у них есть такая дежурная крыса из крысиного МЧС, которая сидит на часах и ровно в половине седьмого утра говорит им: «Ребята, пипец, время валить, а то сейчас придут злые дядьки, и будет нам всем не до смеха...» Думаешь так? Вот я что-то сомневаюсь... Что-то мне кажется — нет у них такой доброй, симпатичной и внимательной крысы. А это значит, что, когда колбасники утром врубают свою шарманку, там внутри полно крыс. Наевшихся, доверчивых божьих тварей. И все они, дико при этом визжа, быстро превращаются в фарш. А теперь честно скажи мне — ты уверен, что кто-то каждое утро отделяет этот «предварительный» фарш от основного? Такой специально обученный, опытный, гигиенический человек. Нет? Вот и я не уверен... Короче, давай свою водку. Теперь я готов.

Впечатленный этой яростной импровизацией бармен покосился на свои бутерброды под сморщенным целлофаном. Его замешательство можно было понять. Во-первых, раньше он никогда так глубоко не задумывался о колбасе, а во-вторых, ему еще не встречались такие необычные люди.

— Чем тогда закусывать будете?

— А давай-ка ничем, — махнул рукой Филиппов. — Для чистоты впечатлений. Надо распробовать эту твою тысячу лет.

Однако никакого миллениума он в местной водке не ощутил. Даже полмиллениума там не определялось. Тошнота подкатила, как от обычной водяры. Филиппов инстинктивно прижал ко рту правый кулак и затаил дыхание. Где-то внутри беспокойного организма заработал вулкан. Тем не менее опыт и многолетние упражнения настолько закалили его, что в конце концов он вышел победителем в неравной борьбе.

Так древние греки, заведомо уступая в численности персидскому войску, все же не уронили свое достоинство в битве при Марафоне.

— Наколол ты меня... — выдохнул Филя и посмотрел на притихшего бармена. — Правильно поет Илья Лагутенко: «Водка — трудная вода».

Хуже мне было только от водяры моего детства. Так она хоть стоила всего шесть рублей.

— Шесть рублей двадцать копеек, — поправил бармен.

— Тебе-то откуда знать? — удивился Филиппов.

— Я помню.

— Генетической памятью?

— Нет, я сам эту водку пил.

— Да ладно тебе. В предыдущей жизни?

— Почему? В этой. При Андропове, кажется.

— А ты с какого года? — насторожился Филиппов, понимая уже, что его не разыгрывают, но все еще доверяя своим глазам.

— С шестьдесят восьмого.

— Да иди ты. Тебе сорок лет?

— Почти, — улыбнулся бармен. — А что, не видно?

— Погоди, но ты же сказал — на втором курсе учишься.

— Да. На заочном. Платить, правда, приходится, потому что второе высшее, но мне интересно. Я по первому образованию горный инженер.

— Прикольно, — протянул Филиппов. — Здорово сохранился. Я думал — тебе лет двадцать.

— Нет, тридцать девять.

— А мне сорок два... Слушай... А как... — он вдруг засмеялся. — Что за дела? Фигня какая-то... Ты в мерзлоте, что ли, в своей вечной эти годы тут пролежал? Как это называется?.. Анабиоз? Крио... чего-то там... Ты как, вообще... Нет, ну это же не бывает.

— Ну, почему? — сказал бармен. — Так вот сложилось.

— Да? — переспросил Филя, и оба они замолчали, думая каждый о своем.

* * *

Примерно через десять минут этого молчания в бар вошла Зинаида. Щеки ее пылали. Жидкая челочка воинственно подпрыгивала на лбу.

— Выбила свой люкс? — вяло поинтересовался Филиппов.

— Я для вас, между прочим, стараюсь... А вы опять пьете?

— Пью, — признался Филя. — Что мне еще делать? Хочешь местной водки? Произведена из чистейшей ледниковой воды. Экологически охренительная водяра. Но гадость невероятная.

В своем пьянстве Филиппов не находил ничего выдающегося. Пять лет назад, когда после скучной череды жизненных неудач, творческих провалов и полной безвестности на него вдруг обрушился настоящий успех, он вообще не считал это пьянством. Тогда, в возрасте тридцати семи лет, ему неожиданно стали доступны такие напитки, о существовании которых до этого он просто не знал. Или знал, но не верил, как не верят в чужих, не очень внятных богов. Дешевая водка, баночное пиво и прочее пойло, которое прежде составляло основу его *Carte des Vins* и которого без риска для жизни много просто не выпьешь, с того момента как дурной сон улетучились из его жизни, а на смену им тяжелой поступью пришел в элегантных — пару раз даже в хрустальных — бутылках алкоголь с буковками X.O, Single Malt, Reserva и VSOP. Пить его можно было сколько влезет, организм принимал такое легко. Буковки радовали Филиппова, но ему потребовался не один год на то, чтобы эту радость разделил с ним не только его внезапно потолстевший бумажник, но также язык и мягкое нёбо. Полное понимание вкусовых триумфов алкогольно-прогрессивного человечества озарило его значительно позже. А следом за ним явилась потребность оправдать свое увлечение. Успех для него уже потерял неповторимое обаяние новизны и не мог служить достаточным основанием для пьянства. Пришлось обратиться к морали.

— Мы ведь как дети, — говорил Филиппов наутро после восхитительной пьянки, разглядывая в зеркале свое отражение и слегка хлопая себя по щекам. — Мы ничего дурного не имели в виду.

Отсутствие злого умысла в качестве мотива для выпивки эффективно работало еще пару лет. Филиппов наслаждался новыми аспектами своей жизни и при этом, в отличие от других пьяниц, не чувствовал себя ни пристыженным, ни виноватым. За это время он с любопытством открыл для себя мир сухих вин, казалось бы, навсегда отрезанный в нежном советском отрочестве венгерской кислятиной «Рислинг» и болгарским макабром «Медвежья кровь». Не подводили и крепкие напитки. Орухо, чача, текила, писко, разнообразные шнапсы и марокканская буха, возгоняемая из инжира, привлекали его ароматами, которых ему не хватало в русской водке, хотя при этом и сама водка всегда находила себе заслуженное и вполне почетное место в списке его жизненных ориентиров.

Стимулировало также и то, что по утрам он ощущал себя в ином пространстве. Похмелье нередко приносило с собой новый и вполне неожиданный взгляд на привычные вещи, и как-то так получалось, что сцена, никак не дававшаяся его актерам на вечерней репетиции, вдруг открывалась перед ним наутро яркой непредсказуемой гранью, и уже на следующей репетиции актеры удивленно пожимали плечами, показывали друг другу большой палец и временами даже аплодировали своему гениальному повелителю. Все это не могло не способствовать новым экспериментам. Единственным, к чему не прикасался Филиппов, оставались ликеры. Он мог плеснуть в бокал с белым вином каплю кассиса, но все остальное с презрением отвергалось.

Впрочем, и этот безоблачный период его романа с алкоголем быстро закончился. Вообще, все, что было связано со спиртным, в его жизни происходило быстро. Филиппов быстрее всех умел открывать бутылки, быстро и точно наливал, быстро пьянел и точно так же быстро трезвел, меняя градус. Это был его фирменный секрет. Он знал, что после двух-трех бокалов вина, которые обязательно застанут его врасплох, приличный глоток скотча или бурбона немедленно вернет его к прежней быстроте реакций. Однако вскоре и само похмелье стало настолько привычным, что утренние озарения оставили его, предпочитая, наверное, каких-то других, более возвышенных пьяниц. Никаких новых и странных мыслей по режиссуре к Филиппову с похмелья больше не приходило.

Это молчание вышних сфер обеспокоило его, и он всерьез начал подумывать о трезвой жизни, но тут на помощь подоспела удивительно свежая и в некотором смысле даже поэтическая доктрина алкоголизма. Она была чиста и прекрасна, как восставшее ото сна дитя, и Филиппов с готовностью пал к ее подножию, сложив развернутые уже знамена здравого смысла и социальной ответственности. Неожиданно для самого себя он вдруг сформулировал, что пьянство — это просто еще одна форма искренности. А кто, спрашивается, должен быть искренним прежде всего, если не художник?

— Ну, не знаю, не знаю, — пожала плечами Зинаида. — По-моему, художнику лучше быть прежде всего живым. А вы такими темпами угробите себя очень скоро.

— Насчет живым — это не факт, — возразил Филиппов, указывая бармену пальцем на свою пустую рюмку. — Ты в курсе, как хорошо покойники продаются? Майкл Джексон вот если сейчас вдруг помрет — знаешь, сколько бабла нашерстит. А живой он уже давно никому не нужен.

— Майкл Джексон — это понятно. У него пластинки, песни. А вам-то после смерти что продавать? Сценографию ваших спектаклей?

— У-у, какие слова знаем... Сценография... — Филиппов кивнул замешкавшемуся бармену. — Давай-давай, наливай, не стесняйся.

— Можете издеваться сколько хотите, только проблема налицо. В обморок в машине упали. А до этого — сами сказали, что в самолете. Два обморока за один день.

— В машине? Я?

— А кто — я, что ли?

Филиппов оторвал взгляд от заново наполненной рюмки и недоверчиво посмотрел на Зинаиду.

— Не ври.

— Я же еще «не ври». Двадцать минут в полном отрубе на заднем сиденье лежали, а теперь отпираетесь.

— Когда это я лежал?

— Да почти всю дорогу после переправы.

— Не ври.

— Хватит уже, надоело.

— Зина, ты мне не хами. Кто тебя воспитывал?

— А вас кто?

— Подожди секундочку.

Филиппов повернулся к бармену:

— Ты про «маннергеймовку» слышал?

— Да, финская водка такая.

— Дело не в том, что финская, а в том, как ее пить. Маршал Маннергейм требовал наполнения рюмки до самых краев. Можешь налить полную? Так, чтобы «с горкой» чуть-чуть. Правда, финны для этого и рюмку, и водку специально подмораживали. Поверхностное натяжение тогда сильней. Почти как у масла.

— Зачем подмораживать? У нас и так холодно, — пожал плечами бармен и осторожно долил в рюмку.

Филиппов склонился над ней, оценил, а затем кивнул.

— Нормально. Обязательно надо, чтобы водка над краями слегка... Таким бугорком... А теперь смотри, тетя Зина.

Он аккуратно взял рюмку со стойки и плавно понес ее к своему раскрытому уже рту. В какой-то момент водка над рюмочными краями угрожающе заколыхалась. Филиппов замер, пережидая это волнение. Потом решительно двинулся на рюмку подбородком и в один глоток проглотил ее содержимое.

— Поняла? А ты меня тут немощным выставляешь. Ни одной капли не пролил. Маршал Маннергейм, между прочим, офицеров себе так подбирал. У мужа спроси — он наверняка знает... Точно не хочешь? Замерзла ведь. Накати. А то у тебя вот здесь на шее уже гусиная кожа.

Он протянул руку, чтобы прикоснуться к ней, и Зинаида не успела отстраниться. То есть она отстранилась, но с опозданием. От этого возникла неловкость.

— Нет, я пойду. Меня дома ждут.

— Кто? Подруга твоего сына?

Зинаида от этих слов замерла как хомячок в клетке, если неожиданно постучать сверху по решетке пальцем.

— Ты так на меня смотришь, как будто это я убил Кенни.

— Кого?

— Если не знаешь, объяснять бесполезно. Я пошутить пытался. Кстати, если бы знала, легче бы нашла общий язык со своим сыном.

— Вам-то какое дело?

— Мне? — Филиппов пожал плечами, скроил гримасу волка из детского утренника и покачал головой. — Никакого. Просто к слову пришлось. Ты, правда, не знаешь, кто такой Кенни?

— Сказала же.

— Ладно, не сердись... Ты меня, между прочим, тоже обидела своим враньем про обморок. Я просто виду не подал. Железная выдержка. Долгие годы тренировок.

— Да не врала я вам.

— Слушай, не начинай. Скучно уже. Я всю дорогу помню от аэропорта до самой гостиницы.

— Помните? Хорошо. Тогда расскажите, что случилось на трассе.

— А ты хрюкнешь для меня?

Зинаида снова опешила.

— В каком смысле?

— В прямом. Как в самолете хрюкала, когда смеялась. Мне ужасно понравилось. Хрюкни, пожалуйста. Мне надо запомнить. Я своей актрисе потом покажу. Пусть она тоже так смеется. У нее в одном хорошем спектакле смех в начале второго акта не получается. А если будет хрюкать, как ты, то получится. Я на репетициях ей говорил — представь, что я сижу на уличном фонаре с голым задом. Так хорошо пару спектаклей смеялась... А потом перестала. Моя голая задница ее больше не веселит... Хрюкни, пожалуйста. Ну что тебе, трудно? У меня важная сцена провисает.

Зинаида секунду смотрела на Филиппова, потом отважно сморщила нос и хрюкнула.

— Не-ет, ну так нечестно, — разочарованно протянул он. — Ты всю органику потеряла. Так любой дурак сможет. В самолете у тебя совсем по-другому было. Обаятельно получалось. Такая добрая мультяшная свинка.

— Хотите, я могу хрюкнуть? — предложил бармен.

— Нет, спасибо. Мне женский звук нужен.

— А я могу и как женщина.

— Вот этого точно не надо. И вообще... Уже неинтересно.

Филиппов действительно поскучнел и снова указал бармену пальцем на пустую рюмку.

— «Маннергеймовку»? — спросил тот.

— Не надо. Налей как обычно.

— Я жду, — сказала Зинаида. — Я свою часть договора выполнила.

— А у нас тут бизнес, что ли? — покосился на нее Филиппов.

— Слово надо держать.

— Ну, хорошо, — вздохнул он. — Дай только выпью.

Проглотив третью рюмку, он поморщился, понюхал кулак и поморгал.

— Короче, слушай... После переправы на портовской трассе нам навстречу выехал какой-то дебил. Мы слетели с дороги. Я ударился головой. Потом этот придурок выскочил из своей машины... А нет, погоди... Он не выскочил. Там была вторая машина... И в ней сидело несколько человек. Они вытащили этого придурка из джипа и начали его... Да... А Павлик твой пытался их остановить... — Филиппов сделал паузу. — Потому что это была девушка...

— Ну? — сказала Зинаида, подождав несколько секунд. — И что было дальше?

— Дальше... А я почему-то не помню... И, кстати, куда делся Павлик? Почему ты одна меня в гостиницу привезла?

— Вот видите. Вы даже про Павлика ничего не помните. А в обморок упали гораздо позже.

— Да отцепись ты со своим обмороком. Что это за девушка была? И почему за ней гнались?... Нет, подожди, я сам вспомню... Просто надо повторить мизансцену. Иди сюда.

Он соскочил с табурета у стойки и потащил Зинаиду к одному из столов.

— Сядь.

Филиппов усадил ее на помпезный стул с полированной спинкой, а сам, скрежетнув тяжелыми ножками другого стула по кафелю, уселся позади нее.

— Значит, вот так мы сидели... Вот тут слева был Павлик... Дай стул для него тоже поставлю... Чужая машина пролетела мимо нас и остановилась вон там... Потом из второй машины... Нет, погоди...

Он вскочил со своего стула и подбежал к большому столу в противоположном углу помещения.

— Это вот будет их машина... Отсюда выходят трое таких амбалов.

Он сгорбился и показал несуществующую в природе мощь и угрозу.

— И они бегут к этому джипу... В рапиде...

Филиппов почему-то, как при замедленной съемке, начал показывать бег троих мужчин, направляясь к другому столу, который, очевидно, играл для него роль третьего автомобиля.

— Они подбегают... Вытаскивают водителя... И в этот момент...

Он бросился к Зинаиде, плюхнулся на стул рядом с ней, а потом резко открыл несуществующую дверцу.

— В этот момент твой Павлик выскакивает наружу и бежит к ним...

Филиппов показал такой же замедленный, как у нападавших, бег Павлика, озираясь при этом и беззвучно открывая рот.

— Он что-то кричал... Но было не слышно... Дверца уже захлопнулась... А я был вот здесь...

Филиппов снова бросился к своему стулу и развалился на нем, сильно запрокинув голову и прижав к ней ладонь.

— Но я все видел... Эти трое вытащили водителя... Тот упирался... Твой Павлик подбежал к ним... — Филиппов помолчал. — Дальше смутно... Туман какой-то...

— И все? — скептически хмыкнула Зинаида, поворачиваясь к нему. — А говорили, что вспомните.

— Знаешь что? Ты достала. Я тебе рассказал, что произошло на трассе. Что ты еще хочешь? Я даже помню, как она была одета... Черные джинсы, унты... Такие узкие и высокие... Темный свитер... Кажется, синий... Серый шарф, длинный, замотан в несколько раз. Темная норковая ушанка. Похожая на мужскую... Я поэтому принял ее сначала за парня... Получила? — Филиппов торжествующе смотрел на Зинаиду. — Будет она меня еще проверять... Все как в аптеке.

— Хорошо, — кивнула она. — И куда потом делся Павлик? Почему эта девушка убегала? Кто она?

Филиппов молчал.

— Мы ведь это все обсудили, — сказала Зинаида.

— С кем?

— С вами.

— Когда?

— Час назад. Прямо там, в машине. Только после этого вы грохнулись в обморок и теперь ничего не помните.

Филиппов загрустил и повесил голову.

— У тебя есть на чем CD слушать? — спросил он бармена, спустя минуту.

Тот нырнул под стойку и затем водрузил на нее пузатый магнитофон.

— Вот это поставь, — сказал Филиппов, подходя к нему и вынимая из внутреннего кармана пальто диск Тома Уэйтса, который повсюду таскал с собой и донимал им барменов по всему миру. — Третья дорожка.

Магнитофон щелкнул, в колонках над барной стойкой что-то откликнулось, и Филиппов кивнул, прислушиваясь к родному хриплому голосу.

«You'll be lost and never found
You can never turn around
Don't go down
To Fannin Street».

Задолбанный жизнью Том гудел в колонках про то, как легко потеряться, разок свернув не туда, а Зинаида качала головой, глядя на Филиппова.

— Ведь вы ничего не помните. Вообще, ничего...

Занавес

Антракт

ДЕМОН ПУСТОТЫ

В жизни Филиппова он появился как-то постепенно. Мелькал то на одной, то на другой вечеринке, на заметных премьерах, и довольно долгое время Филиппов, даже узнавая его, не вступал с ним в разговор. Набор персонажей на подобных мероприятиях всегда более-менее один и тот же, поэтому никто никого особо не выделяет в этих местах. Все узнают друг друга и всем друг на друга плевать. Филиппов считал, что он чей-то приятель, общий знакомый, с которым говорить вовсе не обязательно.

Потом они начали кивать при встрече, обменялись однажды остротами, и Филиппов решил, что незнакомец ему симпатичен. Он привлекал умением свежо и быстро ответить, легким цинизмом, бесцеремонностью и в то же время обаятельной простотой. Однако по-настоящему они сошлись на почве злословия. Оказавшись как-то раз бок о бок на тесном диванчике в посольстве одной маленькой, но очень богатой европейской страны, они так сладко перемыли косточки всем присутствующим на том приеме, что Филиппов, погибавший до этого от скуки, немедленно воспарил и признал в незнакомце родную кровь.

Уже при следующей встрече на презентации чего-то или на вручении какой-то премии в «Президент-Отеле» он попытался навести справки, однако никто из его знакомых этого персонажа напрямую не знал. Все уверяли, что он чей-то приятель, но тот, на кого ссылались, через минуту тоже отказывался от этого знакомства, направляя Филиппова к следующему кандидату. Впрочем, это практически сразу перестало его беспокоить. Он решил, что остроумный собеседник является типичным халявщиком, который проникает на модные вечеринки, а это во многом совпадало с его собственными взглядами на жизнь.

Завидев своего нового друга, он радостно хватал его под руку, тащил в ближайший укромный угол, вертел пуговицу на его дорогом пиджаке и шептал смешные гадости про всех, кто проходил мимо или останавливался, чтобы приветливо звякнуть бокалом. Он блаженствовал от того, что не был близок со своим собеседником. Человеку из своего круга Филиппов бы точно поостерегся рассказывать все эти вещи о своих коллегах, партнерах, друзьях и бывших любовницах. Незнакомец же всегда приходил в неизменный восторг, а в качестве ответного хода сообщал об этих же людях такие пикантные подробности, которых не знал даже Филиппов и которые бодрили не хуже узкой белой дорожки на темном стекле. Именно от этого никому не знакомого персонажа он узнал о том, каким интересным образом одна его бывшая актриса пыталась женить на себе известного «владельца заводов, газет, пароходов», неосторожно положившего на нее глаз. Стремясь лишить бедолагу всякого выбора и накрепко привязать его к себе, изобретательная жрица Мельпомены перед сексом использовала кокаин вагинально, что приводило к феерическим оргазмам не только доверчивого жениха, но и саму прекрасную претендентку.

— Вот так легко можно стать совершенством, — улыбался Филиппову его новый замечательный друг. — А ты всё — «талант, талант»...

Об изначальной испорченности людей он однажды рассказал чудесную сказку.

— Доброе божество, создавшее мир, задумало населить его разумными смертными существами и для начала вылепило их модели в натуральную величину. Эти статуи божество поместило в большой каменный дом, рядом поставило сторожа и велело ему не пускать в дом злого духа. Тот был известен своими пакостями и, разумеется, не упустил бы возможности поучаствовать в процессе производства первых людей. Злой дух, как водится, ждать себя не заставил и подкупил сторожа, пообещав ему теплую шубу, потому что действие происходило в наших с тобой родных местах, и доходяга реально мерз на посту. Злой дух проник в дом, повсюду нагадил, а нечистотами своими из озорства или, быть может, из непочтения к таланту ваятеля испачкал несчастных истуканов с ног до головы. Доброе божество после всего этого безобразия превратило незадачливого сторожа в собаку, а изваяния, чтобы дерьма на них не было видно, вывернуло наизнанку. С тех пор люди наполнены сам понимаешь чем.

Филиппов был искренне рад узнать, что незнакомец — его земляк. Это сдружило их еще больше. Пару раз они оказывались в одной машине, возвращаясь в Москву после шикарных загородных вечеринок, и тот успел посвятить Филиппова в свою секретную концепцию пустоты.

— Пойми, дружище, — негромко говорил он. — Нет ничего более опрятного, стройного и красивого, чем эта доктрина. Я работаю над ней уже много лет. Согласись, что каждый изо всех сил устремляется к обладанию. Все хотят владеть чем-то, наполнить себя и свою жизнь приятным, важным и дорогим. Но это ошибка, это одно из самых печальных на свете заблуждений. Сколько бы человек ни приобрел, ему все равно будет мало. Его всегда мучает жажда чего-то еще. Или хотя бы подозрение того, что есть что-то еще. И лишь пустота способна идеально заполнить человеческую душу. Только она не оставит в душе ни одного незанятого местечка. Чистая физика, брат. С ней не поспоришь.

Очарованный этой логикой Филиппов сближался с незнакомцем до того самого момента, пока однажды, проснувшись, не обнаружил его у себя в квартире. Сначала он решил, что накануне они здорово перебрали, и тот просто у него переночевал, но и на следующий день его новый друг никуда не ушел. Вскоре он объяснил Филиппову, кто он такой на самом деле.

Действие второе

Точка замерзания

Проснулся Филя в совершеннейшей темноте. Его разбудил неприятный клацающий звук, как будто за стеной играли на деревянных ложках. При этом задорные ложкари еще слегка подвывали. Он попытался отвлечься от этой гостиничной самодеятельности, усыпляя себя придуманным на такие случаи способом, но старый трюк не сработал. Филя мысленно дорисовывал звуку его причину, однако вместо привычных и убаюкивающих картин ему мерещились какие-то жестяные кролики, предающиеся энергичной и громыхающей любви. Он готов был выскочить из постели и разнести всю гостиницу в клочья, но, поймав себя мокрой рукой за трясущуюся нижнюю челюсть, мгновенно прервал ненавистный стук и подвывание. Впрочем, пытаясь нащупать на тумбочке рядом с кроватью свои часы, он уловил еще более странные звуки. Одеяло, которым он был укрыт, вовсе не зашуршало, когда он потянулся к часам, а неожиданно хлюпнуло и потом издало плещущий звук. Филя попытался опустить правую ногу с кровати, чтобы встать и включить наконец свет, но колено стукнулось обо что-то твердое. При этом хлюпанье и плескание повторились. Окончательно сбитый с толку, он замер, стараясь проснуться, затем осторожно пошарил вокруг себя руками, наткнулся на какие-то пластиковые флаконы и понял, что сидит в наполненной ванне. Вода была ледяной.

Филя некрасиво и гулко выругался, вспомнив, что действительно наполнял ванну перед тем, как завалиться в кровать. Он давно уже практиковал эту процедуру, наивно полагая, что борется с обезвоживанием организма. Спиртное сушило его плоть до состояния готовых вспыхнуть торфяников, а выпивка при перелетах на большой высоте, как он недавно узнал, обезвоживала его талантливую тушку в два раза быстрее. Непонятно было только, почему погас свет.

Филя потер мокрыми руками лицо, надеясь разглядеть что-нибудь в кромешной темноте, но дверь в ванную он сам закрыл на замок, потому что из-за неясных страхов всегда поступал так в отелях, а свет в комнате был погашен. Так что даже под дверью не светилось никакой полоски. Впрочем, какая полоска. Где сама дверь — и то было непонятно. Филю колотило уже отнюдь не мелкой дрожью.

«Хорошо, хоть не утонул», — шевельнулось у него в голове, однако мысль эта не послужила ему утешением.

Пытаясь припомнить, с какой стороны от ванны располагалась покрытая кафелем стена, он приподнялся на дрожавших руках, качнулся вправо и долбанулся головой с такой силой, что рухнул обратно в ледяную воду. Застонав от боли, холода и отчаяния, он разозлился, вскочил на ноги, тут же поскользнулся, в испуге присел, чтобы обрести равновесие, одной рукой зачем-то прикрыл скукоженное до детских размеров мужское хозяйство, другую вытянул влево и, не наткнувшись уже на препятствие, осторожно перешагнул бортик ванны. Под ногами зазвенела забытая с вечера бутылка. Резко шибануло дешевым вискарем. Филиппов замер, соображая — разбил он бутылку или нет, а потом сделал робкий шаг. Ступать он старался на кончики пальцев, чтобы не порезаться, если бутылка все же разбилась, однако ноги его дрожали так сильно, а ледяной кафель был таким скользким, что ему пришлось для надежности опускаться на всю ступню. Иначе он рисковал грохнуться на пол и убиться, например, об унитаз или об раковину, расположения которых он совсем не помнил.

Первым делом надо было найти выключатель, поэтому он прижался плечом к стене и двинулся вдоль нее, шаря рукой по кафелю где-то на уровне головы. Стена оказалась неимоверно длинной. Примерно как та нора, в которую свалилась любознательная Алиса в погоне за кроликом. Филиппов скользил вдоль стены целую вечность, пока не уперся в угол. Выключателя на ней не оказалось. Или он был, но на другой высоте. Стараясь не думать об этой возможности, Филя двинулся дальше. Ноги его совершенно заледенели. Плечо, которым он касался стены, саднило уже от какой-то царапины. В голове толкались мысли о мерзкой заразе, покрывающей гостиничный кафель, а выключатель всё никак не попадал ему под руку. Неожиданно он вспомнил о вешалке для полотенец и замер, нерешительно поджимая ноги. Конструкция состояла из трех внушительных металлических штырей, произвольно ходивших в разные стороны, и, следовательно, сейчас он мог наткнуться лицом на один из этих никелированных штыков. Представляя себя уже с выколотыми глазами, Филя слегка присел, а потом в полуприседе медленно двинулся дальше. Выключатель оказался на высоте его живота. С какой целью он был туда помещен, осталось загадкой.

Филиппов пощелкал кнопкой несколько раз, и неоновая трубка у него над головой, погудев и помигав для острастки, осветила его серое скрюченное тельце в мутноватом зеркале на соседней стене. Филя удивился, насколько маленькой на самом деле оказалась и ванная комната, и он сам, брезгливо сморщился при виде голого убожества в зеркале и перевел взгляд на опрокинутую прямоугольную бутылку, в которой еще темнел не до конца пролившийся алкоголь.

— Блин, я уже до «Ред Лэйбл» дошел, — застонал он.

Окно в номере оказалось закрытым. Подергав его, Филиппов удостоверился, что жуткий дубак, из-за которого дыхание явственно обращалось в пар, наступил в номере вовсе не по причине его пьяного желания проветрить комнату перед сном. Батареи едва теплились на ощупь. Сотрясаясь всем телом и снова подвывая от холода, он попытался отыскать свое нижнее белье, но быстро оставил эту затею и после небольшого сражения сумел натянуть на все еще мокрые ноги брошенные у порога штаны и ботинки. Ему хотелось поскорее выбежать в коридор, потому что там, по его лихорадочным прикидкам, должно было сохраниться хоть какое-нибудь тепло. По крайней мере, ни одно окно с улицы, насколько он помнил, туда не выходило. Не заморачиваясь на мелкие пуговки своей рубашки, он накинул на плечи поверх нее гостиничное одеяло в крупную и как будто грязную клетку, а затем бросился к выходу. Проскочив мимо распахнутой двери в ванную комнату, он, впрочем, притормозил. Сто грамм отвратного купажного пойла, оставшиеся в опрокинутой бутылке, могли сейчас очень и очень пригодиться. Филя вернулся за вискарем и уже с холодной бутылкой в руке выбрался, наконец, из номера.

Полутемный коридор с уходившими в обе стороны рядами одинаковых, как номерки в театральном гардеробе, дверей был пуст. Гостиница либо уже вымерла, и окоченевшие трупы постояльцев примерзли к гостеприимным матрасам, либо такой холод тут был совершенно обычным делом, и все уже давно привыкли, и у каждого наготове имелась добрая медвежья шкура, в которую можно было спокойно завернуться у себя в номере, и не метаться в мокрых штанах и грубом клетчатом одеяле по коридору. Филиппов дернулся сначала налево, но, пробежав рысцой метров двадцать и не найдя за поворотом стойку администратора, повернулся и гордым рысаком побежал направо. Чего конкретно он хотел от служащих отеля, Филя еще не понимал, однако бег по красной ковровой дорожке — пусть и на деревянных ногах — все же немного согрел его, и в противоположном конце пустынного коридора он приостановился на секунду, чтобы выпить. Вид уходящей в полутемную бесконечность красной дорожки привычно порадовал его, но он быстро прогнал от себя близкие сердцу образы.

— Велкам хоум, — пробормотал Филиппов, сделав большой и жадный глоток из бутылки.

Купажированная гадость, кроме которой в местных магазинах совершенно нечего было купить, показалась ему в этот момент вполне сносным напитком. Горло, покрытое мурашками от холода даже внутри, с благодарностью приняло янтарную влагу, на заплывшие глаза с готовностью набежали стеклянные слезки, и Филя замер, как экспонат из музея мадам Тюссо, прислушиваясь к себе, к холоду, к обожженным и засаднившим от спиртного губам, к трудно скользящему внутри него низкосортному вискарю, к желудку, до которого еще не добежало, и к молчаливой гостинице, которой, по местной фразеологии, был явно пофиг мороз. Вискарик больше удивил желудок, чем самого Филю. Тот пивал вещи похуже.

Он выпрямился и еще секунду постоял неподвижно, делая губы колечком и проверяя, не обращается ли дыхание в пар. Обожженные губы от этих усилий, видимо, лопнули, и Филя почувствовал, как в уголках рта у него опять защипало.

— Блин, — буркнул он, не удержавшись от того, чтобы лизнуть болячку.

* * *

Девушка за стойкой администратора крепко спала, положив голову на руки. Ее волосы, убранные в длинный хвост, блестели в свете неоновой лампы, как будто их кто-то намазал жиром. Таких черных и таких густых волос, как у якуток, Филиппов не встречал больше ни у кого. Они были не просто густыми, а толстыми. Каждый волос в отдельности имел собственную толщину, и вместе они составляли даже не прическу, а самостоятельный, мощно живущий организм. В давние времена мужья этих женщин, очевидно, могли запросто плести из таких волос тетиву для своих луков, неводы для ловли рыб и оленью упряжь. Филиппову пришлось взять себя в руки, чтобы не потрогать это блестевшее, как смола, густое сокровище.

Большие часы на стене показывали половину шестого. Из-за долгого перелета, непрерывного пьянства и гигантской смены часовых поясов он совершенно потерялся во времени. Утро было сейчас или вечер — этого определить он не мог. Скорее всего, конечно, девушка крепко спала, отсидев на дежурстве ночную смену, однако причин поспать вечерком у нее тоже могло быть сколько угодно. Филиппов знал пару знаменитых актеров, которым в гримерку специально подселяли беспокойную молодежь, чтобы они не проспали вечернюю репетицию. Ходили слухи, что однажды при подписании договора кто-то из них потребовал внести пункт о праве на оплачиваемый послеобеденный сон.

В отличие от Филиппова, спящая красавица была одета по ситуации. Безразмерный китайский пуховик защитного цвета с огромным, как шлем от космического скафандра, капюшоном, обмотанный вокруг шеи в несколько рядов шарф и варежки с бисером, на которых лежала ее голова, обеспечивали ее свежему организму здоровый сон, тогда как похмельный Филя в своем одеяльце и влажной рубашке под ним дрожал подобно неприкаянной дворняге в ненастную зимнюю ночь. Глядя на размеренно дышавшую в своем былинном сне девушку, он даже ощутил, что она сама как будто источает тепло. Протянув руку, чтобы удостовериться, Филиппов с изумлением понял, что не ошибся. От черноволосой администраторши исходили вполне ощутимые волны тепла.

Несколько минут Филя стоял над ней, вытягивая по очереди то одну, то другую руку, все еще не в силах отпустить одеяло, которое он сжимал у горла. Ему было плевать на природу этого чуда. Главное, что оно произошло. Он грелся в лучах этой девушки, как у печки, стараясь не разбудить ее, и механизм местных чудес при этом его нисколько не волновал. В голове у него не шевелилось даже и тени удивления. Важно было хоть немного согреться. Впрочем, когда дрожь перестала сотрясать его подобно отбойному молотку, он все же вспомнил про всякие шаманские дела, однако, склонившись над девушкой чуть ниже, увидел сбоку от ее кресла включенный в большой сетевой фильтр обогреватель.

— Электролюкс, — одними губами, словно боясь спугнуть, прочитал Филя красивые серые буквы на белоснежной панели.

Небольшой дисплей мягко светился зелеными цифрами.

— Двадцать пять градусов, — совершенно непроизвольно, как зачарованный, прошептал он.

Обойдя стойку с другой стороны, Филиппов присел на корточки рядом с обогревателем, секунду или две о чем-то подумал, а затем осторожно вытащил вилку из розетки сетевого фильтра. Обогреватель на ощупь оказался горячим, поэтому Филя стянул с себя одеяло и завернул шведское чудо в него. Отходить надо было негромко, но быстро. Филиппов приподнялся на цыпочки, сделал один шаг, другой, а затем, подобно легкомысленному Альберу, пытающемуся сбежать от мертвых и разгневанных подружек Жизели, помчался прочь с этого кладбища оледеневших надежд. Пробежав легкой ланью до поворота, он замер и прислонился к стене. Сердце его безумно колотилось прямо в обогреватель. Филя возликовал и, ликующий, вошел в свой коридор.

Пустая бутылка из-под «Ред Лэйбл» стояла на том же месте, где он оставил ее пару минут назад.

— Мерзни здесь, тварь, — злорадно прошептал Филиппов, косясь на опустевший сосуд и прижимая к животу завернутый в одеяло теплый обогреватель. — Никому ты не нужна больше. Чтоб ты сдохла.

Брезгливо обойдя бутылку, он направился к своему номеру, однако чем дальше он шел по коридору, тем неуверенней становился его шаг. Бесконечный ряд дверей по левую руку все больше обескураживал его. Наконец Филя остановился. Выходя из своего номера, он даже не задумался о том, как найдет его по возвращении. Запомнить цифры на серой двери в момент бегства просто не пришло ему в голову. Более того, теперь он сомневался и в том, что номер его располагался по левую руку.

— Вполне возможно, что и по правую, — пробормотал Филиппов, оборачиваясь на преданную им, осиротевшую бутылку и пытаясь понять, как он двигался относительно ее нынешнего положения, когда искал стойку администратора. — Вот здесь я остановился и выпил...

Он вернулся к бутылке и поставил обогреватель на пол. Отринутая подруга стояла у правой стены. Это означало, что Филя, скорее всего, держался во время движения ближе к ней. А значит, его комната наверняка тоже располагалась справа. Вряд ли он стал бы пересекать коридор, выйдя из номера.

— А если на автомате? — тут же засомневался он. — Правостороннее движение, привычка... Нет, это не сто процентов... Блин...

Он повертел головой, прислушиваясь к своей интуиции, но та глухо молчала. Ее устраивали обе стороны коридора. Решив, что сердце подскажет ему, когда он окажется напротив двери в свой номер, Филиппов медленно двинулся по ковровой дорожке. Холод уже опять брал свое, но Филя не стал снимать одеяло с обогревателя. Он был занят подсчетом шагов. Ему казалось, что от бутылки до его двери их должно быть не больше пятнадцати.

На шестнадцатом шаге он остановился и посмотрел на дверь слева от себя. Сердце не издало ни звука. Тогда он перевел взгляд направо. Полная тишина.

— Блин, я же успел в другую сторону сбегать, — вспомнил он свой бросок из номера к захламленной лестничной клетке.

С учетом того пробега расстояние от бутылки считать было бесполезно. Ориентиры окончательно сбились. Филя вернулся к обогревателю и, переживая ощутимые угрызения совести, взял с пола бутылку в надежде, что там для него осталось хоть что-нибудь. Мстительная тварь не выдала ни грамма.

— Ну и пошла ты, — буркнул Филиппов. — Тоже мне...

Холод снова пробирал его до костей. Обогреватель совсем остыл, и Филя стащил с него одеяло. Электрических розеток в коридоре не было. Оставалось только вернуть украденное сокровище на место, включить его в сетевой фильтр и тихо просидеть рядом с ним до утра, как старый брошенный всеми индеец в одеяле. Без капли спиртного.

Однако, вспомнив о девушке, спавшей за своим рабочим столом, Филиппов на мгновение замер, а потом неслышной рысцой побежал обратно к стойке администратора. Одеяло так и осталось лежать на полу.

Не добежав до стойки нескольких метров, он остановился, чтобы успокоить дыхание. Разбудить спящую красавицу было бы полной катастрофой. На цыпочках он подошел к ней, склонился над гигантским капюшоном и затих, стараясь дрожать с наименьшей амплитудой. Под ее сложенными руками, на которых покоилась непропорционально большая черноволосая голова, на столе лежал список номеров с фамилиями постояльцев. Об этом листе и вспомнил Филя минуту назад. Из-под левой варежки с бисером выползали плохо пропечатанные принтером буковки «... липпов». Далее стояла цифра «237».

— Ну и как можно забыть такой номер? — бормотал он, торопливо собирая в коридоре свои пожитки.

Пустая бутылка на этот раз тоже вошла в их число.

Обогреватель, бутылка и одеяло были у него в руках, когда он подошел к двери своего номера, толкнул ее ногой и понял, что у него нет ключа. Карманы брюк были слишком узкими, чтобы вместить огромный, как детская лопата, пластиковый брелок.

Филя выдохнул небольшое облачко пара и секунд на пять-шесть подвис подобно заглючившему компу. Перегрузить его тут в коридоре было некому. Скоро, впрочем, взгляд его снова стал осмыслен, так как он вспомнил, что, выбегая из номера, держал ключ под мышкой. Руки были заняты бутылкой и одеялом.

— И куда же он делся?

В коридоре, насколько хватало взгляда, ни на ковровой дорожке, ни сбоку от нее ключ не лежал. Оставалось только одно место.

И Филя помчался к стойке администратора в третий раз.

Приближаясь к спящей красавице, он заметил, что голова ее была повернута в другую сторону, а выражение лица с умиротворенного сменилось на какое-то осуждающее. Очевидно, она уже ощутила пропажу обогревателя, и сны ее перестали быть безмятежны. Вот-вот она должна была задаться вопросом — кто виноват.

Филя опустился на четвереньки, чтобы в случае тревоги не сразу попасться ей на глаза, и принялся обследовать пространство вокруг стойки. Ключа нигде не было. Когда он заполз практически под спящего администратора, та завозилась на своем кресле, пытаясь, очевидно, вынырнуть из тревожного, стремительно остывающего сна. Филиппов замер с поднятой рукой и коленкой, но девушка не проснулась. Ключа под ее столом тоже не было. Впрочем, как признался самому себе Филя, он и не мог туда попасть. Но куда не заглянешь, если потерял что-то важное?

Однако потери его на этом далеко не закончились. Вернувшись к своему номеру и уже снова стуча зубами от холода, он обнаружил на пороге оставленное им одеяло, оставленную бутылку из-под вискаря, но не украденный обогреватель. Кто-то украл его еще раз.

— Да что за люди! — застонал Филя, опускаясь на пол рядом со своей дверью. — Ни стыда, блин, ни совести...

В этот момент ему показалось, что за дверью у него в номере кто-то стоит. Конкретно он ничего не услышал, но там как будто кто-то вздохнул.

Или сдержал смех. Или большая птица раскрыла крылья.

Филя перестал щелкать зубами и гудеть от холода, прислушавшись к ночной гостиничной тишине. Птица в номере тоже притаилась. Филиппов, судорожно хватаясь за ручку двери, поднялся на ноги, выпрямился и уставился в дверной глазок. У него было твердое ощущение, что оттуда на него тоже смотрят. Мурашки по спине у него не побежали только по той причине, что они давно уже были там.

В следующее мгновение тот, кто смотрел на него из номера, отошел от двери, и Филиппов отчетливо увидел падающий через глазок электрический свет.

— Открывай! — застучал он в дверь. — Я кому говорю! Открыл быстро!

Свет в глазке снова исчез, и через мгновение прозвучал незнакомый голос:

— Кто там?

— Сто грамм... — пробормотал Филиппов. — Я фигею...

* * *

В жизни — какой бы ясной, разложенной по полкам и скучной она ни была — иногда наступают такие моменты, когда мы совершенно отчетливо понимаем, что вот сейчас, в эту минуту, возможно всё. Мы понимаем это холодно, отстраненно и вместе с тем яростно. Мы вдруг понимаем, что самолет может рухнуть, жена — не прийти домой, человек, стоящий рядом с нами в метро, — оказаться носителем смертельного вируса. Более того, умерший давным-давно друг может окликнуть в подземном переходе, полночное небо — воссиять от края до края, рыба — заговорить, а черный кот — счесть нас дурной приметой. Бывают минуты, когда возможным кажется всё, на что способно наше воображение.

И тогда нам вполне может показаться, что в номере провинциальной гостиницы нас поджидает смерть. Не то лысое чучело в балахоне из бергмановской «Седьмой печати», и не та крохотуля с косой из анекдота про канарейку, а наша законная, нормальных размеров, родная смерть, отпустившая нас зачем-то сюда на целых сорок два года. И тогда мы поворачиваемся и начинаем медленно убегать, хотя сто тысяч раз говорили себе, что смерти мы не боимся, что умереть — это просто вернуться домой, или — в гавань, как поет бесстрашный Том Уэйтс, но красная ковровая дорожка уже вступила в сговор с нашей воспаленной фантазией, уже стала непроходимой трясиной, и ноги проваливаются в нее, вязнут, и бег наш все больше похож на тягостное мычание. И вот мы мчим изо всех сил по этой ковровой дорожке, пока за спиной у нас не распахивается дверь, и оттуда из номера в коридор не выглядывает наконец человеческое существо, живое создание, но мы еще не готовы узнать его, вернее — ее, потому что мы заняты своим побегом, своим снятым на очень медленную пленку броском в мир живых.

— Стойте, куда вы? — мелодично произносит создание во плоти, и мы с недоверием оборачиваемся, замедляем стремительную тягучесть этого полусна, переводим дыхание и снова наводим окружающий мир на резкость.

— Ты кто? Почему? Зачем у меня в номере?

— Я ключ нашла на полу... Вон там. — Она показывает в дальний конец коридора, куда Филя успел сбегать во время своих метаний. — Я Рита. Вы меня помните? Сегодня на портовской трассе...

— Рита? — Филиппов прижался всем телом к стене и сполз по ней на пол. — Ты, Рита, совсем уже?... Нельзя так с людьми. Ты ведь нас чуть не убила.

* * *

В себя он пришел прямо посреди жизни. Точнее, посреди того, что в этот момент он принимал за свою жизнь. Рита тащила его за руку по коридору, в свободной руке он держал неизвестно откуда возникшую и даже уже открытую бутылку с красным вином. Наглухо застегнутое пальто поверх воротника было тесно повязано источавшим нестерпимый аромат духов чужим шарфом.

— Куда мы идем? — спросил он.

Рита ничего не ответила, и Филя пришел к выводу, что он это не произнес, а только подумал. Глотнув на ходу из горлышка, он успел туманно удивиться тому, что его суетливое тело в его отсутствие могло не только бесхозно валяться в хвостовом туалете «Боинга» — оно уже само одевалось, могло найти и открыть бутылку вина, а теперь куда-то брело следом за красивой девушкой.

«Способная тварь», — подумал он о своей физической оболочке.

— Что? — обернулась к нему Рита.

— Ты куда меня тащишь?

— Я же вам объяснила.

Из номера, мимо которого они в этот момент проходили, в коридор выскочил мужик в черном пуховике и в огромной лисьей шапке. В руках он держал телевизор. Толкнув Филю, он едва не бегом устремился по ковровой дорожке и через мгновение скрылся за поворотом. В других номерах тоже что-то происходило. Бились какие-то стекла, что-то роняли, отовсюду летели звуки неприятной возни.

— Пойдемте, — потянула Филю за рукав Рита. — Не надо останавливаться. Пойдемте скорей.

Филиппов отчетливо увидел сорвавшееся при этих словах с ее губ облако пара.

— Не понимаю, — сказал он.

Едва она вытащила его из гостиницы, свет у них за спиной погас, и все шесть этажей, включая фойе за стеклянными дверьми, погрузились в полную темноту.

— Финита ля комедия, — сказал Филя, задирая голову и озираясь на потемневшую громаду у себя за спиной. — Все свободны.

Он повернулся и застыл на месте с открытым ртом, из которого, как из притихшего гейзера, тут же повалил густой пар. Мимо гостиницы бесконечным потоком шли люди.

Они двигались по проезжей части, по тротуару, по местам для парковки, даже по гостиничному крыльцу. Редкие фонари, цедившие в туман желтоватое подобие света, еще выхватывали из темноты эту черную колышущуюся массу, но кто-то уже отключал их один за другим, и со стороны центральной площади накатывалась абсолютная тьма. Окна в доме напротив мигнули и тоже погасли. Плывущая по проспекту толпа подсвечивалась теперь лишь фарами застрявших в ней автомобилей. Беспомощные, как спасательные плотики в океане после крушения лайнера, они источали мутноватый свет, вырывая из темноты бесконечные спины и клубящееся дыхание многотысячной людской толпы.

Завороженный этой картиной Филиппов очнулся от сильнейшего прокола в мочку левого уха, что было верным, хоть и давно забытым признаком обморожения. Рита уже тащила его куда-то за угол гостиницы, а он растирал ухо, автоматически отхлебывал мгновенно заледеневшее вино и все никак не мог избавиться от чувства, что все это снится, что над всем этим толща воды — километры, мегатонны Ледовитого океана, и все эти жители подводного царства затеяли свой молчаливый исход в поисках суши, земли обетованной или, наоборот, ищут себе местечко поглубже.

В машине, где тепло пронзило его еще острей, чем до этого холод, и где его тут же начало бить мелкой дрожью, Филя попытался сосредоточиться на том, о чем громко заговорила Рита, прыгнувшая на сиденье рядом с водителем, но потом понял, что она говорит уже довольно давно — просто он услышал ее только сейчас, как будто снаружи был космос, и звуки в нем не доходили.

— ... у него и рожа такая мерзкая — как у моллюска. Ктулху недоделанный...

— Что? — сказал Филя, вглядываясь в плотную безликую массу, которая угадывалась за окном. — У кого рожа?

— У следователя, у Толика этого. Он мне, прикиньте, говорит — называй меня Толик, если встречаемся не в ментовке. Я ему тогда говорю — а зачем нам встречаться где-то еще? Там-то у себя он не Толик. Там он весь такой Анатолий Сергеевич... Анатолий Сергеич *Ктулху*. Щупальца прячет под столом.

— Какие щупальца? — Филя, не отрываясь, смотрел в окно. — Куда они все идут?

Рита включила лампочку у себя над головой и повернулась к Филиппову.

— Я же вам говорила в гостинице. В городе перебои с теплом. Что-то случилось на ГРЭС или на ТЭЦ — не знаю, как там у них это называется. По радио сказали — скоро починят. Но с работы всех отпустили. Домой люди идут.

— Значит, сейчас вечер?

— Да.

— Понятно... А почему их так много?

— Я же говорю — всех отпустили. Весь город идет. Тут еще студентов полно. В универе КВН был.

— А почему пешком? Автобусы тоже перестали работать?

— Я не знаю, — Рита пожала плечами, но не отвернулась, а продолжала напряженно смотреть Филе в лицо, как будто ждала от него чего-то, каких-то слов, какого-то решения.

— А мы куда едем? — спросил он наконец после паузы, во время которой тщетно пытался унять колотившую его дрожь.

— Никуда, — повернулся к нему водитель. — Пока стоим. Я в этой толпе не проеду.

Филиппову его лицо показалось смутно знакомым.

— Ты кто? — сказал он, делая большой глоток из бутылки и расплескивая вино на грудь.

— Это и есть Тёма, — вмешалась Рита. — Я про него вам все это время рассказывала.

— Тёма? — Филиппов растер темные брызги на лацкане пальто. — А у тебя маму не Зиной зовут?

Юноша улыбнулся, и Филя тут же узнал улыбку розовой принцессы.

— Да, вы сегодня с ней из Москвы летели.

— Ага, и вот эта девушка нас потом чуть не убила.

— Я ведь объяснила уже, — загорячилась Рита. — Мне надо было вас раньше всех встретить, а Данилов повез меня за город. Поэтому я у него угнала машину, и его охранники за мной погнались.

Филиппов подавил отрыжку, помотал головой и остановил Риту жестом.

— Слушай, давай не все сразу, и давай не сейчас. Данилов какой-то, погоня... Это меня не касается. Откуда ты знала, что я прилечу? И кто ты, вообще? Зачем ехала меня встречать?

— Ваш друг рассказал, что вы прилетаете... Художник. Вы ему звонили позавчера из Парижа.

— А ты что, с ним знакома?

— Нет, моя мама с ним общается.

Филя хмыкнул и посмотрел на себя в зеркало, потеребив засаднившее левое ухо.

— Да-а... Приехал инкогнито называется... Ну и рожа...

— У меня тоже так было, — сказал Тёма, перехватив Филин взгляд. — Не брился недели три, а потом как-то раз в клубе на вечеринке решил на спор выпить горящий абсент. Друзья сказали — давай зажжем. Ну и зажгли. Они-то все бритые были. А моя бороденка полыхнула — бармен едва полотенце успел набросить. В общем, весело провели время. Ожоги потом примерно такие же были.

Он показал пальцем в зеркало на лицо Филиппова и негромко рассмеялся, вспомнив свое приключение.

— Долго болело? — спросил Филя.

— Не помню. Дней пять или шесть. А с вами что приключилось?

— Что-то в этом духе. Наверное...

Внезапно Рита, не говоря ни слова, распахнула дверцу и выскочила из машины. Тёма склонился к лобовому стеклу, пытаясь разглядеть в темноте и тумане хоть что-нибудь, а Филя, который уже справился с колотившей его дрожью, сделал первый нормальный глоток. Вино, конечно, было плохое, но Филя радовался уже тому, что оно лилось в горло, а не на грудь. Тремора в его жизни хватало и без этих диких перепадов температуры.

— Ты чего? — спросил Тёма нырнувшую обратно из темноты в машину Риту.

— Показалось.

— Что показалось?

— Что там ребенок. Поехали. Их уже меньше.

— Глюки начались? — хмыкнул Тёма, трогая внедорожник с места.

— Слушайте, а почему так трясет? — вмешался Филя. — Мы вроде на центральном проспекте. Или тут совсем уже дороги плохие?

— Колеса подмерзли, — ответил Тёма. — Машина тяжелая, и на одном месте сорок минут как минимум простояла. Они квадратные на морозе становятся, если не ездить.

— И долго так будет?

— Минуты две.

— Столько я потерплю, — Филя со вздохом откинулся на спинку сиденья и заботливо прижал вновь подрагивающую бутылку к животу.

Он так и не получил ответа на свой вопрос о том, куда они едут, но после тепла, разлившегося внутри него и снаружи, это больше не беспокоило его. Автомобиль скоро перестало потряхивать, и Филиппов мог уже без боязни прикладываться к своему, как всегда, неизвестно откуда взявшемуся стеклянному другу. Их обоих куда-то везли, не сообщая куда, но главное, что они были вместе — Филя и его добрый, полный жизни и обещаний, надежный друг, который еще не скоро должен был предать его, обратившись в пустую, равнодушную тварь.

— Ну вот, а вы спрашивали, почему все идут пешком, — проник в блаженный филипповский анабиоз голос Тёмы. — Смотрите, что на остановке творится.

Мутный свет фар упирался в допотопный автобус, вокруг которого копошились обитатели местного подводного царства. Филя вновь ощутил себя под многокилометровой толщей воды, однако теперь он был уже не Филя, а Жак-Ив Кусто, Стив Зиссу, Билл Мюррей в красной шапке подводника, пытливый ученый, склонившийся к иллюминатору своего глубоководного батискафа.

— Что они делают? — спросил он.

— Пытаются сесть в автобус.

Люди в неуклюжих одеждах, максимально затруднявших все их движения, толпились вокруг автобуса подобно гигантской колонии морских рачков, осаждающих уснувшую рыбу. Голосов их в машине почти не было слышно, и от этого вся картина выглядела еще более неземной, пугающей и, на взгляд Фили — прекрасной.

— Подожди, — коснулся он Тёминого плеча. — Можешь на секунду остановиться?

— Конечно, могу.

— И света добавь... Вон туда посвети. — Он указал пальцем в ту сторону, где воронка из людских тел закручивалась и бурлила подобно настоящему морскому водовороту.

— Нет, мне придется на тротуар заехать.

— Ну, так заезжай. Отсюда ничего не видно.

— Вы совсем уже? — подала голос Рита. — Там люди.

— Да ладно тебе, — отмахнулся зараженный Филиным исследовательским азартом Тёма. — Я аккуратно.

Автомобиль накренился, въезжая на бордюр, и замер под неприятным углом, отчего Филиппову пришлось наклониться вправо. Зато мутные противотуманные фары светили теперь прямо в зияющий, слишком узкий для осаждавшей толпы проем задних дверей. В проеме мелькали головы, руки, плечи, однако все те усилия, которые люди отчаянно прилагали, чтобы попасть в автобус, приводили совершенно к обратному результату. Стараясь проникнуть внутрь, каждый из этих людей затрачивал столько сил и производил столько энергии, что всего этого с избытком хватало на то, чтобы успешно блокировать силу и энергию всех остальных и беспомощно покачиваться в плотной людской каше.

— Не устаю умиляться местным повадкам, — сказал Тёма. — В Москве бы люди выстроились в очередь и спокойно зашли.

— Здесь не прокатит, — подал голос Филя. — Северный темперамент. Последним все равно будет казаться, что им не хватит места. И они будут правы. Не хватит.

— Тёма, поедем, пожалуйста, — нервно заговорила Рита. — Нас мама ждет.

— Так позвони ей, — сказал Филиппов.

— Не могу. Ни на одном телефоне сигнала нет.

— Да ладно, — недоверчиво протянул он. — Ну-ка, дай свой мобильник.

Рита протянула ему телефон, Филиппов быстро вынул из него сим-карту и вставил туда свою. Сигнала действительно не было.

— Ф-ф-фак, — выдохнул он. — А я сообщение жду очень важное. У вас так часто бывает?

— Да нет. Я вообще не помню, чтобы так было.

— Блин! Ладно, поехали скорее к вам. С домашнего телефона проверю.

— Как вы проверите?

— Голосовую почту свою наберу. Поехали! — Он ткнул Тёму в плечо. — Тут больше неинтересно.

Автомобиль снова качнулся, как лодка, и съехал на проезжую часть, в последний раз мазнув грязноватым светом по толпе. Филю уже ничуть не интересовали эти мелькавшие руки, головы, лица — вернее, даже не лица, а заиндевевшие маски, в которых оставалась только узкая щель для глаз, а все остальное было покрыто сплошной коркой от вырывавшегося наружу и тут же застывавшего на шарфах, платках и ресницах этих людей дыхания. В другой момент Филиппов не преминул бы сочинить этим людям жизнь, поместил бы в эту слипшуюся биомассу пару-тройку живых индивидуальностей, ужаснулся бы их одиночеству в безликой толпе, невозможности вырваться из нее или хотя бы просто освободить руки. Он придумал бы семьи этим несчастным — родных, которые сходят с ума от неизвестности в остывающей каждую минуту квартире, друзей, которые бесконечно набирают их номер, — он наверняка сочинил бы много всего, но сейчас его сильно тревожил пропавший по всему городу телефонный сигнал, и поэтому он уже не видел, как автобус, терпеливо до этого стоявший на остановке, наконец вздрогнул и тронулся с места, отплывая в туман подобно проснувшемуся киту, а толпа у задних дверей вздохнула одной большой общей грудью, и в ней тут же прорезались крепкие, сильные и решительные, начавшие давить, и под ноги им начали падать те, что слабее, и никто уже туда, вниз, на них не смотрел. Автобус уплывал все дальше в туман, а народ свисал из дверного проема, как темный грибной нарост на дереве, отваливаясь потихоньку, теряясь, приводя постепенно автобус в надлежащий автобусный вид.

* * *

Когда машина остановилась, Филиппову стало плохо. Лицо его принялось как-то странно холодеть изнутри и в то же время покрываться потом. Он подумал, что вот сейчас, наверное, снова явится демон пустоты со своими идиотскими шутками, но тот не появился. Очевидно, посторонние были ему не нужны. Он любил только одного зрителя — Филю.

В тщетном ожидании старого друга Филиппов сидел в остановившемся автомобиле, выпучив глаза и разинув рот. Его мучил пузырь воздуха, который поднимался откуда-то из желудка и все никак не мог выйти наружу. Рита и Тёма, обернувшись назад, смотрели на безмолвно сидящего Филю и тоже не произносили ни слова. Взгляды их показались Филе зловещими.

— Я никуда не пойду, — сказал он, отрыгнув наконец парализовавший его воздух. — Там в темноте кто-то стоит. Отвезите меня обратно в гостиницу.

— Перестаньте, — сказала Рита. — Никого там нет. А в гостинице небезопасно. Что, если электричество не дадут до утра? Пойдемте, не надо капризничать.

Она открыла дверцу и выпрыгнула из машины. Филиппов знал, что снаружи никого нет, но его уже донимали неясные страхи по поводу самой Риты и ее спутника. Они до сих пор так и не объяснили ему, куда его привезли и зачем. Продолжая бороться с внезапным приступом паники, он приложился к бутылке, однако та оказалась пустой.

— Тварь, — пробормотал Филя, гулко роняя на пол никчемный стеклянный труп. — Выбрала же момент.

Перед входом в подъезд его вырвало. Рита и Тёма, обутые в унты из оленьих камусов на войлочной подошве, легко поднялись на высокое обледеневшее крыльцо, а отставший от них Филиппов беспомощно замахал руками, заскользил по ледяной корке своими нелепыми кедиками *Kris Van Assche* и с глухим стоном изверг из себя небольшой водопад. Вино, судя по вкусу того, что из Фили исторглось, совершенно в нем не переварилось, а просто было перелито сначала из бутылки в него, как в бурдюк, а затем — на ледяные наросты, громоздившиеся перед крыльцом. Филиппов, уже не раз в этом смысле служивший для спиртного транзитным вьючным животным, ничуть не смутился, махнул рукой своим спутникам, чтобы они не ждали его, и склонился к перилам в ожидании второй волны.

— Очень плохое вино, — сказал он Рите и Тёме, входя следом за ними в абсолютно темный подъезд. — Настоящая бормотуха. Как «Вера Михайловна» в далеком детстве.

— Какая Вера Михайловна? — спросила Рита, подсвечивая мертвенно белое лицо Филиппова дисплеем своего телефона.

— Вермут в народе так назывался. Только это был не вермут.

— Пойдемте скорее, — потянул его за рукав Тёма. — У меня батарейка садится. К тому же в квартире наверняка теплей.

В подъезде действительно было холодно. Не так, разумеется, как на улице, но пар изо рта валил весьма ощутимо. Филя шумно выдыхал его, шмыгал носом, тер негнущимися ладонями свое снова чужое лицо, косился на идущую позади него Риту, которая светила ему под ноги телефоном, смешно постукивал копытцами одеревеневших на морозе кедиков и то и дело с грохотом натыкался на огромные ящики, загромоздившие весь подъезд. При этом его режиссерские рефлексы автоматически насиловали ему мозг. Представляя себе — буквально против собственной воли — эту жалкую процессию со стороны, он видел то муравейник в разрезе, в тесном ходе которого ползут три насекомых с фонариками, то глухую извилистую нору, в которой шуршат кроты, то завал бездонной шахты, где пробиваются к выходу потерявшие всякую надежду шахтеры, и от этих образов на сердце у него становилось все муторнее, все безнадежнее, все злей.

— Они что, до сих пор держат вот так картошку? — выдавил он сквозь зубы, стукнувшись о снарядный ящик с гигантским амбарным замком и уже нарочно пиная его во второй раз.

— Конечно, — ответила Рита, проходя вперед. — А где им ее держать?

— В самом деле, — буркнул Филя. — Не в магазин же ходить. Слушайте, нам долго еще? Или вы ждете, пока я себе ноги сломаю?

— Два этажа осталось, — ответил Тёма и двинулся дальше.

Рита пошла следом за ним, но Филиппов не тронулся с места. Дождавшись, когда блеклые отсветы телефонов перестанут дрожать за перилами следующего лестничного пролета, он опустился на пол и затих между двумя картофельными ящиками. Запах плесени и подгнившей влажной земли успокаивал его. Страх отступал, и Филя с наслаждением прижался щекой к шершавой стенке левого ящика. Доски были необструганные, но ему ужасно захотелось потереться о них лицом, растереть в кашу свой темный непонятный страх. «Никуда не пойду», — сладко подумал он, прильнув к ящику, и тут же зашипел от боли. Помимо засаднивших ожогов, он ясно ощутил две или три занозы, вонзившиеся ему в лицо.

Наверху мягко и быстро зашлепали войлочные подошвы Риты. Филя вскочил на ноги и пристроился к ящику, совершая непристойные собачьи движения.

— Что вы делаете? — удивленно сказала Рита, направив на него свой телефон.

— Доминирую, — повернулся он к ней. — Я доминирующий самец. Эти уроды должны знать свое место.

— Какие уроды? — изумление в ее голосе достигло верхней границы.

— Ящики. Если б ты знала, как они меня достали. Ненавижу их с детства.

— Круто, круто, — засмеялся Тёма, перегибаясь через перила сверху и тоже подсвечивая Филиппова телефоном. — Новый спектакль репетируете?

— Нет. Ищу смысл жизни.

— Пойдемте. Там наверху его наверняка больше.

Через десять секунд они остановились у обитой мерцающим дерматином двери, и Тёма нажал кнопку звонка.

— Нет же электричества, — сказала Рита. — Посвети на замок.

Убрав свой телефон, она зазвенела ключами, и несколько секунд на лестничной клетке стояла почти полная тишина, которую нарушал один Филя. То ли от того, что ему показалось, будто он задыхается, то ли все же от страха Филиппов втягивал холодный воздух и выдыхал его так напряженно, с таким шумом и даже усердием, как это бывает на приеме у врача, когда тот прикладывает нам к груди свой ледяной фонендоскоп и просит дышать погромче. Филя сопел как взволнованный французский бульдог. Рита, все сильней раздражаясь, возилась у двери, а Тёма держал свой телефон у нее над плечом до тех самых пор, пока дисплей у него в руке не погас, и вся их молчаливая троица не погрузилась уже в полную могильную темноту.

— Блин, — негромко сказал Тёма.

— Да что же такое! — сорвалась Рита и заколотила по двери рукой. — Мам! Открой дверь, мама!

В темноте что-то клацнуло, повеяло долгожданным теплом, и в обозначившемся проеме перед ними возникла еще одна человеческая фигура. В руке у фигуры, как и у Риты с Тёмой до этого, вместо фонарика тоже мерцал телефон.

— А сразу нельзя было открыть? — с упреком сказала Рита, проходя мимо фигуры в квартиру. — Я полчаса, наверное, с этим замком ковырялась.

— Так мне-то откуда знать, кто это ковыряется? — проговорила фигура. — Вы же молчали все.

Она посветила телефоном на Филиппова и на Тёму, все еще не предлагая им войти.

— Свет ушел минут сорок назад. Мне одной страшно.

— По всему городу отключили, — сказала Рита где-то уже в глубине квартиры. — Вы долго там стоять будете?

* * *

Насчет ее красоты Филя погорячился. Если в гостинице — при полном еще тогда освещении, но в декорациях полусна — ему показалось, что его похитила совершенно какая-то неземная красотка, то здесь ему хватило дрожащего света пары свечей, чтобы разглядеть, как все обстоит на самом деле. Красота Риты скорее подразумевалась, чем существовала физически. Она просвечивала из нее, она имелась в виду, но не заявляла о себе впрямую. Ее красота как будто не хотела навязываться, как это бывает с гордыми и при этом стеснительными людьми, которые не решаются или находят ниже себя принимать участие в общем веселье, но и не уходят совсем, высокомерно и сдержанно оставаясь поблизости, как бы говоря всем вокруг — я здесь и со мной надо считаться.

Нет, дело было не в ее внешности. На фотографиях, где отсутствует подлинный, внутренний человек, а фиксируется лишь одна оболочка или, что еще хуже, фантазия фотографа, она, скорее всего, выглядела вполне заурядно. Просто лицо, просто улыбка, прическа такая же, как у сотен и сотен других. Но когда это все представало в движении, в постоянной живой пульсации, в перемене, в непрестанном развитии, в скольжении, в безостановочном непрерывном танго, которое она вела со своей жизнью, ее черты наполнялись яркими смыслами существа, живущего внутри нее, никак не смирившегося с этим просто лицом, просто улыбкой и прической такой же, как у сотен и сотен других.

Получалось, что Филя в гостинице мгновенно и безошибочно уловил дыхание именно этого внутреннего существа, а не сумму заурядного носа, обычных бровей, ничем не примечательного рта и несколько тяжеловатого подбородка.

«Нас не надуешь, — горделиво думал он, радуясь безотказному своему профессиональному чутью. — Мы все видим».

Впрочем, не исключалось и то, что ему просто надо было хоть как-то объяснить самому себе, почему он согласился уехать из гостиницы по первому зову девушки с такой заурядной внешностью. Все, что угодно, но его самооценка ни в коем случае не должна была пострадать.

При этом такая мелочь, как близкое к ступору состояние, разумеется, ничуть этой самооценке не угрожала. Филе было плевать на то, что при входе в чужую квартиру он опять едва не грохнулся в обморок. Если бы не хорошая реакция Тёмы, он с удовольствием растянулся бы в огромной холодной прихожей, предоставив незнакомым людям заботы о своем беззаботном и пьяном теле.

Стоявший на пороге квартиры позади него Тёма подхватил Филю за плечи и, обняв его, как обнимает впервые прыгающего новичка парашютный инструктор, потащил по бесконечному входу куда-то в Аид. На кухне Филиппова сложили в угол на небольшой диванчик подобно приготовленному к стирке белью — заботливо, но немного рассеянно — и продолжили свою жизнь, за которой Филя с интересом стал наблюдать, стараясь на всякий случай не выдать своего жизнеспособного статуса. Впрочем, в глубине души он догадывался, что не сможет выдать его, даже если захочет.

На кухне, в отличие от прихожей и, видимо, от всех остальных комнат, было тепло. Все четыре горелки газовой плиты светились бледным огнем. Гудящая духовка была открыта, и оттуда волшебными волнами по кухне струился жар. Тёма время от времени подходил к плите, склонялся над нею и грел руки рядом с духовкой, словно приехал сюда не в теплом комфортабельном внедорожнике, а в том насквозь промерзшем автобусе, который брала штурмом на остановке отчаявшаяся толпа. Очевидно, его лихорадило по какой-то другой причине. Рита постоянно трогала остывшую и звонко отчего-то щелкающую батарею, проверяя — не дают ли тепло, как будто его могли дать в те полминуты, что она не прикасалась к ней.

Помимо газа на кухне горела еще пара свечей, позволивших не очень живому на данный момент, но внимательному Филиппову разобраться в секрете Ритиной красоты. Она действительно имелась в виду, эта красота. Имелась в виду самой Ритой, Тёмой, наверняка их друзьями, вообще — любым наблюдателем, который задержал бы на этой девушке свой взгляд, но, судя по всему, не ее матерью.

«Красота, Филя, — это как ядерное оружие, — сказала ему когда-то удивительно похожая на французскую кинозвезду Инга. — Все время ведь хочется шарахнуть. Не поверишь, но соблазн такой же, как у этих, наверное, с атомной бомбой. Дико хочется ее на кого-нибудь сбросить. Все время».

Филиппов узнал ее сразу, как только его внесли на кухню. Узнал, но виду решил пока не подавать. Он стал крадущийся тигр и затаившийся дракон.

* * *

Инга, разумеется, изменилась. Даже свитер под горло и толстая кофта с неуместным для ее возраста кокетливым капюшоном не могли скрыть то, чего раньше не было и в помине. Там, где лет двадцать назад грустно покачивалась пара вялых сосисок, теперь вздымалась настоящая ненастоящая грудь. Все остальное подверглось естественной редактуре времени. Впрочем, и пластическая хирургия внесла свою правку не только в районе бюста. Пленительные черты Изабель Аджани еще проглядывали сквозь ботоксы и подтяжки, напоминая о несбыточном и вечно прекрасном, но, в конце-то концов, у самой Изабель после всех этих лет они тоже теперь только проглядывали.

Филя попытался припомнить последний виденный с нею фильм и пришел к выводу, что Инге еще повезло. Изабель в роли сдуревшей училки вообще напоминала опухшую сову из русского мультика про Винни-Пуха, в то время как Инга еще запросто могла сойти за симпатичного Пятачка — немного постаревшего и с большой грудью, но все-таки того же самого Пятачка, который весело и метко попадал из ружья в пухлую задницу Винни вместо воздушного шарика. С какой целью этот поросенок из мультика заманил Филю к себе на кухню — было неясно. Впрочем, скоро выяснилось, что Инга в его похищении участия не принимала.

— Мама, я сама ему все скажу, — услышал он голос Риты. — Чего тянуть? Пусть отвечает за свои поступки.

— Рита, я сто раз уже говорила — он тебе не отец. Зачем вообще вы его сюда притащили?

«Нормально попал, — подумал Филиппов. — Дочь из воздуха образовалась».

— Тебе-то откуда знать, что он не отец? — продолжал звенеть девичий голос.

— Рита, у тебя крыша поехала? Тёма, отвези его обратно в гостиницу.

— Инга Владимировна, вы даже не представляете, что там снаружи. В городе паника.

— И что? Из-за паники эта пьянь должна валяться у меня на кухне?

«Я не валяюсь, а вежливо и аккуратно лежу», — подумал Филиппов, ничуть не обидевшись на «пьянь».

Инга подошла к нему и брезгливо принюхалась, как будто его пороки должны были источать физическое зловоние.

— Я в Интернете читала, что в прошлом году он пытался жениться на собаке в Лас-Вегасе. Даже к священнику ее притащил.

Филя собрал все силы, чтобы не расплыться в счастливой улыбке.

— Ради пиара, наверное, — сказал Тёма. — Может, он спектакль тогда про собаку ставил? «Каштанку» какую-нибудь... А вообще идея прикольная.

— Почему сразу пиар? — вмешалась Рита, тоже подходя к Филиппову и тоже склоняясь над ним. — Человек может просто так животных любить.

— Да? И жениться на них?

«Легко», — подумал Филя.

* * *

В Лас-Вегасе тогда он хотел поправить себе карму. Месяца за полтора до этого он случайно задушил на одном из своих спектаклей собаку, и после этого все как-то пошло наперекосяк. Лопнул перспективный проект, соскочил абсолютно надежный инвестор, перестало получаться на репетициях, а главное — ни с того ни с сего начал искривляться половой член. При эрекции от этого было по-настоящему больно, и Филя стал избегать свою тогдашнюю музу. Девушка решила, что ее бросают, и в отместку переспала с его соскочившим и, разумеется, торжествующим инвестором. Секс она сняла на видео и выложила ролик в Интернет. В Вегас Филиппов умчался тогда, чтобы хоть как-то развеяться и подлатать свой попранный статус хищника. К тому же больно внизу было уже не только при эрекции.

Случайно повешенную псину, которая погибла из-за того, что он по ошибке отдал команду поднять опущенные колосники с привязанным к ним животным, он вряд ли бы вспомнил, если бы не индийский факир, сидевший на тротуаре у входа в казино. Очарованный его фантастическим тюрбаном, Филя присел перед ним на корточки, пожаловался на жизнь, потом угостил бурбоном из своего бумажного пакета, и после этого они до утра переползали из бара одного отеля в другой, пока не оказались уже совсем где-то на окраине посреди похожих на обувные коробки безликих домов. Ближе к пустыне, над которой висело такое же, как они, похмельное солнце, выяснилось, что факир был не столько из Индии, сколько из Молдавии, но при этом все равно хорошо разбирался в кармических тонкостях. Окончательно перейдя на русский язык, он объяснил Филе, что где-то тот сильно накосорезил, и надо немедленно совершить очищающий обряд. Филиппов напрягся и вспомнил погибшего по его вине пса из спектакля по маркизу де Саду. В качестве насмешливого и, по мнению критики, остроумного контрапункта несчастная псина изображала японского Хатико, терпеливо ждущего своего хозяина, «олицетворяя набор банальных и предсказуемых качеств, одно упоминание которых в нашей рецензии было бы нелепой попыткой создать непростительно пошлый тренд».

Собаку специально привязывали к опущенным и украшенным в стиле барокко колосникам, чтобы она никуда во время спектакля не убежала, и она по два часа кряду сидела посреди сцены, время от времени громко зевая на обнаженные телеса актрис, чем бесконечно смешила искушенную в хитросплетениях садизма и немного уже скучавшую от него столичную публику. Когда колосники пошли вверх, и собака, повизгивая, начала задыхаться, зрители оживились, а Филя, почуяв успех, не разрешил помрежу опустить механизм. Будь это болонка или не очень большой терьер — всё и для собаки окончилось бы благополучно, однако размером она была с крупную овчарку, и веревочная петля у нее на шее под этим весом затянулась довольно туго. К тому же Филя так и не позволил опустить колосники до самого финала, поэтому псина провисела на высоте четырех метрах почти полчаса. Первые десять минут она еще извивалась, отчаянно взбивая лапами затхлый воздух над сценой, и Филиппов за это время успел выгнать из-за кулис двух ассистенток, в слезах умолявших его пощадить собаку, но потом затихла, и в напряженно внимавшем теперь зале царила торжественная — позже Филя назвал ее «вагнеровская» — тишина, прерванная лишь финальным шквалом оваций. Журналистам после спектакля сказали, что псина в порядке, что ее специально учили этому трюку, но акция была разовой, и перформанс больше не повторится.

Восстановив кармическую цепь событий в процессе очистительного загула в Вегасе, Филя решил не откладывать проблему с испорченной кармой на потом. Там же на окраине города он подобрал довольно паршивую бродячую собаку, притащил ее в свадебную часовню, где можно было оформить брак даже сидя в машине, подъехав для этой цели к специальному окошечку, как в «Макдоналдсе», и заявил священнику, что хочет на ней жениться. По их общему с молдавским факиром замыслу это должно было завершить собачью тему в его жизни, восстановив нарушенный баланс и успокоив кармические завихрения. На церемонию бракосочетания в качестве единственного гостя был приглашен проснувшийся к тому времени знакомый журналист, которому ненавидевший путешествовать в одиночку Филя оплатил по дружбе билет из Москвы и проживание в пятизвездочном отеле. В знак благодарности тот был готов искренне восхищаться его выходками и чирикать в своем Твиттере об их совместных похождениях в злачном Лас-Вегасе. В итоге священник оказался твердолобым и бессердечным, но твитты и фотки в обнимку с плешивой псиной на фоне часовни ушли своим чередом в Интернет, а факир успокоил Филю, сказав, что карме достаточно и намерений, лишь бы они были от чистого сердца.

Вспомнив теперь эту историю, Филиппов безотчетно коснулся рукой своего члена и с легким сердцем вздохнул. С этим парнем уже больше года все было в порядке. Не вынимая руки из кармана пальто, он для верности и на этот раз посильней снова ткнул его пальцем — давних болевых ощущений как не бывало. Свои карманные манипуляции Филя старался проделать так, чтобы никто не заметил его бодрствующего состояния, однако, судя по напряженным голосам его «похитителей», им сейчас было явно не до него. Огарок одной свечи к этому моменту уже погас, и на потолке прямо над Филей, как в первой сцене «Макбета», раскачивались три гигантские уродливые тени. Странным образом вынырнувшая из прошлого давняя Филина любовь, ее некрасивая красивая дочь и совершенно чужой мальчик Тёма сгрудились вокруг оставшейся у них последней свечи, позабыв о своем нетрезвом столичном трофее.

* * *

На кухне становилось все холодней. Филя незаметно сделал губы колечком и выдохнул, чтобы проверить, пойдет ли изо рта пар. До этого пока не дошло, но оставаться и дальше совсем без движений было уже некомфортно. Вино практически отпустило, а гудящая духовка не могла удержать тепло в такой большой кухне, рассчитанной на центральное отопление. При температуре на улице ниже сорока и с учетом старенького окна, которое было закрыто далеко не так плотно, как этого бы хотелось, и потоки ледяного воздуха от которого Филиппов ощущал не только кожей, но и, как ему уже казалось, всей поверхностью своего глупого пальто, — при этих непростых обстоятельствах, а главное, при его неподвижности, очень скоро он должен был совсем замерзнуть. Его понемногу начало колотить. Дрожь поднималась изнутри сначала пробными робкими волнами, как бы урывками, оставляя после себя блаженную тишину, которая возникает в паузах между приступами икоты, но постепенно эти паузы становились короче, содрогания все заметней, а Филя — все трезвей и несчастней. Он понимал, что пора было шевелиться, возвращаться к жизни, проявлять себя, но какая-то глубинная внутренняя лень заставляла его терпеть.

Филиппова совершенно не напрягало то, что у него вдруг появилась взрослая дочь. Эта новость его ни на секунду не взволновала. По большому счету ему было все равно — врет девчонка или говорит правду, но вот принимать участие в дискуссии на эту тему ему сейчас катастрофически не хотелось. В качестве бездыханного тела все претензии на отцовство принимались пока лишь как корреспонденция «до востребования», а заглянет адресат за своей почтой или нет — это всегда неясно.

— Что будем делать, если тепло так и не дадут? — говорила тем временем тень погрудастей.

— Мам, ты совсем уже? — нервным шепотом отвечала ей тень поизящней. — Мы же тут все замерзнем.

Из прихожей долетел требовательный стук в дверь.

Тени на потолке замерли, надеясь, видимо, что стук не повторится, но в дверь снова заколотили.

— Кто это?

— Я-то откуда знаю. Иди спроси.

Филиппов ощутил волну холода, когда кухонная дверь на пару мгновений приоткрылась, а еще через несколько секунд услышал в прихожей нервные голоса.

— Мама, кажется, — негромко сказал Тёма.

— Блин... Что будем делать? — спросила Рита.

— Нормально все. Ты просто молчи.

Нервные голоса приближались. По интонациям Филиппов тоже узнал Зинаиду, а следом за нею и Павлика. Инга им практически не отвечала.

— Где он? — повторяла Зинаида. — Тёма! Ты слышишь меня? Где ты?!

Войдя в кухню, они остановились рядом с диванчиком, на котором бессловесно пребывал Филя. От их спин повеяло диким холодом.

— Зина, я же говорил — он в порядке, — сказал Павлик.

— Собирайся, — отчеканила она, не обращая на слова мужа никакого внимания.

— Может, нам всем сесть и поговорить? — подала голос Инга.

— Тёма, я кому сказала!

— Послушайте, Зина...

— Не трогай меня! Руки убрала! Быстро!

Инга, которая едва коснулась локтя Зинаиды, тут же отшатнулась, как будто ее ударили.

— Тетя Зина, вы совсем обалдели?! — Рита буквально зазвенела от внезапной обиды.

— А тебя вообще никто ни о чем не спрашивает. Сядь и молчи. Еще раз увижу рядом с моим сыном — пожалеешь!

— Зина, — попытался утихомирить жену Павлик. — Девочка здесь ни при чем.

— Зато ее мамаша при чем! Ты сюда вместо гостиницы приезжал, когда мотался в эти свои «командировки»? В эту квартиру?!

Филиппов понял, что лучшего момента для бегства у него уже, наверно, не будет. Поднявшись неловко на ноги и продолжая изображать бессловесную тварь, он скользнул из-за спин Зинаиды и Павлика к двери. В прихожей была абсолютная темнота, но он сумел нащупать замок и открыть его. Из кухни у него за спиной летел голос ревнивой Зинаиды.

Филиппов слышал ее почти два этажа. Дверь за собою он не закрыл — хотя, разумеется, в подъезде от этого светлее не стало, — поэтому, натыкаясь на ящики для картофеля, мог еще некоторое время разобрать нелестные, тяжелые, как булыжники, эпитеты Зинаиды. Когда он сообразил, что все ящики вытянулись по левую руку, и прижался к правой стене, голос наверху наконец устал. Ему, как и Филе, тоже, видимо, нелегко было пробиваться сквозь кромешную темноту.

Выскочив на крыльцо, Филиппов ослеп от нестерпимо яркого света. Прямо в дверной проем были направлены фары какой-то машины, стоявшей напротив подъезда. Филя зажмурился, но едкие слезы все же успели брызнуть из-под вялых помятых век. Самому Филиппову его веки в этот момент показались бумажными, и при этом бумагу, из которой они были сделаны, какой-то шалун долго теребил пухлыми и влажными от пота ладошками, отчего она совершенно пожухла, стала серой, невнятной, больной. Безжалостный свет легко проникал через эту ненадежную завесу и пробивал филипповский череп до самого затылка.

Машина фыркнула, окутавшись белыми клубами выхлопных газов, и с хрустом двинулась задним ходом. Фары ее продолжали слепить стоявшего на крыльце Филю. Воздух от мороза скрипел и похрустывал, как льдинки под колесами отъезжающих «Жигулей». В сияющей мгле что-то блестело и переливалось, но Филе от этого праздника становилось лишь хуже. Слезы мгновенно застыли в уголках глаз, ресницы слиплись, как будто их густо смазали клеем, дыхание жестко перехватило, а по ушам, по лысине, по неожиданно беззащитным ногам под тонкими брючками полыхнуло настоящим ожогом.

Обычно Филя не отдавал себе отчета в том, что эти части тела у него существуют, что в принципе он из них состоит. Нельзя сказать, чтобы он умалял их значение — нет, они просто не интересовали его, находясь где-то на самой дальней периферии его представлений о самом себе, и когда он говорил о себе «я», то в это «я» не входили ни уши, ни лысина, ни коленки, ни ляжки, однако сейчас он реально почувствовал, что все это у него есть и, скрюченное, вот-вот погибнет. Холод безжалостным маркером обозначил, где у него что, и досужие домыслы о нездешней сути таланта, делавшего его будто бы не таким, как все остальные, скукожились и превратились в облачко пара, которое в испуге дрожало у его резиновых, непослушных от холода губ.

И тем не менее он твердо знал, что не вернется. Ему надо было добраться до своего друга, пора было сделать это. Откладывать встречу больше не имело смысла. Еще в квартире у Инги Филиппов понял, что прятаться бесполезно. Чем дольше он медлил, увиливая от неприятного разговора, от самого неприятного и тяжелого, как ему теперь казалось, разговора в своей жизни, тем злее эта самая жизнь подбрасывала ему сюрпризы, и, судя по всему, запасы дерьма для Фили у нее были не ограничены. Ему необходимо было увидеться с другом, сказать ему правду и уехать наконец из этого ада.

* * *

Но для начала неплохо было добраться до цели живым.

По хорошему, конечно, стоило вернуться в квартиру Инги и попросить хоть какую-то зимнюю одежду, однако Филиппов уже был Одиссей, и плаванье уже началось. Посейдон разверз пучину, корабли потеряли дорогу назад. Проскочить по сорокаградусному морозу от набережной, где, как выяснилось, теперь жила Инга, до центра города, в принципе, было возможно. Даже отсутствие шапки не сильно пугало, потому что город как был, так и остался нехитрым пересечением пары десятков улиц. Если перемещаться галсами от подъезда к подъезду, из одного двора в другой, обмотавшись Ритиным шарфом, который никто не удосужился с него снять, и закрывая поплотней уши руками, то наверняка можно было даже не обморозиться. Ну или обморозиться, но как-то так, не смертельно. А если повезет, и ни на одном подъезде не окажется домофона, то всё вообще будет расчудесно.

Оставалось проложить маршрут, чтобы двигаться только домами и не выскочить куда-нибудь на пустырь, — необходимо было прочертить пунктир для корабликов, минуя циклопов, сирен, лотофагов, Цирцею, Харибду и что там еще. К тому же при везении можно было поймать машину.

Филиппов бежал на непослушных ногах, которые не всегда успевали сгибаться в коленях. Первые десять шагов бежал быстро, постукивал подошвами, как веселый мастер чечетки, но ближе к соседнему дому стал замедляться. Нога шла уже не так бодро, веселый стук там внизу приумолк, потом что-то хрустнуло, и Филя подумал, что переломилась одеревеневшая стопа. Боли он не почувствовал. При такой мощной анестезии наверняка можно было оторвать ему всю ногу — потерю он бы заметил только из-за того, что реже начал шагать. Наконец бег его совсем прекратился. Ноги окончательно обрели бескомпромиссную гибкость костылей. Но спасительный подъезд был уже близко. Уже в зоне видимости. Выплывал из темноты и тумана подобно утесу, которого так жадно ищет взгляд моряка. Не того моряка, который в тепле и на палубе, а того, который на утлой дощечке, покачивается над бездной и почти не гребет. В такой ситуации главное, чтобы волной не протащило мимо, не унесло обратно в бездонную тьму.

«Только бы... не домофон... Господи... пожалуйста... не домофон...» — отрывисто думал Филя, штурмуя крыльцо.

Бугристая наледь на бетонных ступенях сильно осложняла подъем. Поскальзываясь, Филиппов отчетливо представлял глухой и слегка чавкающий звук, с которым раскалывается его череп об острый бетонный выступ.

«Я, кажется... ходить разучился... Блин... я как зомби...»

— Ты еще хуже, — усмехался демон пустоты, поджидавший Филиппова на крыльце и уплетавший мороженое.

— Пошел... в задницу, — пробормотал Филя, хватаясь голой рукой за перила, чтобы не упасть, и беспомощно содрогаясь всем телом. — Не до тебя...

— Сам пошел! Эскимо будешь?

Филиппов проковылял мимо демона и потянул дверь. Легче было открыть запечатанный на случай ядерной атаки стратегический бункер.

— Домофон... — простонал Филя.

— Дурак, что ли? — смеялся у него за спиной демон. — Электричества по всему городу нет. Какой домофон? Точно не будешь мороженое? Если нет, я доедаю.

— А почему... дверь заперта?

— Тупим? Она примерзла. Дергай сильнее.

Оказавшись в темном подъезде лучше всего не суетиться. Лучше всего замереть у самой входной двери и хорошенько прислушаться. Мало ли кто там окажется кроме вас. Особенно если вы на Крайнем Севере. Где нравы просты, а поступки стремительны и жестоки. И если подъезд уже два часа не отапливается. И в городе творится черт знает что. Самое правильное — тихонько сползти по стеночке на пол, скукожиться где-то в углу, ощупать подошву, чтобы удостовериться, что лопнула только она, и тихо перевести дух, радуясь тому, что ноги пока в порядке. И если из темноты к вам приблизится что-то большое, и вы совершенно не понимаете, что это может быть, вы просто чувствуете, как оно подошло и стоит в нескольких сантиметрах от вас и дышит — не надо пугаться. Не надо вскакивать, не стоит кричать. Изменить уже ничего невозможно, и самое лучшее будет протянуть вперед руку, нащупать что-то лохматое, теплое и на самом деле большое, потом подтянуть *это* к себе, уткнуться лицом в густую вонючую шерсть, прижаться всем телом к нему и попытаться хоть немного согреться. А пока это все происходит и вас еще время от времени пробивает судорожный озноб, не надо ни в коем случае думать о том, как эта молчаливая псина сумела войти в подъезд, минуя тамбур из трех дверей, расположенных лабиринтом и посаженных на такие пружины, что стоит чуть зазеваться, и любую собаку перешибет пополам. Особенно такую большую. Особенно такую теплую. Особенно такую послушную. Нужно не думать об этом, а просто сидеть, прижавшись к ней каждым квадратным сантиметром, каждым квадратным миллиметром, каждой миллисекундой вашего тела, которое теперь живет лишь во времени, ибо пространство исчезло. Надо впитывать эту псину в себя, поглощать ее, растворять без остатка, а если вас вдруг безмолвным ангелом осенит, что это не просто собака, вышедшая к вам из холода и темноты, не просто густая и жесткая шерсть, от которой несет мочой, одиночеством и заразой, а тот самый пес, та грустная тварь, что в прошлом году затихла в петле на высоте четырех метров над сценой, — если вы вдруг поймете, кто к вам пришел, то лучше всего зарыться лицом в этот теплый удушливый смрад, найти в нем подрагивающее ухо и наконец прошептать ни разу так и не сказанное: «Прости меня. Я больше не буду».

* * *

Шаги на лестнице пес услышал раньше Филиппова. Тому все еще казалось, что они в этом космосе абсолютно одни, а собака уже напряглась, внутренне отстранила его от себя, заскулила. Через пару секунд услышал и он. Сверху быстро спускалось несколько человек. Один из них был ребенок.

Он что-то спросил высоким и странным в этой темноте голосом, но ему не ответили. Слишком заняты были ходьбой. Шаги в оленьих унтах раздавались как мягкое тум-тум. Как будто потревоженные антилопы передвигались в густой траве. Потом замелькало пятно света. Тот, кто шел впереди, нес фонарик. Молча они спустились по лестнице, молча прошли мимо Филиппова, который зажал псу морду рукой, молча вышли на улицу, и только ребенок, толстый в своих одеждах, как снеговик, успел протянуть руку в сторону извивающегося в объятиях Фили пса. В последнюю секунду перед тем как за ними гулко захлопнулась дверь, псина отчаянно дернулась и, цапнув мимоходом Филиппова за ногу, выскочила в тамбур.

Сердце у Фили бешено застучало. Ощущение было такое, как будто ему снова изменила вероломная Нина. Засопев, он в ярости вскочил на ноги и бросился к выходу. Ему хотелось немедленно догнать пса и наказать его за неверность — пинать, бить, рвать на клочки бессердечную тварь.

— Он в машине, — подсказал демон пустоты, галантно придержавший на крыльце тяжелую внешнюю дверь. — С этими уезжает.

Рядом с гаражом напротив подъезда стоял окутанный выхлопными газами «уазик». Мужик в громоздком пуховике грохотал металлическими запорами, закрывая дверь гаража. Включенные фары светили прямо в него, поэтому он не заметил, как Филя, пару раз опасно скользнув на крыльце, слетел вниз по лестнице, подбежал к машине, распахнул заднюю дверцу и нырнул внутрь.

В «уазике» было невероятно тесно, но он сумел захлопнуть за собой дверь. Навалившись на закутанного в шарфы и шали ребенка, он услышал, как тот что-то пискнул, затем вскрикнула женщина, сидевшая рядом, потом кто-то возмущенно сказал: «Тохто!», и уже в следующее мгновение за руль в клубах пара ввалился мужик в огромном пуховике. Почуяв неладное, он завертел головой, завозился, как потревоженный в берлоге медведь, и злобно уставился на притихшего Филю. Секунду в «уазике» стояла гнетущая тишина.

— За мной! — рявкнул демон пустоты, открывая дверь и выдергивая Филиппова из машины.

— Сюда нельзя! — зашипел тут же кто-то из темноты. — Вы с ума сошли? Нельзя посторонним!

— Нам можно, — буркнул демон и потянул Филю за руку. — Не отставай.

Рука его была так приятна на ощупь, так надежна и вселяла такую уверенность, что Филиппов, ни секунды не сомневаясь, ухватился за нее, как в детстве хватался за рукав маминого пальто на оживленной улице, или за плавник дельфина во сне.

— Вы куда? — шелестело у них за спиной. — Вернитесь немедленно!

— Идем, идем, — торопил его демон. — Не обращай внимания. Каждая вошь будет из себя начальника строить... Тут осторожней... Смотри под ноги. Где-то должен быть люк...

В кромешной темноте перед ними что-то забрезжило. Из-под пола сочился мертвенно синий свет.

— Не свались, — шепотом предупредил его демон. — Сначала ногой ступеньку нащупай, там лестница.

Филиппов, то и дело до этого запинавшийся и путавшийся в каких-то тяжелых портьерах, вздохнул с облегчением. Синий свет его успокаивал. Это было опять как в детстве, когда он увлекся фотографией. В бесконечно уютной ванной комнате, где он запирался со своими кюветами и фотоувеличителем на всю ночь, было так же спокойно, правильно и безопасно. Только свет от фонаря был красным, а не синим. Но это не имело значения.

— Давай, — шепнул демон. — Спускайся туда.

— А ты?

— Я следом.

Спускаясь по лестнице, Филиппов слышал под собой какую-то неясную, но при этом настойчивую возню. Что-то сопело там внизу и тонко скулило. Звуки были едва слышны, и от этого Филе стало вместе и весело, и жутко.

— Что там? — спросил он у демона, задрав голову.

— Пёсик, — ответил тот, замирая на лестнице.

— Мой пёсик?

— А чей же еще?

— Почему скулит?

— Не знаю. Наверно, соскучился.

Филя разжал руки и прыгнул вниз, рассчитывая упасть прямо на пса. Ему до судороги захотелось ощутить под собой живую мускулистую плоть, чтобы она завертелась в его руках, забилась и уже не вырвалась никуда, не убежала. Однако падение длилось намного дольше, чем он рассчитывал. Пролетев примерно минуту, он попытался вспомнить, чем занималась Алиса во время своего спуска, дабы избежать скуки, но ничего не припомнил, и стал терпеливо ждать приземления, время от времени плавно и красиво шевеля ногами, как будто плыл под водой.

— Через пятнадцать минут наш самолет совершит посадку в аэропорту города Чемукбез, — проговорил в темноте рядом с ним голос демона. — Просьба привести спинки кресел в вертикальное положение и открыть шторки иллюминаторов.

Справа от Фили в темноте засветилось круглое окошко, за которым далеко внизу мерцали огни ночных улиц.

— Нет такого города, — сказал он. — Думаю, даже слова такого нет.

— Хочешь, погуглим?

У демона, который теперь сидел слева от него в огромном кожаном кресле, на коленях образовался открытый лэптоп.

— Упс, правда нету... Может, еще что-нибудь погуглим? Тебя, например.

— Надоело.

— И то верно. По молодости даже рукоблудил не так часто... Тогда давай — «Нина»... А нет, уже не успеем. Держись.

Их обоих тряхнуло, и они оказались в длинном коридоре с низеньким потолком, освещенном тусклыми лампами. Каждая лампочка была покрашена в синий цвет, однако краска на некоторых из них облупилась, и Филя жмурился время от времени от ярких и наглых, как дворовая шпана, лучиков.

— Фигня какая-то, — бормотал у него за спиной демон пустоты, скребя ногтем облупившуюся синюю краску. — Я же вчера красил... Стой, Филя. Смотри.

Он сокрушенно качал головой, показывая Филиппову на облупившуюся лампочку.

— Ты в детстве гирлянду для елки красил?

— Нет, — ответил Филиппов. — Цветомузыку только. Лампочки для фонариков на проволоку напаял и покрасил. Маленькие такие.

— Слезала краска?

— Ну да. Нагревается же.

— Надо что-то другое придумать, — вздохнул демон.

— Может, синие сразу купить? В больницах такие бывают.

Лицо у демона просветлело.

— Неплохая идея. Вот видишь, не зря со мной пошел. Уже пригодился. Давай, двигай дальше.

Они шли по тесному коридору, и чем дальше они продвигались, тем ниже и все решительней опускался над головами у них потолок. Филя сначала горбился, потом ему пришлось наклониться, еще через полминуты он уже подгибал колени и шел в полуприседе. От этой позы ему вдруг стало смешно.

— А где мы вообще? — фыркнул он. — Бредем как эмбрионы по трубам...

— Сейчас сам увидишь.

Впереди послышались голоса. Пройдя еще метров двадцать, Филя смог наконец выпрямиться, но невольно зажмурился от яркого света. Голова его вынырнула в каком-то ящике без одной стенки, а прямо перед ним в ослепительных лучах рампы метались по сцене два человека.

— Ну как? — торжествующе шепнул демон, выныривая рядом с ним. — Заценил сюрприз?

— Это что? Суфлерская будка?

— Тише ты, — демон приложил палец к губам, а затем с любовью провел рукой по дощатой стенке. — Классика. Сейчас такого уже нигде нет. Вин-та-а-а-аж... Я тут лаком немного покрыл. Потрогай — знаешь как приятно... Хотя нет. Давай, начинай.

Филиппов покосился на демона.

— Что начинать?

Тот кивнул на топочущих по сцене актеров:

— Суфлируй.

Филя перевел взгляд на пару раскрасневшихся бедолаг и пожал плечами:

— Дурак, что ли? Я текста не знаю.

Демон хитро и гадко осклабился:

— Знаешь, знаешь. Передо мной хотя бы не надо прикидываться.

Филиппов действительно знал. Он понял это уже через пару реплик. Толстая, густо накрашенная тетка была Нина, а бегавший за ней от одной кулисы к другой лысоватый заморыш с наклеенными усами — это был он сам, Филя.

— Усы-то зачем? — шепнул он демону. — У меня их никогда не было.

— Неважно, — отмахнулся тот. — Режиссерское прочтение. Ты слушай внимательно. Если текст забудут — подскажешь. Смотри, смотри! Сейчас будет круто.

Огромная тетка, игравшая Нину, внезапно остановилась в центре поворотного круга, а ее партнер, спешивший за ней и на ходу бубнивший свой монолог, налетел на нее сзади и тут же отскочил как резиновый мячик. Неловко подпрыгнув, он растянулся во весь рост на сцене, скроил дурацкую рожу, и публика где-то за спиной у Фили с готовностью и детской радостью засмеялась.

— Красавчик! — ткнул его локтем демон пустоты. — Хороший сегодня зал. Чуешь, как принимают?

Актеры разыгрывали тот момент из его жизни, когда Нина окончательно ушла от него к авиатору Венечке. Филиппов тогда сильно потерялся. Перестал выходить из дома, перестал есть, перестал подниматься с дивана. В принципе, он вообще перестал. Несколько дней просыпался в пустой безмолвной квартире, понимая, что это все еще он, что эта унылая жизнь вокруг принадлежит ему, а не кому-то другому, а потом до самого вечера следил за низкими скучными облаками и за слоем пыли, который нежным покрывалом все больше нарастал с каждым днем на полу. Иногда кто-то звонил или стучал в дверь, но Филиппову не хотелось тревожить пыльное полотно. Он протоптал в нем две аккуратные дорожки — к телефону и в туалет, остальные маршруты его не интересовали. В голове у него бродили мысли о собственной ничтожности, о неизбежности смерти, о том, почему бы ей не случиться прямо сейчас, раз она в любом случае когда-нибудь наступит, и в то же время о том, что умереть при этом все-таки страшно — не дышать, не лежать вот так на диване, перестать чувствовать, что ты ноль, не быть.

Время от времени он подходил к телефону и подолгу стоял рядом с ним, чтобы успеть схватить трубку на тот случай, если Нина вдруг решит позвонить, но потом передумает, а он окажется наготове, потому что стоял и ждал, и не дал ей времени нажать отбой. Но она так и не позвонила.

Она пришла. Ей надо было забрать кое-какие вещи, включая темно-синий костюм, который сшила для нее после свадьбы Филина мать. Жакет и юбка в стиле Шанель. То был предмет роскоши по тем временам. В магазинах такие вещи не продавались. Там вообще ничего не продавалось. Масло и сахар давали по талонам. За колбасой очередь занимали в четыре часа утра. Страна была примерно в том же состоянии, что и Филя — она тоже распадалась на части. И мысль об этом доставляла ему удовольствие. Он чувствовал, что не одинок. С мрачным интересом он следил за тем, как его «я» теряет одну за другой основные черты, отличающие живого и полного сил человека от унылого мертвеца, и этот процесс был в чем-то похож на то, как таяла на глазах величайшая в мире страна — величайшая по крайней мере в своих размерах. Республики кружились и готовы были вот-вот опасть как увядшие листья, а Филя точно так же лишался уверенности в себе, любопытства, гордости, надежд и стремлений. Он быстро терял всякий интерес к жизни, и виной тому была Нина. Своей изменой она — разумеется, ничего подобного не желая, — умудрилась вынуть из него что-то важное, без чего он переставал быть самим собой и не видел смысла двигаться дальше.

Когда она пришла за костюмом, Филя снова дежурил у телефона. Открыв дверь оставшимся у нее ключом, она застала его в позе встревоженного оленя, который уже чует охотника, но все же надеется, что тот его пока не заметил. Услышав, как поворачивается в замке ключ, Филя подумал, что лучше, наверное, было лежать, чтобы вызвать жалость, но когда Нина вошла и он взглянул ей в лицо, стало понятно, что состраданию места не будет.

Именно эту сцену показывал ему теперь добрый друг демон. Однако в жизни все было иначе. Нина отнюдь не моталась из угла в угол по всей квартире, не топала как слон, не натягивала синий жакет на свои жирные телеса, отчего он начинал трещать по швам, не орала дурным голосом, не выпучивала глаза и не потела до огромных темных разводов под мышками. Она медленно убивала Филю своей новой недоступностью, своим холодом и обуревавшим его желанием прикоснуться к ней хотя бы кончиками подрагивающих от нерешительности пальцев. И, конечно же, не было там никаких жирных телес. Изящнее Нины, в принципе, трудно было что-то себе представить. В своем темно-синем костюме она выглядела так, словно местные умельцы резьбы по кости выточили ее из куска самой узкой, какая у них имелась, детали мамонтового бивня. Легкой походкой она скользнула мимо него, замершего в широких черных трусах у телефона, заглянула в шкаф и спросила, куда делся ее костюм.

Голос у нее действительно тогда поменялся, это Филя заметил. Даже сейчас он не мог отрицать, что удивился тогда совершенно новому для нее тембру. Он как будто разговаривал с другим человеком. Вернее, исполнитель был тот же самый, но озвучивал его кто-то другой. Так бывает, когда известный актер кем-то дублируется при озвучании фильма, и с чувством отчуждения потом очень трудно бороться. Как будто внутри знакомого человека поселился кто-то чужой. И смотрит на тебя через его глазные отверстия. У Нины был голос человека, который сталкивает обреченных в пропасть. То есть он все понимает и готов сдержанно посочувствовать, но на самом деле ему никого не жалко, потому что он профессионал. Кто-то ведь должен выполнять эту работу.

Однако толстуха на сцене даже близко не говорила таким голосом. Она верещала как та свинья, которую резали на октябрьские праздники в деревне у бабушки. Ее жалкий партнер метался за ней, напоминая взбесившуюся моську, и оба они топотали так сильно, что при каждом их шаге из дощатой сцены вздымались вполне заметные фонтанчики пыли.

— А выпить у тебя есть? — спросил Филя у демона.

— Цепляет? — с готовностью осклабился тот. — Меня тоже. Подожди, там финал очень крутой будет.

— Нальешь или нет?

— Да, пожалуйста. Тебе чего?

Он открыл в боковой стенке небольшую дверцу, и за ней обнаружился залитый синеватым светом мини-бар.

— Я портвейна хочу... «Кавказ» назывался. Пробка такая пластмассовая, трудно снимается.

— Гадость какая. Может сливовицы? Или французскую мирабель? Ее тоже из слив делают. Есть вильямовка из Словении, хороший грушевый самогон. Очень ароматно, рекомендую.

— Мы «Кавказ» тогда пили. Весь город его пил.

— Ностальгические соображения? — демон уважительно кивнул. — Понимаю. Вот, держи. Пробку я уже снял. Только выдыхай не в мою сторону.

Филя взял из его рук неказистую пузатенькую бутылку с криво наклеенной этикеткой и подождал, пока демон выдаст ему стакан.

— Из горлышка, — пояснил тот, пожимая плечами. — Формат есть формат. Надо бережно относиться к традициям. С тебя четыре рубля тридцать копеек.

— Да пошел ты.

— Нет, правда. Вот здесь цена на этикетке указана — по 3-му поясу. Понятия не имею, что это такое, но порядок прежде всего.

— Лесом, лукавый.

— Не понял.

— Иди лесом.

Филя припал губами к липкому горлышку и на пару секунд замер в позе гипсового горниста из пионерского лагеря. Ядовито сладкая, теплая влага полилась ему в горло, и вместе с ней полились давно забытые ощущения — пить эту гадость было практически невозможно, однако остановиться тоже было нельзя. Пять-шесть судорожных глотков гарантировали почти мгновенное опьянение. Ради этого стоило вытерпеть обязательный для «Кавказа» позыв на рвоту.

— Дебилы они у тебя, — сказал Филя, отрываясь от бутылки и сплевывая что-то себе под ноги. — И режиссер твой дебил. Я даже не говорю, что синего костюма к этой сцене уже в квартире не было, я его бомжихе у подъезда отдал. Но дело не в этом...

Он замолчал, чтобы сделать еще один глоток, и потом снова сплюнул под ноги.

— Слушай, а что там плавает? Вечно что-то лезет в рот.

Демон ответил тоном официального лица:

— Осадок в портвейне «Кавказ» допускается ГОСТом.

— Ладно, не важно... Ты посмотри на этих придурков. У тебя перебор по гриму, несоответствие возрастов, по фактуре они оба не попадают. Кто занимался распределением?

Демон неприятно хихикнул:

— Вот уж не ожидал! Под старость на реализм потянуло?

— Какая старость? — обиделся Филя. — Мне чуть за сорок.

— Ах да, извини, — демон состроил постную рожу. — Старость это когда девяносто пять. Все время забываю про ваши хитрости: «Боже мой, так рано умер, такой молодой, до пятидесяти едва дотянул...» Скажи, тебе в юности люди под пятьдесят тоже молодыми казались? Особенно девушки.

Демон невинно улыбнулся и подмигнул.

— Хватит зубы мне заговаривать, — огрызнулся Филя. — Мы сейчас о другом. Я понимаю, что у тебя тут гротеск и постмодернизм, это — пожалуйста. Но можно ведь было номер вставной какой-нибудь сделать. Музыкальный, например, или с танцем. Страстный такой, чтобы зрителя прессануть. Медленный вальс под «Люсинду» Тома Уэйтса — тягучий, грубый и одновременно нежный. Понимаешь? Когда так любишь, что хочется задушить.

— Вот так? — демон ткнул пальцем в сторону сцены, где плюгавый «Филя» отчаянно душил пыхтящую как бульдог «Нину».

— Да иди ты! Понимаешь ведь, о чем речь.

— Я думал, ты об этом.

— Никто никого не пытался убить.

— Да ладно, — ухмыльнулся демон. — И даже мыслей таких не было?

— Я тебе говорю о драматическом контрапункте.

— А я об убийстве.

— Ты не слышишь меня? Мощный эффект мог бы получиться. Публику до печенок бы проняло.

— А разве не получилось? Ты посмотри.

Филя перевел взгляд на актрису и ясно вдруг понял, что она сейчас умрет. Толстуха задыхалась в руках вцепившегося в нее партнера, а тот клещом висел у нее на шее, явно не собираясь ослаблять хватку. Его искаженное дикой ненавистью лицо уже не казалось дурацким — от клоуна в нем остался только нелепый грим.

— Это все «белочка», — процедил Филя сквозь зубы. — Вас никого нет. Это горячка.

— Обижаешь, — негромко засмеялся демон.

— И меня здесь нет. Я в Париже... Нет, я в самолете. Упал в обморок в хвостовом туалете и лежу, а вы все — пустой бред.

— А может, тебя грохнул тот мужик из «уазика»? И мы тогда вовсе не бред, а твои посмертные видения? Может, ты умер?

Толстуха продолжала хрипеть, выкатывая глаза и не отрывая дикого взгляда от суфлерской будки. Она явно не ожидала, чем все это закончится, и Филе стало нестерпимо жалко ее. Он понял, что она, как и он, здесь не по своей воле. Что ее заманили сюда, пообещав неизвестно что, а теперь убивают, и никто в зрительном зале не собирается ей помочь.

Филя услышал, как публика в своих креслах начала всхлипывать, и тоже заплакал. Ему было жалко не только актрису, но и самого себя. Его мало что примиряло с жизнью, но сцена, в которой только что сыграла несчастная толстуха, была исключением. Он дорожил ею, зная, что был человеком в тот момент, когда так сильно страдал, и теперь, когда над этим так зло насмеялись, ему было обидно, что у него навсегда отнимают эту сцену и что у него больше нет силы, нет аргумента, при помощи которого он до сих пор еще мог примириться с жизнью. Он чувствовал, что теряет его сейчас навсегда, и от этого безутешно плакал.

— Вот видишь, — толкнул его в бок торжествующий демон. — А ты говорил — не проймет.

— Да пошел ты, — выдавил Филя.

— Ах ты, козел! — закричал демон. — Пахай!

Коротко размахнувшись, он врезал Филе сначала под ребра, а потом по лицу. От второго удара тот потерял равновесие и полетел куда-то вниз. Падение на этот раз было недолгим. Ударившись затылком о железную батарею, Филя открыл глаза и увидел склонившегося над ним мужика из «уазика». В руке тот держал фонарик.

— Тут сиди, — сказал мужик. — На улицу не лезь. И в машины чужие тоже. А то зашибет кто-нибудь.

Филя огляделся и понял, что его снова затащили в подъезд. Левая скула и бок ощутимо болели.

— Ты меня бил, что ли?

— В следующий раз вообще убью. Сиди тут, я сказал.

Мужик сплюнул и пошел к выходу. Открыв дверь, он почему-то остановился, затем вернулся к сидевшему на полу Филиппову, стащил со своей головы лохматую шапку и бросил ее тому на колени.

— На. А то совсем сдохнешь.

— Спасибо, — сипло пробормотал Филя.

В горле у него пересохло.

* * *

Шутки шутками, но надо было двигаться дальше. Филя не любил, когда его грезы становились настолько предметны и осязаемы. Это портило ему настроение. Он даже реальность подпускал к себе лишь по утрам и терпел ее до первого глотка вина. Все, что происходило потом, было комфортно отодвинуто в матовую неопределенность. Теперь из-за отсутствия спиртного защититься ему было нечем, однако из двух зол он все же предпочитал реальность. Грезы раздражали его унылой пассивностью, которая всегда отводилась ему. В своих собственных снах и кошмарах Филиппов не играл главных ролей. Им вечно манипулировала какая-то посторонняя сила. Хотя бы поэтому теперь надо было вставать и двигаться дальше.

— Сам пойду, — пробормотал он, поглубже натягивая на себя чужую шапку. — Куда захочу, туда и пойду.

Пошарив по карманам пальто, он нащупал зажигалку, почиркал ею несколько раз и наконец заморгал на оранжевый столбик пламени. Зажигалка почти ничего вокруг Фили не осветила, но ему это было неважно. Главное, что в руках у него теплилось что-то живое. Сдвинув рычажок влево, он вполовину уменьшил пламя и не отпускал клапан, пока металлическое колесико не нагрелось так сильно, что обожгло ему большой палец. Он чиркнул еще раз и попытался удерживать клапан так, чтобы не касаться металлических деталей, но через несколько секунд это стало невозможно. К тому же газ надо было беречь. Даже тот малый свет и тепло, что давала зажигалка, могли очень пригодиться в его одиссее. Родной город, Филя чувствовал это, выложил на стол далеко не все свои карты. Новых сюрпризов можно было ждать в любое мгновенье.

Выйдя на крыльцо, он увидел силуэт поджидавшей его собаки. Сидевший внизу пес вскочил на ноги, тонко и коротко заскулил, а затем скрылся под домом. В темноте и в тумане все это, конечно, могло померещиться, но в подъезде все-таки было гораздо темнее, поэтому Филя вынужден был признать, что скорее всего видел собаку на самом деле.

— Псина, как же ты задолбала, — бурчал он, осторожно спускаясь по бугристым от наледи ступеням. — Ну чего тебе надо?

Заглянув под дом, он попытался разглядеть хоть что-нибудь между сваями.

— Эй... — позвал Филя. — Ты где, тварь?

В ледяной темной бездне что-то завозилось. Филя хлопнул рукой по бетонному перекрытию у себя над головой:

— Иди сюда! Я туда не полезу.

В нескольких метрах от него снова послышалось тонкое, едва уловимое поскуливание. Странно было слышать подобные звуки от огромного пса, но что было не странно этой ночью?

Холод уже начал завинчивать Филю в свои безжалостные тиски, поэтому надо было решаться — либо обратно в подъезд, либо вперед — навстречу тому, что скулило там за сваями. Филя негромко, но изобретательно выругался, зажал рукой воротник пальто и, склонив голову, шагнул в гулкую темноту. Ему в любом случае нужно было на ту сторону дома. Обходить эту громадину в семь или восемь подъездов заняло бы у него значительно больше времени. А значит — тепла.

Вытянув свободную руку вперед, некоторое время он весьма бодро продвигался между сваями. Ноги его наконец перестали скользить, и он мог целиком и полностью сосредоточиться на своих инстинктах летучей мыши. Которых, впрочем, не оказалось. Навык эхолокации у него явно был недостаточным. Чувствительно стукнувшись пару раз плечом об угол гигантской сваи, он стал осторожней и решил больше полагаться на слух. Скулившая псина постоянно меняла свое местоположение, поэтому Филя в конце концов плюнул на ее поиски и двинулся к противоположной стороне дома.

В любой другой ситуации он сам сравнил бы эти блуждания в кромешной тьме посреди огромных квадратных столбов с беготней подопытной мышки в исследовательском лабиринте, однако сейчас от его иронии не осталось никакого следа. Наряду со всем остальным в его трясущемся организме холод парализовал Филин сарказм, пофигизм, злую насмешливость и казалось, что даже саму способность мыслить. Тягучие обрывки того, что раньше было бы мыслями, переползали в его голове с места на место, как замерзающие улитки, не складываясь практически ни во что. Он представлял, что очутился под брюхом динозавра из фильма Стивена Спилберга, вспоминал про джунгли и про тепло, усмехался тому, что именно здесь, под такими домами, летом было самое лучшее место, чтобы спрятаться от невыносимого местного зноя, а еще сходить в туалет, а еще выпить водки из горлышка перед школьной дискотекой, или дождаться Нину, когда она пойдет с репетиции, а потом вбежать за нею в подъезд.

— На фига я полез сюда? — содрогаясь, выдавил он. — Надо было... там...

Налетев еще несколько раз на сваи, он понял, что в поисках псины потерял направление и, возможно, идет не поперек, а вдоль дома, подобно фрагменту планктона, путешествующему в теле кита. Или подобно Ионе, которого проглотили не в Средиземном море, а далеко за полярным кругом, и кит ему достался свежемороженый, а не уютный и теплый, как полагалось в первоисточнике.

Негнущимися пальцами Филя попытался чиркнуть колесиком своей зажигалки. С тем же успехом он мог бы чиркать протезом или полностью парализованной рукой. Даже засунуть зажигалку обратно в карман было уже проблемой. Филя попал туда в итоге далеко не с первого раза. Именно в этот момент его кто-то слегка толкнул, и в испуге он обернулся. Резко выбросив руку, он никого перед собой не нашел. То, что его толкнуло, судя по всему, отскочило назад и в следующее мгновение слегка зарычало.

— Это ты, тварь, — пробормотал Филя, опуская руку пониже и все равно не находя ничего. — Иди сюда... Как тебя там...

Он попытался припомнить кличку того повешенного пса из театра, но, кроме дурацкого «Бобика», на ум ничего не приходило. Свистеть у него тоже не получилось. Омертвевшие от холода губы никак не складывались в нужную форму, и вместо призывного свиста из него с легким гудением вырывался только призывный пар. Тем не менее этого оказалось достаточно. Пес еще раз толкнул его носом и, отбежав на пару шагов, опять заскулил. Филя двинулся на его звуки. Толчки повторялись, Филя шел туда, где скулило, и вскоре понял, что дело пошло.

— Вы-хо-дим... — мычал он, подбадривая то ли себя, то ли взявшую над ним шефство псину. — Давай, ро-ди-мый... да-ввв-ай...

Выбравшись наконец из-под дома, Филя понял, что без пса он, скорее всего, бы погиб. С этой стороны доступ к сваям был почти наглухо перекрыт жестяными листами. Оставался лишь небольшой проход шириной в полтора метра, и к нему, словно к незамерзающей полынье из ледяной бездны, вывел Филиппова добрый пес.

— Эй... Ты где? — негромко позвал Филя, без сил опускаясь на какую-то шаткую кривую оградку.

Но в следующую секунду его буквально подбросило. Метрах в двухстах от дома, из-под которого он чудом только что вышел, темноту разрезала ровная как стрела, уходящая бесконечно влево и вправо полоса огня.

— Ад, что ли? — выдохнул он. — Достал со своим театром...

Чем ближе он подходил к пылающей черте и чем плотнее сгущался вокруг полыхавшего впереди огня ледяной мрак, тем сильнее росла в нем уверенность, что всё это снова шутки демона пустоты и, кроме морока и обмана, его ничего не ждет. Подходя к полосе поднимавшегося метра на полтора пламени, Филя уже был уверен, что мечущиеся перед огнем тени — это, конечно, черти, и топку свою они раскочегарили, чтобы припугнуть его, Филю, но облегчать им задачу он, разумеется, не хотел. Он практически не сомневался, что раскусил очередную каверзу давнего своего приятеля, а потому бояться ему было нечего.

— Давайте, давайте... Всё только кажется... Всё это один голимый буддизм... — бормотал Филя, прибавляя и прибавляя шаг. — Иллюзия... Ничего нет... И меня здесь нет. А значит, могу делать всё, что хочу... Блин, как холодно...

Тепло он ощутил метров, наверное, за двадцать. Физически это, скорее всего, было невозможно, однако он не только видел пламя, но и осязаемо чувствовал его даже на таком расстоянии. Тепло, словно детское дыхание, которое уловить может одна лишь склонившаяся над колыбелью мать, коснулось его стянутого в неподвижную маску лица, и Филя понял, что сейчас снова заплачет. Причины для слез у него на этот раз никакой не было, но нарастающий с каждым его шагом жар вызвал в нем какие-то механические изменения, как будто в нем что-то растаяло, развалилось, и эти перемены вынудили его вытащить скрюченную от холода руку из кармана пальто и судорожно вытирать ею саднившие то ли от ожогов, то ли уже от обморожения щеки.

— Зд-д-д-орово, черти, — стуча зубами, сказал он, когда подошел к огню.

Ни одна фигура из тех, что ворошили дрова под огромными трубами, не обернулась.

— Эй! — негромко закричал он, задетый тем, что опять оказался на последних ролях. — Я пришел! Вы совсем офигели?

Два существа в огромных бушлатах, монтажных шапках и неуклюжих ватных штанах выпрямились и молча уставились на него. В дыму он почти не видел их лиц. Огненные блики дьявольскими эполетами плясали у них на плечах, бушлаты маслянисто блестели. Вокруг все шипело, трещало, гудело и булькало. Снег под ногами из твердого, как бетон, покрытия превратился в темное чавкающее месиво — оплыл и клубился паром. Филины кеды начали ощутимо набирать влагу, дым разъедал ему глаза. Постояв неподвижно пару секунд, двое в бушлатах вернулись к своим занятиям.

— Эй! — возмущенно повторил Филя и зашелся в долгом надрывном кашле, поперхнувшись дымом.

— Отведи его в машину, Виталик, — сказал один черт другому. — Из дурки, наверно, сбежал. Загнется.

В кабине грузовика, куда Филю решительно подсадил черт по имени Виталий, было светло даже при выключенной лампочке, загоревшейся где-то над головой и погасшей, едва захлопнулась дверь. Полыхавшее метрах в десяти от машины пламя заливало кабину ровным оранжевым сиянием, и Филя мог теперь без помех разглядеть выделенного ему в провожатые черта. Виталик был невысоким и крепким парнем, по земным меркам, лет двадцати пяти — без видимых признаков инфернальности. Коренастый и плотный, он не имел никаких рожек под своей монтажной шапкой, и, несмотря на облепившую его грязь, весь был подобранный, аккуратный и ладный, каким бывает шрам после удачной операции. Первое, на что Филя обратил внимание, это хищный татарский нос, заостренный на конце и плоский, как морской скат, в районе переносицы. Затем Филин взгляд остановился на верхней губе Виталика — она была когда-то надорвана и не совсем ровно срослась. Общую картину довершала манера держать голову. В этом Виталик походил на хорошо тренированного бойцового пса — чуть прижимая череп к земле, он не смотрел по сторонам, а только вперед, при этом очень уверенно и с полным безразличием к возможной опасности.

Время от времени пламя напротив машины набиралось веселой и злой силы, заставляя Филиппова инстинктивно прикрывать ладонью глаза, поэтому он не заметил, откуда в руках у Виталика возник бутерброд и пластиковый стаканчик. Тот молча протянул их своему подопечному, сунул руку под ватник, лежавший у него за спиной, и выудил оттуда бутылку водки. Филя зубами зажал бутерброд, чтобы держать пляшущий стаканчик двумя руками. Ощутив резкий вкус колбасы, он вспомнил, что ничего не ел уже почти сутки. Рот его мгновенно наполнился слюной, однако он бы не стал с уверенностью утверждать, что причиной тому была одна колбаса. Стаканчик в его руках все еще ходил ходуном, но для Виталика это не составляло проблемы. Судя по всему, он не однажды сталкивался в своей практике с подобным явлением, поэтому легко попадал в амплитуду Филиных колебаний, спокойно и ровно наполняя стаканчик, словно тот стоял на гранитной скале. Водка безмятежно лилась в нежно розовеющий в отсветах пламени белый пластик, а Филя, подобно собаке Павлова, исходил на слюну. Витавший в кабине запах солярки тоже вносил свою лепту. От ватника несло еще и машинным маслом, но в сочетании с колбасой у Фили во рту, с розоватой водкой, которая тихо плескалась в хлипком стаканчике, запахов ближе и роднее, чем эти, он сейчас не мог себе даже представить. Огромный, промерзший насквозь мир съежился до размеров теплой кабины старенького «ГАЗ-66», и в этом мире воцарился покой.

Дождавшись, когда Виталик наполнит стакан примерно до половины, Филя кивнул, вынул изо рта бутерброд и выпил. Водка оказалась дешевой и теплой, но это было именно то, что нужно. Вообще, все происходившее было именно тем, что нужно. Филя попал в правильное место. Он чувствовал, как сила возвращается к нему, и понимал, что все идет как надо, самым наилучшим образом. Модные рестораны, модные знакомства, модные скандалы, показы, приемы, тренды — все то, что он был обязан любить, потому что это любили другие высшие и недоступные для остальных люди, — все это улетело в черное небо вместе со снопом искр за лобовым стеклом, и он остался с твердым ощущением, что хочет любить лишь это — пропахшую соляркой кабину, пластиковый стаканчик у себя в руке и черта Виталика, уже наливавшего ему по второму кругу.

Филя откусил бутерброд, резко втянул носом воздух и замер, стараясь не упустить ни малейшей подробности своего счастья. Он хотел растянуть момент, зафиксировать, оставить его себе навсегда, и ему было плевать, что все происходящее — только иллюзия, и ничего этого нет. Это было самое лучшее «ничего этого нет» из всех возможных.

— Ты пей давай, — негромко, но внушительно сказал черт Виталик. — А то у нас одного недавно с моста сбросили.

Филя приоткрыл глаза:

— За что?

— Тару задерживал.

Дождавшись, когда Филя во второй раз опорожнит стаканчик, Виталик налил в него же себе, отщипнул малую кроху от бутерброда, по-собачьи резко понюхал ее и в один глоток выпил все, что было налито.

— А ты чего в одной шапке? — спросил он на выдохе. — Самоубиться решил? Или в бега подался? Не топят уже в больничке?

Он явно считал Филю сумасшедшим, и от этого разговаривал с ним таким тоном, который, по его мнению, подходил для разговора с человеком, сошедшим с ума.

— Хочешь, я тебе свой ватник отдам? Смотри, это ватник. — Виталик вытащил из-за спины потрепанную телогрейку. — Он теплый. Грязный малёха, но теплый. Накинь поверх пальтухана, а то правда загнешься.

Филя, в свою очередь, был уверен, что общается с чертом, поэтому тоже вел себя соответственно, больше стараясь помалкивать. С этой братией, он считал, лишний раз лучше не светиться. Мало ли какой компромат они собирают.

— Чем вас там кормят? — продолжал Виталик. — Водки-то не дают?

Филя замотал головой и стал молча натягивать подаренный ватник на свое дорогое кашемировое пальто.

— Ну, тогда пей... Держи, я еще налью.

Филя с готовностью принял от него освободившийся пластиковый стаканчик и подождал, пока тот снова наполнится.

— Хорошо, что ты появился, — подмигнул ему Виталик. — С тобой хоть посижу тут немного. Часов пять уже по всему городу эти костры палим. Умотался... Дымом провонял насквозь.

Он понюхал свой бушлат и засмеялся:

— Пожарник, блин. Не пустят меня домой.

— Почему? — во второй раз подал голос Филя.

— Моя не любит, когда дымом воняет. Мутит ее.

Филя потянул носом воздух и пожал плечами.

— Я не чувствую... А вам зачем эти костры? Старшие демоны приказали?

— Кто? — Виталик слегка озадаченно посмотрел на него, а затем почесал себе лоб под шапкой. — А-а, ну да... Они самые... Теплотрассы, говорят, надо отогревать. Если полопаются — до весны заморозим город. По дачам, по деревням придется всем разбегаться. Вас вон, дурачков, тоже надо будет куда-то везти. Не бросишь ведь... А демоны эти — да, задолбали уже конкретно.

Виталик усмехнулся и устало потер ладонью свое перепачканное сажей лицо.

— Дядька мой точно злой как шайтан... Денег сегодня не получил от заказчика. Сидел там за рекой со своей бригадой месяца три, всё уже почти сделали, и тут авария на ГРЭС. Веерное отключение агрегатов. Так и не дождался он денег на своей халтурке. Все бригады срочно в аварийный штаб вызвали. А он там Данилову дом строил. С начальством договорился, что на работе даже появляться не будет. Много денег хотел получить. Я ему говорю — завтра получишь, никуда твой Данилов не денется, а он меня за это на теплотрассы турнул. Сердитый очень. Деньги так сильно любит.

Филе туманно припомнилось, что он уже слышал сегодня эту фамилию — Данилов, и даже, как ему казалось, не один раз, но сомнения по поводу того, откуда чумазый черт мог знать реального человека, быстро оставили его.

«Мало ли на какие хитрости они могут пойти, — плавно и очень уютно после третьего стаканчика водки думалось ему. — Маскируются, бесы. Аварию какую-то выдумали... Теплотрассы...»

Он завороженно смотрел на огонь, а Виталик продолжал делиться с ним своей обидой на жизнь:

— После армии в бокс профессиональный хотел пойти, дядька сказал — не надо. Мать его слушается, запретила мне. Говорит — будешь прорабом, как он, квартиру быстро получишь. А я Костю Цзю однажды в Тюмени в аэропорту видел. Прикинь? Вот как тебя. Идет такой, улыбается... При чем здесь квартира?

Виталик вздохнул и плеснул себе еще водки. Все, о чем он говорил, было очень похоже на жизнь обычных людей, но Филя твердо решил, что провести его чертям сегодня уже не удастся.

— А, скажи, ты человека смог бы убить?

Он был уверен, что, если Виталик черт, он обязательно попытается его обмануть, прикинувшись человеком, и скажет, что убивать нельзя, или еще что-нибудь в таком духе. Но Виталик оказался хитрей.

— Смог бы, наверное, — сказал он, ненадолго задумавшись. — Только смотря за что.

— Ну, например, на войне, — не сдавался Филя.

— На войне бы смог. Там же приказ. Не я виноват буду.

— А без приказа? От ревности, например. Жену бы свою смог убить, если б она тебе изменила?

Виталик засопел и весь как-то подобрался, мгновенно став похожим на огромный булыжник.

— Слышь, ты зачем вопросы такие спрашиваешь?

— Проверить кое-что хочу.

— А я вот сейчас проверю тебе по балде прямым левой. Он у меня знаешь какой?

— Какой?

— Убойный.

— Тогда не надо, — рассудительно заявил Филя. — Зачем проверять? Я и так верю. Ты же в бокс профессиональный хотел пойти. Я понимаю.

— Чего ты понимаешь, дурила? Чего ты вообще несешь?

Виталик надвигался на Филю, и его левая рука уже подозрительно подрагивала, как будто сама наводилась на цель. Глядя на это подрагивание, Филя подумал, что напрасно поставил вопрос ребром — надо было как-нибудь исподволь, необязательно о прямом и предумышленном убийстве. Можно было начать со случайного — будучи боксером, Виталик ведь мог захлестнуть какого-нибудь бедолагу на ринге, и вовсе не от ненависти к роду человеческому, а так, ненароком. Или еще лучше — надо было спросить, а смог бы он, предположим, оставить спящего человека на даче, зная, что заслонку в печи кто-то случайно задвинул, и человек, скорее всего, уже не проснется, потому что дрова до конца еще не прогорели — с учетом того, разумеется, что человек этот причинил ему такую боль, какой не причинял никто и никогда.

Но Филя упустил все эти дипломатические возможности, а потому теперь с тяжелым сердцем взирал на подрагивающую левую, у которой, по словам Виталика, был убойный прямой.

— Подожди, — попытался он выиграть немного времени. — Давай поговорим по-человечески. Ты ведь можешь по-человечески?

— Могу, — выдохнул Виталик, не прекращая, впрочем, подрагивать конечностью, на которой уже созрел довольно увесистый кулак.

— Ну вот... Все мы в конце концов люди — любим шоколад, мороженое, собачек, умиляемся при виде заката или когда слышим детский смех, и все эти чудесные мелочи, именно они делают нас людьми. Ну, то есть нормальными в конечном итоге, всё понимающими, и даже приятными людьми... Но... Что, если я не хочу быть человеком? Не хочу любить все эти милые вещи? Что, если я хочу быть монстром? Кто сказал, что они хуже? Среди нас такое множество монстров, а мы при этом — великая страна. Будешь спорить, что великая? И то же самое ведь про Америку можно сказать, и про Европу. Даже в Норвегии крохотной свои монстры найдутся.

Филя замолчал, уставившись на Виталика и ожидая его реакции. Тот ответил не сразу, но кулак его потерял уверенные очертания.

— Ты о чем?

— Сейчас объясню, — заторопился развить свой успех Филя. — Понимаешь, я долгое время был уверен, что смерти своей не боюсь. То есть я и сейчас в этом уверен, но иногда, знаешь, найдет что-то такое, и очень становится не по себе. Даже ведь генерал Крахоткин — и тот струсил. На что был вольнодумец и атеист. Падчерицу за волосы перед смертью три раза дернул, и это, поверь, от страха, не от одной злости. А я даже не атеист. Сам до конца, правда, не знаю, кто я, но, думаю, что не атеист. Я, например, в тебя верю. И не только в тебя — вообще, во всех вас.

Филя обвел рукой копошившиеся перед радиатором автомобиля, освещенные всполохами огня фигуры.

— В кого — в нас?

Виталик снова угрожающе засопел, но разошедшийся не на шутку Филя уже его не боялся.

— В чертей, — твердо и даже немного весело сказал он. — Думал, не догадаюсь?

Виталик хмыкнул, затем стянул свою монтажную шапку, почесал голову и глубоко вздохнул.

— Блин, что же с тобой делать? Мне работать надо идти. Одного тебя тут такого оставлять... я не знаю... Начудишь ведь.

— А ты словечко за меня можешь замолвить?

— Какое словечко?

— Ну что, мол, есть тут такой человечек, и он согласен.

— На что согласен?

— На всё. На переход, на любое сотрудничество. Готов прямо сейчас. Ты пойми, я уже совсем задолбался. Непонятно ведь ничего. Живешь, думаешь смысл какой-то во всем этом есть, весело даже вначале, а потом постепенно так всё мутнеет. Грех этот первородный, бессмыслица, и в конце концов — смерть.

— Да, мужичок... По ходу, сильно тебя штырит. До водки никаких таблеток не ел? Тебе в больничке чего давали?

— Нет, я серьезно. Поговори там с кем-нибудь, кто вопросы решает. Я с удовольствием. Я перейду.

И даже пригодиться сумею. Ведь я понимаю, что человек сам по себе содержит злое начало. Его не только не надо соблазнять, он сам с радостью зло совершит. И дело вовсе не в том, что глупая Ева яблоко у змея взяла, а в том, что человеку этого хочется — зла, я имею в виду. И как можно больше. Потому что все остальное вообще не имеет смысла. Деньги не радуют, успех — приманка для одноклеточных, любовь невозможна, потому что каждый норовит одержать верх и стать обязательно тем, кого больше любят. Нет в жизни смысла. Любые мотивации — это лишь фантики, обертки от дешевых ирисок, и нам их, как папуасам, впаривают, чтобы мы дальше плясали у своих ритуальных костров. Ты знаешь, у меня такое чувство, что меня обманули, меня здорово кинули с этой темой... Насчет жизни... Насчет того, что жить — это здорово... Мне кажется — думать о смерти вовсе не означает быть мрачным. Гораздо больше отношения это имеет к попытке избежать обмана. Который уже реально достал. Просто сил никаких терпеть нету. Жизнь, чтоб ее... не прекрасна... — Филя всхлипнул, задохнувшись от накатившей на него мутной тоски. — Замолви словечко, я тебя очень прошу.

Как именно он представлял себе этот «переход», в каком виде и кому надо было «замолвить словечко» — всё это, то ли от водки, то ли от волнения, было слегка туманным у него в голове, но главное, что он в эту минуту чувствовал, — он был совершенно искренен. Впервые за долгое время он говорил прямо, серьезно и откровенно о том, что давно неподъемным грузом лежало у него на сердце.

— Поможешь?

Он с надеждой смотрел на обалдевшего Виталика, а тот, явно не зная, как реагировать, и, в общем-то, не поняв даже половины из того, что ему было сказано, барабанил пальцами по рулю и делал губами негромкие звуки «пум-пум». Так продолжалось, наверное, полминуты, пока снаружи не началась какая-то возня. Успокоившийся немного Филя повернулся к боковому окну и увидел еще двух чертей, тащивших на веревке к огню большого темного зверя. Зверь упирался, черти время от времени его злобно пинали, и тогда он пронзительно взвизгивал, ослабляя сопротивление и скользя против своей воли все ближе к огню.

— Что это?

Виталик перегнулся через Филю, вгляделся в разорванную всполохами темноту и рассмеялся.

— А-а! Это ребята псинку поймали. Бегает здесь целый день. Пообедать рядом с огнем присели — он у нас курицу утащил. Я говорил им — надо было в кабине, а они говорят — все не войдем. Разозлились теперь. Худо собачке будет.

Филя нащупал на обтянутой куском ватного одеяла двери допотопную ручку, со скрежетом повернул ее и вывалился на снег.

— Ты куда? — закричал ему вслед Виталик, но Филю было уже не остановить.

Вскочив на ноги и догнав чертей, тащивших собаку, он прыгнул сзади на того, что держал веревку, вцепился в его бушлат и повалился вместе с ним в подтаявшую от жаркого пламени жижу. Второй черт на мгновение замер, но уже в следующую секунду бросился на помощь товарищу. Филя почувствовал крепкий пинок в плечо, однако ватник, подаренный Виталиком, смягчил удар. Дотянувшись до руки, которая сжимала веревку, он рванул ее на себя, и лежавший под ним черт отпустил собаку. Филя чуть приподнялся, всем корпусом содрогнулся от второго пинка, пришедшегося на этот раз в район поясницы, и потянул за веревку.

— Бежим! — выдохнул он вместе с клубом пара и дыма, который уже разъедал ему глаза.

Пес, очевидно, узнал Филю. Мгновенно оценив изменение ситуации, он рванулся к размахнувшемуся в третий раз черту и сбил его с ног резким прыжком на грудь.

— Стой! — сзади уже подбегал Виталик.

Филя не успел даже выпрямиться, а пес, резко и тяжело задышав, потащил его в темноту.

— Бежим! — сладко повторил Филя и, не выпуская из рук веревки, помчался вслед за собакой прочь от пылающей в ночи теплотрассы.

* * *

Бежать по замерзшему городу, в котором при температуре ниже сорока градусов неожиданно и неизвестно на какой срок отключили отопление и электричество, лучше всего в сопровождении большой собаки. В этом случае вы не чувствуете себя бесцельной песчинкой в океане, вы не пустое место, не банальность, вы не затертая фраза в скучном разговоре. Наоборот — вы бодры и осознанны. Вы гордо устремляетесь туда, куда зовет вас судьба, и даже если вы крохотны как песчинка, вы все же свободны в своих устремлениях. Те из вас, кого не коробят подобные сравнения, могут сопоставить себя со сперматозоидом. Вы — проявление чистой воли. Вы не просто бежите — вы парите над городом, подобно невесте с картины Шагала, и ваш суженый, принявший облик огромного пса, тянет вас вперед и вперед, оставаясь там, внизу, на земле, неустанно перебирая лапами. Скоро вы должны пролететь над родной школой, над улицей, которая ведет к реке, над памятником в виде танка «Т-34», куда летом забираются все, кому приспичило в туалет, — вы подлетаете к тем местам, где произошло самое важное. Вы уже готовы окунуться в сладостные воспоминания, как вдруг различаете позади себя чьи-то шаги. Вы прибавляете скорости и скользите над городом еще чуть быстрей, но шаги явно не отстают. Тот, кто преследует вас, уже не бежит — он по-настоящему мчится, и вы с грустью догадываетесь, чем будет прерван ваш прекрасный полет. Вам не хочется быть избитым сердитыми чертями, которые мечтали о боксе, но у них не сложилось, и вы припускаете уже так быстро, что ваш пес не поспевает за вами, постепенно сдаваясь, тяжело дыша, превращаясь в обузу. Однако вы не выпускаете веревки из рук, вы больше никогда не бросите друга, вам лучше погибнуть, поэтому вы замедляете шаг, вы оборачиваетесь и гордо ждете своей неизбежной судьбы.

— Ну, ты даешь, — хрипло говорит наконец догнавший вас черт Виталик, на глазах превращаясь в родного демона пустоты. — Куда так вжарил? Я тебе кто? Усэйн Болт, что ли?

Узнав свое опостылевшее alter ego, Филя впервые ему обрадовался. Избиение откладывалось, а он в результате всех этих последних транзакций стал обладателем теплой шапки и толстого ватника, которые, как выяснилось, никто не собирался у него отнимать.

— Крикнуть не мог? — еще задыхаясь, выдавил Филя.

— До тебя докричишься...

Демон склонился вперед и стоял, как бегуны после финиша, одной рукой упираясь в колено, другую прижимая к правому боку, как будто у него там кололо. Дышал он еще тяжелее, чем Филя.

— Думаешь, легко за тобой носиться во всём этом?

Демон был одет в огромный тулуп, ушанку из чернобурки и белые армейские валенки.

— Где так прибарахлился? — спросил, переводя дыхание, Филя.

— Места знать надо.

— Валенки дашь?

— Разбежался.

— Я ноги могу обморозить. Подошвы уже полопались.

— Лесом иди.

— Козел.

— Я не козел. Я демон. А ты дебил. С дороги уйди. Раздавит ведь кто-нибудь.

Мимо них в мутной мгле, светя противотуманными фарами, ползли бесчисленные «уазики»,

«Лэнд Крузеры» и «Нивы». До этого Филя их не замечал, как не замечал он и того, что бежит не по тротуару, а по обочине проезжей части.

— Куда они все?

— За город, — выпрямился наконец демон. — Дачи у них там... Печки, поленницы, дрова. Думают пересидеть.

Филя разинул рот, чтобы избавиться от стягивающей нижнюю часть лица ледяной корки. Поковырял ее пальцем, но понял, что бесполезно.

— А Петр тоже уехал?

— Какой Петр?

— Друг мой. Я к нему иду.

— А-а. Про это не знаю. Может быть, и уехал. Чего ему в городе-то сидеть? В квартирах скоро батареи начнут лопаться. У него жена, дети есть?

Филя, не отвечая, полез в сугроб, отделявший проезжую часть от пешеходной дорожки. Провалившись по колено в глубокий снег, он потянул за собой пса, который с готовностью прыгнул туда и тоже завяз. Снег, набившийся Филе под брюки, ничуть его не обеспокоил. Ноги онемели уже до такой степени, что он просто ничего не почувствовал. Побарахтавшись пару секунд в сугробе, он выбрался на тротуар, вытянул за веревку своего пса и упрямо двинулся дальше.

— Эй, подожди! — закричал демон. — А если его дома нет? Может, лучше назад вернемся?

Филя не останавливался.

— Блин! Я с тобой!

Демонически легко перемахнув через сугроб, он догнал Филю, приноровился к его шагу и несколько минут молчал. Они торопливо шли по заваленной сугробами темной улице вдоль ряда мертвых фонарей. Машины, ползущие мимо них справа, то и дело выхватывали своими фарами обледеневшие фонарные столбы и редкие чахлые кустики, раздавленные морозом до такой степени, что не всякий угадал бы в этих беднягах кусты. Дома, громоздившиеся слева от дороги, скорее угадывались в беспросветном тумане, и лишь мерцающие матовыми пятнами на разной высоте точки говорили о том, что это дома и что там внутри еще есть люди.

— Слушай, а круто ты с ними, — заговорил наконец демон, соскучившись в холоде и в тишине.

— С кем? — выдавил Филя, судорожно сжимая под горлом уши подаренной шапки.

Говорить ему было тяжело. Губы уже не слушались, рот по причине густой изморози на бороде почти не раскрывался, и сами слова из-за особой упругости морозного воздуха выталкивались наружу с таким трудом, как будто он пытался говорить, прижимая лицо к огромному куску студня. Однако демону пустоты на эти помехи было плевать. Он жаждал общения.

— С кем, с кем, с ремонтниками. У которых ты собаку увел. И насчет перехода им так лихо задвинул. Ты, кстати, какой переход имел в виду? На какую сторону?

Филя не отвечал ему, яростно щелкая одеревеневшими подошвами по тротуару.

— Нет, ты реально интересуешься? Или так, по приколу? Потому что если реально, то не к тем обратился. А вот я бы мог навести справки. Кое-какие связи имеются. Только ты должен конкретно решить, а не под влиянием порыва. У тебя ведь это порыв был? Да? Импульсивное движение сердца?

Филя молчал.

— Интересно, с чего бы это? — не унимался демон. — Жизнь вроде удалась. Денег хватает, работа непыльная, по заграницам туда-сюда шастаешь. Как вы там говорите? Грех жаловаться? Вот именно что грех. Ты, скотина, совсем стыд потерял.

— Отвяжись, — буркнул Филя.

— Я отвяжись? А ты уверен, что я по своей воле за тобой таскаюсь? Может быть, это ты мне покоя не даешь? Ты же сам ищешь меня везде. Без меня шагу ступить боишься. Чувствуешь в себе пустоту и мечтаешь ее заполнить. Меня только для этого выдумал.

— Я не выдумал, — просипел Филя.

— Ну, конечно, — демон глумливо засмеялся. — А если не выдумал, тогда ты гонишь. Ты — гонимый придурок, и правильно тебя эти мужики у теплотрассы в сумасшедшие записали. В дурку тебе пора, если не выдумал. Ты опасен для окружающих... Особенно для собак. Вторую ведь сейчас уморишь. Смотри, она почти сдохла.

Филя обернулся и увидел, что пес, которого он уже силой тащил на веревке, едва переставляет лапы. Очевидно, ремонтники что-то ему повредили, но Филя, одержимый своей задачей добраться до цели, этого не заметил и продолжал упрямо шагать вперед, практически волоча его за собой.

— Опять задушишь собачку, — сказал демон. — Душегуб.

Филя подошел к псу, который сразу улегся на ледяной тротуар, склонился над ним и потянул за лапу. Псина подняла голову, заскулила и, выдохнув клубы пара, лизнула ему руку.

— Пойдем, — пробормотал Филя. — Замерзнешь.

Собака попыталась подняться, но ноги ее не держали.

— Два ноль в твою пользу, — усмехнулся у него за спиной демон. — Вообще, надо переходить на более крупных животных. Собаки тебе по статусу уже мелковаты. Пора лошадей мочить. Это как-то солидней. Потом на слонов перейдешь.

Не отвечая ему, Филя склонился еще ниже, обхватил тяжело дышавшего пса и поднял его с тротуара.

— О-о, — протянул демон. — Забота о ближнем... Какой прекрасный, какой чудесный поступок. А ты в курсе, что Мать Терезу уже обвиняют в сомнительных политических связях и чуть ли не в отмывании денег? Может, ну его? Стоит ли начинать? Все равно никто не скажет спасибо.

Филя перехватил собаку покрепче, чтобы та не выскользнула из окоченевших и не слушавшихся его рук, сделал один шаг, другой и понял, что долго нести псину не сможет. Кисти рук, не спрятанные теперь в карманах, обожгло словно огнем. Ног он своих не чувствовал уже минут десять. Переставлять их становилось все трудней и трудней. Колени отказывались сгибаться, поэтому он шел как на ходулях. Пес на руках заметно осложнил это жалкое подобие ходьбы.

— Брось его, — уговаривал демон. — Это не та собака. Та реально подохла больше года назад. Я тебе гарантирую.

У Филиппова быстро нарастало чувство, что он шел не по ровной горизонтальной поверхности, а поднимался в крутую гору, и подъем этот с каждым шагом становился все тяжелей. Собака, весом, наверное, не больше тридцати пяти килограмм, все сильнее оттягивала онемевшие руки, словно с каждой секундой наливалась чугуном. Очень скоро она тянула уже на тонну. Филю начало водить из стороны в сторону, и демон пустоты несколько раз вынужден был поддержать его, чтобы тот не рухнул со своей ношей в сугроб на обочине.

Не очень уже отдавая себе отчета в том, где он находится и далеко ли еще идти, Филя отчаянно пытался разглядеть в тумане, пробитом отблесками автомобильных фар, хоть какие-нибудь приметы знакомых мест, но город использовал против него не только свою привычную зимнюю маскировку — он злокозненно и кардинально переменился за те годы, что Филиппов старался о нем забыть. Там, где, по его ощущениям, должны были стоять две деревянные двухэтажки, в которых когда-то размещалось общежитие драмтеатра, теперь зиял бескрайний пустырь, а место построенного еще в сталинские времена детского садика занимала подсвеченная тревожными огоньками свечей жилая многоэтажка. Появились новые перекрестки, которых раньше на этой улице просто не могло быть. Параллельно, и Филя не мог в этом ошибаться, прямо в черте города тянулась длинная — на пару километров — протока, поэтому съезды, ведущие в ту сторону, не имели никакого смысла. Они должны были упереться в довольно широкое русло, но тем не менее они были, и это очень сбивало с толку.

— Там в позапрошлом году мост построили, — пояснил демон, не спрашивая, почему Филя остановился на очередном перекрестке и озирался в страшном сомнении, что забрел не туда. — Теперь можно через протоку ездить.

После слов демона все вокруг более-менее встало на свои места. Во всяком случае, один дом Филя узнал стопроцентно. В окнах угловой квартиры на первом этаже мелькали красные и синие всполохи, как будто внутри работала полицейская мигалка. Стоило немного ближе подойти к этому дому, и оттуда стали долетать странные завывающие звуки, похожие на сирену.

— На машине, что ли, туда кто-то въехал? — лукаво предположил демон, однако Филе было плевать на его новые фокусы, и он уже как мог торопливо взбирался по крутой лестнице, которая вела прямо в квартиру.

Раньше, насколько он помнил, этой лестницы не было, и в дом можно было войти только через подъезд, но сейчас он меньше всего собирался размышлять, откуда она тут взялась и что за вывеска громоздится над входной дверью. Ему необходимо было приткнуться хотя бы куда-нибудь — пусть даже в эту квартиру, пусть даже он вошел в нее ровно через то место, где у стены когда-то стоял тот самый диван.

Филя был здесь всего один раз и очень надеялся, что это никогда больше не повторится.

— Ты посмотри, как тут весело, — крикнул ему в ухо демон пустоты, едва они переступили порог. — Движуха! Вливайся в динамику!

Опустив собаку на пол, Филиппов и сам сполз по стеночке рядом с ней, сунул руки под мышки и тупо уставился на происходящее. С мороза его еще колотило, поэтому он отстранился от стенки, чтобы ненароком не удариться головой. В квартире, которая из жилого помещения превратилась в магазин меховых изделий, в разгаре был небольшой, но энергичный шабаш. Два человека с игрушечными автоматами в руках безостановочно строчили из своего детского оружия, подсвечивая всполохами третьему, а тот срывал с плечиков развешанные на них шубы и быстро заталкивал их в огромные мешки. Разноцветные блики, выхватывающие из темноты фигуры грабителей, треск и вой пластиковых игрушек, долгожданное тепло и навернувшиеся от этого тепла слезы превратили всю сцену в глазах еще не совсем оттаявшего Филиппова в неожиданно красочный, совершенно нездешний карнавал.

— Они «Детский мир», похоже, до этого грабанули, — толкнул его в бок демон. — Чего сидишь? Не тушуйся. Вон там, смотри, оленьи унты стоят.

Филя с трудом повернул голову и увидел выставленную в несколько рядов под окном меховую обувь. Раньше там стоял допотопный комод.

Он помнил его, потому что именно там заметил когда-то свои пластинки, которые Нина забрала, уходя от него к Венечке. Диски все были редкие, кое-что покупалось у спекулянтов по совершенно немыслимой цене, однако не это больше всего задело Филю, когда он увидел свои родные «пласты». Его убило даже не то, что стояли они на каком-то совсем старушечьем комоде — рок-н-ролл и антикварная рухлядь в его ощущении мира могли уживаться, почти не оскорбляя друг друга, хотя сам факт существования старух не вызывал у него по тем временам ничего, кроме брезгливости — поэтому нет, это тоже было не самым обидным. По-настоящему уязвило, больнее всего ударило и взбесило то, что Нина присвоила себе его жизнь. И не просто присвоила — она утащила ее какому-то чужому козлу, который имел ее на древнем диване своей бабули под Филины пластинки и наверняка дико гордился, оттого что имеет такую продвинутую чувиху. Когда Филя с ней познакомился, Нина любила включать на своем убогом кассетнике песенки группы «Оттаван» и могла прыгать под них часами по комнате. Она не знала ни «Дипов», ни «Хипов», ни «Пинк Флойд», ни «Дайр Стрейтс» — вообще не имела понятия о нормальной музыке для нормальных людей. Она была темным лесом, пусть даже очень симпатичным, и луч света в эту непроходимую чащу бросил он, Филя, а не какой-то придурок из порта.

— Пора обуваться, — сказал ему демон пустоты. — Они сейчас до унтов доберутся. Сгребут все подчистую, тебе ничего не достанется.

Квартира принадлежала когда-то бортинженеру Венечке. Точней, его бабке, которая по неясной семейной причине жила в городе, а не в порту. Именно сюда бегала Нина после того, как у Фили звонил телефон и кто-то молчал в трубку. Молчание было условным сигналом, призывом к совокуплению на старом диване, пока бабка лечилась грязями в крымском городе Саки. Именно в эту квартиру Нина в конце концов ушла от Филиппова, потому что грязелечение бабке не покатило, и уже через полгода она освободила жилплощадь насовсем. По поводу ее смерти Филя тогда в запале начал думать, что это он своей ненавистью угробил ни в чем не повинную старушку, но по здравом размышлении все же пришел к выводу, что от его черной злобы помереть должен был бы скорее Венечка, а раз уж его не задело, то и не было никакой темной силы, о которой стоило сожалеть и раскаиваться.

— Ты долго будешь тупить? — прошипел демон. — Они сейчас все подгребут.

Но Филя еще только оттаивал. Подняться на ноги у него не было сил. А если бы даже и были, он бы, скорее всего, не рискнул. Все, что находилось у него ниже пояса, настолько промерзло, не гнулось и вообще казалось ему таким хрупким, что непременно должно было отломиться — попробуй он только шевельнуть левой или правой ногой. Точно так же, по идее, должны были отломиться его давно замерзшие чувства, и он, разумеется, хотел, чтобы они отломились, но вместо того, чтобы с легким звоном разбиться и тут же растаять, оставив по себе грязноватые недолговечные лужицы, его застаревшие переживания, наоборот, с каждой минутой крепли, набирали силу, и Филя в панике чувствовал, что пропал.

Зачем-то он представлял, какой могла быть его последующая жизнь с Ниной, не начни она бегать сюда после тех молчаливых телефонных звонков. Он думал о двух сыновьях и о дочери — о том, как бедно и весело они жили бы все впятером и как мало им всем было бы нужно; о том, как по утрам они с Ниной рассказывали бы в постели друг другу свои сны про войну и китайцев, а дети приносили свои горшки и усаживались вокруг их кровати, чтобы послушать. Один из них начинал бы вдруг тужиться и сильно краснеть, другие кричали бы, что воняет, а потом все вместе сидели бы на кухне и терпеливо следили за тем, как Нина стряпает для них блины, и всё это — потому что из сотен и даже, наверное, тысяч встреченных за всю жизнь людей она была единственным, созданным лишь для него существом, и он знал это с самого начала.

Когда она ему изменила, тяжелее всего Филиппову пришлось от того, что он перестал воспринимать жизнь в чистом виде. Ко всему, что он тогда делал, в той или иной степени обязательно примешивалась Нина. Чем бы он ни занимался, все умножалось на ее голос, на ее плечи, на ее умение лечь рядом так, словно их тела изначально задумывались вместе. Из каждого фильма, который он безуспешно пытался смотреть, проглядывала Нина. Каждая песня была о ней. Из каждого разговора вытекала она. Каждый прохожий знал про ее измену.

— Они до кассы уже добрались, — пихнул его локтем демон.

Филя поднял голову и увидел, что налетчики в самом деле оставили в покое свои мешки и возились теперь у кассы. Открыть ее у них не получилось, поэтому они просто сорвали ее с места прямо с болтами, подцепив монтировкой.

— Валим отсюда, — торопил его демон. — Бери обувь какую-нибудь и уходим. Сейчас точно менты подъедут. Или хозяева.

— Не работает сигнализация, — ответил ему Филя. — Если хочешь — вали. Я останусь.

Ему действительно не хотелось уходить. Он долгие годы учился избегать любых воспоминаний про Нину и про то, что с нею в итоге произошло, но стоило ему войти в эту квартиру, как они, эти воспоминания, перестали его пугать. Филя снова оказался на ее выпускном, откуда он умыкнул ее, забравшись в родную школу через окно в мужском туалете на первом этаже. Заскучавшая от напутственных речей, духоты и напыщенных одноклассников, она с радостью согласилась тогда сбежать, и под утро они оказались в квартире его лучшего друга. Поболтав о том о сем, они как-то незаметно уснули в двух неудобных креслах, стоявших напротив друг друга, а через пару часов одновременно проснулись, как будто уже были связаны особой тревожной нитью. Нина еще не пошевелилась, едва только открыв глаза, и Филя тут же открыл свои. Они сидели неподвижно, рассматривая друг друга, и он не мог найти в ней ни одной черты, которая была бы чужда ему. Перед тем как уснуть, Нина накинула поверх выпускного платья огромную лётную куртку, принадлежавшую отцу Филиного друга, и теперь походила в ней на взъерошенного воробья, который забрался в чужое гнездо. Опустив ноги на пол, она выскользнула из куртки, поежилась и прошлепала узкими босыми пятками к открытой двери на балкон. Филя завернул голову, чтобы видеть ее, но тут же зажмурился, ослепленный висящим над перилами солнцем. Выйдя на балкон следом за Ниной, он посмотрел вниз на залитые ярким светом пустынные улицы, на поливальную машину, одиноко ползущую позади бесшумной на таком расстоянии сверкающей водной дуги, затем перевел взгляд на белое, сильно помятое выпускное платье и на пару секунд ослеп. Нина — тонкая, почти невесомая — парила над городом, закинув руки, что-то делая с копной рассыпавшихся по плечам темных волос и подставляя заспанное улыбающееся лицо солнцу. Она была настолько прозрачна, что он едва не протянул руку, чтобы проверить, настоящая ли она. Нина зевнула, потянулась, вся задрожала, как дрожит бессмысленный, только что проснувшийся котенок, и Филя понял, что не сможет без нее жить.

— Хорош врать, — вмешался в его воспоминания демон. — Спокойно прожил без нее двадцать лет. И неплохо прожил, между прочим. Давай, обувайся. Эти придурки закончили.

Грабители уже успели раздолбать монтировкой кассу и выгрести из нее деньги, а теперь выносили свои мешки на улицу, толкаясь в дверном проеме, обдавая сидящего на полу Филю негромким матом и волной холода из открывающейся то и дело двери. Батарейки в их игрушечных автоматах к этому времени уже, очевидно, сели, поэтому они подсвечивали себе путь телефонами.

— Поднимаемся, — толкнул Филю демон. — Там еще несколько пар унтов осталось. Давай, шевелись, а то будешь как летчик Мересьев.

Демон захихикал и пропел дурным голосом:

— Гангрена, гангрена! Ему отрежут ноги!

Перебравшись к окну, Филя не без труда стянул одеревеневшие кеды и сунул правую ногу в узкий раструб унтов. Нога застряла, Филя запрыгал на левой, потерял равновесие и свалился на пол. Один из двух только что снова вошедших налетчиков обернулся, посветил в его сторону телефоном, но другой тут же толкнул приятеля в плечо.

— Забей. Пусть бомжара слегонца приоденется.

— «Бомжара», — глумливо повторил демон, как только за грабителями опять захлопнулась дверь.

— Не могу натянуть, — выдавил Филя. — Узкие очень.

— Они женские, идиот. Пощупай, там бисером спереди все расшито.

— А какие из них мужские?

— Где бисера нет. Совсем отупел от холода?

Пока Филя возился с унтами, демон пристально смотрел в окно, словно ждал кого-то. Пес поднялся с того места, куда его положили при входе, и, постукивая когтями по полу, подошел к Филиппову. Тот чувствовал, как собака дышит ему на открытый участок кожи сзади на шее. От этого ему было немного щекотно и странно. За всю его жизнь никто еще ни разу так горячо на него не дышал. При выдохе пес едва слышно поскуливал, переходя временами практически на ультразвук. По спине у Фили бежали мурашки, он продолжал натягивать чужие унты, которые все никак не хотели натягиваться, а демон неподвижно стоял у окна, сливаясь в темноте со всем остальным в комнате. Если бы Филя не знал наверняка, что он там стоит, ему запросто могло показаться, будто в разграбленном магазинчике, кроме него и сильно пораненной собаки, никого нет.

— Скажи мне, ты сейчас счастлив? — негромко спросил демон. — Вот именно в эту минуту?

— Сейчас? — переспросил Филя. — Думаю, да.

— Ну и дурак. Человеку не обязательно быть счастливым. Счастье — непродуктивное состояние. Все самое важное в своей жизни люди совершают, когда они абсолютно несчастны. Война, муки творчества, боль потерь — что в этом от счастья? Однако только в такие моменты человек способен на невозможное. В этом секрет величия.

— Так это ты про людей говоришь, — усмехнулся Филя.

— Ну да.

— А ты в курсе, что не все люди — люди? Некоторые только кажутся.

Демон негромко засмеялся.

— Это ты себя имеешь в виду?.. Успел, кстати, там обуться?

— Да.

— Хорошо. Потому что твое время вышло.

Демон отпрянул от окна и совершенно растворился в темноте. В следующее мгновение снаружи на лестнице послышался топот, громкие голоса — дверь в магазин распахнулась, и с улицы ввалилось несколько человек. Все они были одеты в пуховики, унты и лохматые шапки. Все громко кричали, двое размахивали бейсбольными битами.

— Порву гадов!

— Сбежали уже!

— Нет, вот здесь остался один!

Слепящий луч фонаря паровозным прожектором уперся в беспомощно сидящего на полу Филю, тот зажмурился и зачем-то поднял руки над головой. Пес ощетинился и зарычал.

— Мочи его!

Один из вооруженных битами сделал пару шагов вперед, занося свое оружие над Филиной головой, но пес рванулся к нему. Вцепившись клыками в нападавшего, он повалил его навзничь и бросился к следующему. Тот неуклюже отмахнулся битой, задев по касательной пса, и отпрыгнул в сторону. Остальные попятились.

Отчаянно озираясь в пляшущих отсветах фонарей, Филя увидел груду брошенных грабителями собачьих шуб. Рванувшись к ним прямо на четвереньках, он выхватил из кармана зажигалку, чиркнул ею и замахал огоньком над меховой кучей.

— Запалю! — срываясь на визг, прокричал он. — Сожгу всё! Отошли на фиг!

Мужики в пуховиках озадаченно замерли, и этих секунд Филе хватило на то, чтобы вскочить на ноги и устремиться к двери. Пес рванулся за ним.

Снаружи они кубарем скатились по лестнице, перелетели через тротуар и сугроб, а затем выскочили на проезжую часть. Машин было уже значительно меньше. Стремительным полярным оленем бежал Филя по ночному замерзшему городу и думал о счастье. В голове у него подпрыгивали радостные и бессвязные обрывки о том, как хорошо, что он снова сумел убежать и насколько не прав его демон, говоря, что человеку необязательно быть счастливым.

«Надо! Надо! — сумбурно повторял про себя Филя. — Счастье должно быть, иначе нельзя... У меня теперь теплая, удобная обувь, и я счастлив, потому что мне совсем не скользко бежать... Ноги почти согрелись... Господи, я их чувствую... Я бегу, и эта псина со мной... А несчастны мы все только оттого, что нам мало... И непременно кажется, что у других больше... У Романа Абрамовича яхты... У Пэрис Хилтон халявные миллионы... А если подумать... Разве Абрамовичу легко живется?.. Нет ведь, наверное... Намного труднее, чем всем остальным... Я бы точно с ума сошел... Хотя, скорее всего, я уже сошел... И все равно... Пусть даже сошел... Я хочу быть счастливым... Разрешаю себе... Потому что никто из нас не вправе считать себя несчастнее Абрамовича... Или Пэрис Хилтон... Бедная девочка... Это ведь даже не имя... Просто адрес какой-то...»

В этот яркий момент прозрения и неожиданного понимания счастья он совершенно отринул свои обычные претензии к жизни и к человечеству. Он больше не чувствовал пустоты. Привычная скука вдруг отступила, и все, что казалось ему банальным и плоским, обрело новый смысл. Друзья, празднование Нового года, чужие докучные дети, по поводу которых надо говорить дежурные комплименты их туповатым родителям, слащавое отношение к старикам — все, что обычно его тяготило и от чего он всегда бежал как черт от ладана, в крайнем случае соглашаясь лишь делать вид нормального человека, — все это перестало его раздражать, и он почувствовал, что может, что он готов примириться с этим, и все это не только не будет вызывать в нем привычной желчи, но даже наоборот, заполнит его пустоты, и он перестанет ощущать себя наполовину сдувшейся оболочкой подбитого дирижабля.

В подъезде дома, где жил Петр, Филе снова пришлось взять пса на руки. Тот едва смог взобраться по обледеневшей бетонной лестнице и, проковыляв следом за Филей в подъезд, сразу улегся на пол. О том, что пес лег, Филиппов догадался, перестав слышать постукивание когтей по кафелю.

— Ну, чего ты, братишка? — пробормотал он, склоняясь над псом и чиркая зажигалкой. — Не сдавайся, немного осталось. Мы уже почти дома.

Пес виновато стукнул по полу хвостом и опустил голову на передние лапы. На третий этаж подниматься пришлось в полной темноте. Филя натыкался на вездесущие картофельные ящики, цеплялся ватником за перила, но собаку из рук не выпускал. Остановившись рядом с дверью в квартиру Петра, он секунду помедлил, потому что не был уверен, та ли перед ним дверь, затем два раза стукнул в нее ногой и прислушался.

— Только бы дома, — шепнул Филя собаке. — Только бы не уехал...

За дверью послышались твердые, уверенные шаги.

— Слава богу... Сейчас...

Дверь открылась, и на пороге засияла фигура Петра с огромной, очевидно сувенирной свечой в руке.

— Петя... — проговорил Филиппов. — Мы замерзли... Пусти нас.

Тот молча смотрел на Филю, на его торчавшее из-под засаленного ватника пальто, на пса у него в руках, на ожоги.

— Я сам прилетел... — продолжал Филя. — Сам хотел все рассказать... Понимаешь, им не нужен для этого спектакля художник... Они хотят меня одного.

— Пошел вон, скотина, — сказал Петр.

В следующую секунду коридор квартиры у него за спиной осветился замигавшей под потолком лампочкой. Где-то в дальних комнатах восторженно закричали дети, Петр задул свечу и закрыл перед Филипповым дверь.

Занавес

Антракт

ГИБЕЛЬ НИНЫ

В самом конце августа восемьдесят шестого года Нина со своим бортинженером перебралась на дачу. Бабку его ненадолго отпустили из Крыма, чтобы она, видимо, собралась как-то с мыслями перед смертью, поэтому влюбленной паре пришлось оставить пропахшую старухиными лекарствами квартиру. К родителям в порт Венечка свою возлюбленную перевозить не хотел. В итоге решили дождаться бабкиного конца на даче.

Август на Севере, конечно, не самый дачный сезон, однако если приспичит, и если вечером топить печь, то можно досидеть там до середины сентября. Наступающие по ночам заморозки, пар изо рта, когда утром осторожно выглядываешь из-под одеяла, лед в умывальнике, секс очень быстро и всегда в одежде — всё это, разумеется, напрягает, но зато скрашивается отсутствием комаров. Летом на Севере эти твари выполняют ту же работу, которой в реках и водоемах Южной Америки заняты пираньи — они жрут все подряд.

В комарах северная природа материализует свою волю. Она не порождает их, а сама становится ими. Принимает их облик, обрастает миллиарда-

232

ми жал и мстит, литрами отнимая все то, что человек похитил, забрал, на что наложил свою жадную загребущую лапу. В сравнении с обычным комаром, который вежливо потягивает кровь из жителя средней полосы, северный выглядит античным титаном. Он не кусает — он сразу откусывает, а налетая гудящими яростными волнами, способен оставить после себя разоренную, едва ли не выжженную пустыню.

Но в августе наступает блаженная тишина. Ничто не гудит в воздухе, ничто не бьется об окна, ничто не старается выпить вас до дна. Вы становитесь доверчивы и нежны, как засыпающее дитя. Природа сворачивается в клубок и тихо мурлычет, готовясь к пятимесячной зиме, к полной, практически криогенной заморозке. Всё становится медленным. Река маслянисто блестит и уже с очевидным напряжением перекатывает свою темную массу. Желтый березовый лист, сорванный медленным ветром в полдень, достигает земли только к вечеру. Всё в природе уже экономит энергию, всё движется в два, в пять раз медленней, чем обычно. Даже мысли у вас в голове передвигаются с места на место, как засыпающие ужи. То, о чем вы начали думать во вторник, не додумывается и к субботе. Та боль, которую вы испытали в понедельник, не отпустит вас уже никогда.

Филиппов знал, что Нина и бортинженер переехали. Он вообще всё знал про нее — каждое движение, каждый новый наряд, каждый поход в кино. И даже не отслеживал, не стоял под окнами, не подглядывал. Он просто знал. Чувствовал её как зверь, как тоскующий вурдалак. Он умер, но продолжал чувствовать. Нина ушла от него ранней весной, и к августу он был уже давно мертв. Ходил, ел, отвечал на вопросы, но был мертвым. Жизнь его не просто потеряла смысл. Она наполнилась антисмыслом. Все вывернулось наизнанку. В голове бродили антимысли, в сердце роились античувства. Он был теперь вурдалак.

Бесцельно слоняясь по городу, Филиппов, как и положено вурдалаку, не сознавал ни себя, ни времени, ни пространства. Не в силах остановиться, он перемещал свое физическое тело с одной улицы на другую, с тротуара на тротуар, но та его часть, которая до этого была им самим, которую он прежде называл «я», оставалась неподвижной. Она потерялась где-то в пыльном безжизненном городе, и Филиппов совершенно не собирался ее искать.

Время от времени он натыкался на свежий след Нины, на ее отпечаток в воздухе, на невидимый слепок ее плеча, тонкой шеи, линии подбородка, на отголосок ее смеха. Почуяв, что она недавно прошла тут, он замирал, топтался на месте, что-то мычал, пытался вспомнить, но след постепенно исчезал, растворялся в толчее бесконечных прохожих, и Филиппов успокаивался, забывал о том, что его взволновало, брел дальше.

Не очень умело притворяясь живым, однажды он добрел до той самой дачи. Долго стоял у поленницы, рассматривал дрова. Потом следил за березой, считал падающие листья. Слушал музыку, доносившуюся из дома, пробовал понять, сколько там человек. Увидев силуэт Нины в окне, смутно о чем-то вспомнил и загрустил, ворчал негромко, бродил вокруг дома, запинался. Когда все вышли на улицу, догадался, что надо спрятаться. Присел у бани. В темноте не заметили. Из разговора понял, что бортинженер улетает. Дождался, когда все рассядутся по машинам, и выпрямился во весь рост. Потом машины уехали.

Свет в окнах уже не горел. Только на веранде остался тусклый голубоватый ночник. Филиппов окончательно растворился в темноте. Бесшумным сгустком поднялся по деревянным ступеням, осторожно потянул дверь, и та поддалась. Внутри было тепло. И где-то совсем рядом была Нина. Филиппов знал, что она в доме. Почувствовал ее еще на крыльце. Она никуда не уехала. Осталась ждать своего бортинженера. Одна в пустом доме.

Филиппов постоял в призрачном свете ночника, прислушиваясь к своему чутью. Нина спала в самой дальней комнате. Он тихо прошел туда, легко ориентируясь в темноте, как будто не раз бывал на этой даче. Остановился рядом с Ниной и долго слушал ее дыхание. Потом сам начал ровно дышать, копируя легкие звуки ее сна. Старательно повторял за нею, пытаясь полностью совпадать. Хотел узнать, что ей снится. Не узнал.

Разочарованно потоптавшись, коснулся ее волос на подушке. Волосы сказали — нет, не твоя. Филиппов с тяжелым вздохом кивнул, соглашаясь, и вышел из комнаты. На веранде снова остановился и посмотрел вокруг себя. Важно было запомнить, что она видит, в каких предметах она отражается, к чему прикасается чаще всего. Приревновав ее к ручке старого холодильника, он забрал со стола чайную ложку, сунул ее в карман и хотел уходить. Взгляд упал на печную заслонку. Она была до упора утоплена в голубоватую стену. Филиппов открыл дверцу печи и заглянул внутрь. Дрова до конца еще явно не прогорели. На сияющих головешках дрожали синие язычки. Кто-то из гостей закрыл трубу намного раньше, чем надо. Уходя, просто на автомате задвинул заслонку и, видимо, тут же забыл. Или сама Нина сделала это по незнанию.

Филиппов постоял рядом с печкой, прислушиваясь к себе. Внутри него не раздавалось ни звука. Ни одной мысли, ни одного движения, никаких чувств — полная тишина. Антимысли и античувства тоже молчали. Он вышел из дома, аккуратно прикрыл за собой дверь и спустился с крыльца. Через пару дней узнал, что Нина погибла от угарного газа.

Абсолютный ноль

Заметив, что дверная ручка повернулась, Рита, словно только этого и ждала, вскочила с дивана, подбежала к начавшей уже открываться двери и резко захлопнула ее. Для верности она даже навалилась на дверь всем телом и зажмурила глаза, как будто готовилась отразить настоящий штурм, однако тот, кто хотел войти, больше не возобновлял своих попыток.

— Ты чего, совсем? — после небольшой паузы сказал Тёма. — А если там дети?

— Это не дети, — ответила Рита, выглядывая за дверь и склоняясь, чтобы поднять оставленную на пороге папку.

Тёма встал с дивана и подошел к ней. Ему хотелось продолжать прерванный разговор, который очень волновал его, но Рита уже листала содержимое папки.

— Рисунки какие-то... — задумчиво сказала она. — Трупы... Трупы... Еще трупы... Смотри, целая гора трупов... И чертежи...

— Кто это был? — спросил Тёма. — Кто принес?

— Жена этого художника, который приехал с нами. Не помню, как ее зовут... Кажется, Лилия... Да, точно Лилия. Фамилия еще какая-то китайская у нее... Мама в машине вчера говорила, я не запомнила... Слушай, зачем он покойников рисует? Да еще так много...

— Ли-Ми-Ян, — сказал Тёма.

— Ого, — Рита оторвала взгляд от рисунков и внимательно посмотрела на Тёму. — Это как это мы запомнили?

Он пожал плечами:

— Просто нравятся необычные фамилии.

— А, может, красивые девушки нравятся?

— И это тоже, — кивнул он. — Только у этой девушки трое детей. И муж — известный художник. Он с твоим отцом часто работает. Зря ты ее не впустила. Она просто хотела рисунки ему передать. Наверное, какой-то новый проект.

— Обойдется. Мне надо первой с ним поговорить. Я сама передам, когда он придет в себя. Ты с темы, давай, не соскакивай. Успел заценить красотку?

Вместо ответа он вдруг закашлял.

— Простыл, что ли? Говорила же — не дыши на улице открытым ртом. Здесь не Москва. Через шарф надо.

— Неважно... Знаешь, по-моему, это ты у нас ценитель зрелой красоты... И с темы вовсе не я соскакиваю. Мы, вообще-то, про Данилова говорили. Про то, зачем он тебя сюда повез перед аварией...

Рита слегка нахмурила брови и покусала верхнюю губу, смешно выдвигая нижнюю челюсть. Она уже знала, что эта ее привычка нравится Тёме и даже умиляет его, поэтому, ничуть не стесняясь, пользовалась ею, когда того требовала ситуация.

После секундной паузы Рита вздохнула, еще немного пошелестела мрачными рисунками, делая вид, что они все еще интересуют ее, и наконец решилась что-то сказать, однако именно в этот момент в соседней комнате, доступ в которую она так ревностно охраняла, раздался короткий стон и потом невнятное бормотание.

— Подожди, — прошелестела Рита, скользнув ко второй двери.

Папку с рисунками она мимоходом бросила на диван. Тёма уселся с мрачным лицом на свое место, закинул ногу на ногу, положил руку на папку, но не раскрыл ее, а продолжал смотреть в спину Рите, которая застыла в проеме приоткрытой двери.

Он уже чувствовал, что не сможет удержать ее, что она ускользнет от него так же легко и воздушно, как только что просочилась в соседнюю комнату, но злился не столько от этого, сколько от своей собственной беспомощности, от неспособности противопоставить хоть что-нибудь твердое, ясное и мужское той неизбежной потере, которая ожидала его. Он понятия не имел, что должен делать мужчина в такой ситуации, и, хотя ему нравилось думать о себе как о мужчине, он сознавал, что еще не вполне соответствует этому статусу.

Тёма злился на себя, на родителей, на свой возраст. Злился на Риту, ненавидел Данилова, испытывал отвращение к его дому и даже к его дивану, на котором так мягко было сидеть. Ему был противен вообще весь этот захудалый северный городишко, куда родители с рабской готовностью притащили его из родной и любимой Москвы именно из-за Данилова — из-за того, что тот приказал им, из-за того, что имел власть приказывать, мог распоряжаться их судьбами. И то, что Рита — единственное существо, примирившее его с новым местом, — стала теперь такой ускользающей, в этом тоже несомненно участвовал Данилов. Он не просто влиял на жизнь Тёмы, он переписывал ее как хотел, выстраивая для него новые, непонятные сюжеты и разрушая все, что тот за свои девятнадцать лет успел полюбить.

— Нет, не проснулся, — шепнула Рита, оборачиваясь и осторожно прикрывая дверь. — Может, спустимся, чего-нибудь поедим? Или нет, лучше ты сходи, я пока посижу. Потом поменяемся. Только никого к нему не пускай, ладно?

За окном два раза коротко просигналил автомобиль. Рита запрыгнула на диван и посмотрела вниз на подъехавший внедорожник.

— Данилов приехал, — сказала она. — Всегда так сигналит... Пошли скорей. Узнаем, что в городе происходит.

— Ты же тут хотела дежурить.

— Теперь неважно, — Рита махнула рукой и спрыгнула с дивана. — Сюда никто не придет. Всем интересно узнать, что там творится.

Спускаясь по лестнице следом за Ритой, Тёма вынул свой телефон и попытался войти в Интернет, но Сеть по-прежнему не работала. Рита была права — только Данилов мог сообщить что-то новое.

— Здрасте, — буркнул Тёма, проходя мимо хозяина дома, который стоял посреди просторной гостиной и как будто не собирался снимать пуховик.

— Родители твои где? — спросил тот, не ответив на приветствие.

— В Караганде.

Данилов пропустил Тёмин выпад мимо ушей.

— Позови их. Пусть вообще все соберутся.

Отдав это распоряжение, он уже не смотрел на Тёму. Предполагалось, что тот должен немедленно приступить к исполнению.

— Ну что? — обратился Данилов к Рите, усевшейся в кресло рядом с огромным камином. — Очнулся твой бедолага?

— Нет, — покачала она головой.

— Может, еще раз доктора привезти? Сильно обморозился?

— Ну да, прилично.

— Ладно, заеду в больницу. Хотя там сейчас такое...

Данилов покосился на Тёму, который все еще топтался у стены.

— Ты чего? Я же сказал — зови всех сюда. У меня времени мало.

Тёма исподлобья смотрел на Данилова. Рита поднялась из своего кресла.

— Я могу сходить, мне не трудно.

— Сиди, — буркнул Тёма и наконец вышел из комнаты.

Данилов подмигнул Рите:

— Гормоны.

Следующие пять минут они провели в молчании. Данилов присел к длинному столу, расстегнул куртку и уставился в стену с таким видом, как будто он был здесь один. Он ни разу не взглянул в сторону Риты, но она знала, что он не просто смотрит на нее, а внимательно разглядывает, изучает, ждет от нее первого хода. Абсолютно не зная, каким должен быть этот первый ход, и к тому же не до конца еще понимая, хочет ли она его делать вообще, Рита время от времени ерзала в своем кресле, кусала верхнюю губку, хмурила брови.

О Данилове ей было известно всё, что знала о нем ее мать. Он руководил крупнейшей строительной компанией в городе, решал какие-то важные вопросы городского управления, был женат, воспитывал двух дочерей. Точнее, этих девочек воспитывала его жена, потому что Данилов давно уже отправил их всех куда-то в Испанию, купив там недвижимость. Одна из его дочерей неосторожно проявила интерес к теннису, и он тут же воспользовался этим. Рядом с какой-то известной теннисной школой немедленно был приобретен большой дом, и вся женская часть семейства Данилова стремительно переместилась туда. Впрочем, скорее всего, они были не против.

Перед самым рождением первой дочери, когда строительной компании не было еще и в помине, Данилов от совершенно посторонних людей узнал о своей жене что-то такое, отчего выгнал ее из дома, предварительно расстреляв из охотничьего ружья семейный диван. Присутствовавшая при расстреле жена Данилова от переживаний слегла на сохранение, однако в итоге все-таки родила вполне здоровую девочку, которую счастливый отец сам забирал из роддома, восстановив опальную жену во всех ее правах. Дочь была разительно непохожа на Данилова, но он терпеливо дождался от жены второго ребенка. А потом отправил всех изучать теннис.

Еще Рита знала от матери, что лет двадцать назад Данилов служил в десантных войсках и принимал участие в разгоне бунтовавших в Тбилиси грузин. Там были кровавые подробности о саперных лопатках, погибших женщинах, убитых товарищах, но история с ружьем, диваном и родами волновала Риту куда больше. Революция не заканчивалась роддомом и поэтому сильно проигрывала стрельбе по дивану.

С Ритой Данилов познакомился на городском конкурсе красоты, где вручал ей грамоту «Мисс Интеллект». В качестве бонуса он предложил расстроенной девушке оплатить ее обучение в университете, а чуть позже взял к себе в компанию безработную тогда Ингу. Зарплата была положена настолько высокая, что мать Риты естественным образом насторожилась, однако Данилов до определенного момента больше не проявлял интереса к их семье. Активировался он только с появлением Тёмы, который был ровно в два раза моложе его.

После пяти минут ничем так и не прерванного и, по мнению Риты, очень неловкого молчания, вокруг длинного стола начали собираться остальные обитатели дома. Первой пришла Инга — материнское сердце безошибочно подсказало ей, что медлить нельзя. Затем появились художник Петр и его жена Лилия. После них спустились родители Тёмы. С ними почему-то был следователь Анатолий Сергеевич, который недавно беседовал с Ритой о Данилове и предлагал называть себя Толик. Зинаида и ее муж выглядели крайне подавленными, однако не потрудились объяснить, что происходит. Хозяин дома целую минуту сверлил тяжелым взглядом незваного гостя, который в ответ на это безмятежно рисовал что-то в своем блокноте. Общее молчание в эту минуту нарушалось лишь покашливанием Тёмы. Войдя в гостиную вслед за родителями, он встал у камина, поближе к Рите. Все остальные сидели за длинным столом.

— Ну, хорошо... — заговорил наконец Данилов. — Короче, город переведен на чрезвычайное положение.

— Ничего себе хорошо! — взвилась нетерпеливая Зинаида, но Павлик тут же поймал ее за руку.

— А что конкретно случилось? — спросил он, продолжая крепко держать руку жены.

Данилов едва посмотрел в его сторону.

— Тебя технические подробности интересуют?

— Хотелось бы понимать масштабы происшедшего.

— Плохие масштабы, Павлик... Плохие...

— И все-таки.

Данилов обвел взглядом собравшихся за столом и вздохнул.

— Не будет тепла в городе... Но здесь вам бояться нечего. У меня все автономно — и отопление, и электричество. Еды тоже хватит. Можно хоть всю зиму тут просидеть. Снега вокруг полно, без воды не останемся. Живите спокойно.

В гостиной стало так тихо, что Рита услышала шелест карандаша по бумаге. Следователь продолжал рисовать что-то в своем блокноте. Правда, лицо его уже не было безмятежным, и карандаш порхал из стороны в сторону разъяренной осой.

— А город? — подал голос Петр. — Город совсем заморозят?

— Надеюсь, нет. Пока вводится график временных отключений. Если смогут восстановить режим, вернемся к нормальной жизни. Но сейчас лучше оставаться тут. Места всем хватит.

Данилов снова покосился на следователя, и тот наконец ответил на его взгляд.

— Насчет меня можете не переживать, — сказал он, оставив в покое свой блокнот и холодно глядя в глаза Данилову. — Закончу опрос подозреваемых и уеду.

— Каких еще подозреваемых?!

— Вас это не касается.

— Слушай, следак... — Данилов поднялся на ноги и тяжело навис над столом. — Ты, часом, не попутал? Тебя кто вообще сюда звал?

— Простите, но мы так и не узнали, что произошло, — поспешил вмешаться Павлик. — В чем была причина аварии?

Данилов молча опустился на свой стул. Вместо него ответил следователь. Говорил он, продолжая спокойно смотреть на хозяина дома, словно это он, а не Павлик задал вопрос. Или как будто он был во всем виноват.

— Несколько дней назад на ГРЭС произошло отключение газотурбинной установки. Общественности решено было об этом не сообщать, потому что остальные семь установок работали в штатном режиме. Вчера во время пробного запуска аварийной ГТУ произошла остановка еще двух турбин. Из-за этого полетела линия электропередачи. Возросшая нагрузка привела к отключению всех работающих ГТУ. К ночи три из них удалось запустить. С остальными пока непонятно... Аэропорт закрыт. Люди эвакуируются на личном транспорте.

Следователь замолчал, обводя взглядом серьезные лица.

— И что теперь? — уже без всякого вызова проговорила притихшая Зинаида. — Что с нами будет?

— С вами? — усмехнулся следователь. — С вами ничего не будет. Вы же под крылом у Данилова. А вот городу придется несладко. Там уже творится непонятно что. Есть жертвы.

— Простите, — сказал Павлик, поднимая брови. — Там что, люди гибнут?

— А вы как хотели? — следователь уставился на него. — Беспорядки в такой ситуации неизбежны.

— Это правда? — Павлик перевел недоверчивый взгляд на Данилова.

Тот потер лоб, затем спрятал лицо в ладонях и просидел так несколько секунд. Все остальные напряженно ждали его ответа.

— Очень спать хочется, — сказал Данилов из-за ладоней. — Всю ночь на ногах...

Зинаида резко поднялась со стула.

— Так, мне надо в город! У меня там двоюродная сестра с детьми и тетка.

— Сядь, — глухо сказал Данилов, убирая руки от лица.

— Поехали! — Она дернула мужа за рукав свитера. — Или ты опять будешь ждать его разрешения?! Тёма, отвези меня! Надо узнать, как они там.

— Конечно, — ответил ей сын и двинулся к выходу из гостиной.

— Хорошо, поезжайте, — спокойно сказал Данилов. — Машина у вас мощная, дорогая. Там как раз сейчас такие нужны.

— В каком смысле? — опешила Зинаида.

— В прямом. Людям транспорт хороший нужен, чтобы из города свалить. По деревням к родственникам разъезжаются. Но машины есть не у всех. Так что вас там ждут.

— Кто ждет?

— Слушай, вы там в Москве, похоже, вообще связь потеряли с реальной жизнью. Люди ждут.

Зинаида растерялась.

— Какие люди? Я не понимаю...

— Обычные люди. С арматурой, охотничьим оружием или битами. У кого что... Убивают там сейчас за машины. А ты одна с мальчиком собралась.

— Запугиваете?

— Нет. У меня вчера секретаршу убили. Утром труп нашли рядом с гаражом. Голова пробита чем-то тяжелым. И машины, разумеется, нет.

— Подожди... — Павлик беспомощно, как-то нелепо вскинул руки над головой. — Люда погибла?!

Данилов устало кивнул. У Инги заблестели глаза, и она склонила голову.

— Там вообще вчера был конец света, — продолжал хозяин дома. — Народу покалечили немерено. Давка страшная была на автобусных остановках, мародерство, грабеж... В магазинах кассы с болтами вырывали. Тех, кто пытался остановить, били. Причем били жестоко... Деревенские в основном дали жару. Первокурсники из студенческих общаг. Парни крепкие, никого не боятся. Жалости в них тоже никакой нет. На природе выросли. Мясо, караси, сметана. Все очень жирное, натуральное. Кровь бурлит.

Данилов перевел взгляд на следователя.

— Ты бы лучше вот этим всем занимался, а не вынюхивал тут про меня. Нашел время...

Следователь хотел что-то ответить, но осекся, глядя за спину Данилову. Тот обернулся. На пороге гостиной стоял полуголый Филиппов. Руки его были в бинтах, обмороженные щеки блестели от мази. Блуждающий взгляд не очень осмысленно скользил по сидящим за столом людям. Наконец он жалобно скривился и сильно осипшим голосом спросил:

— Извините, пожалуйста... Где я?

* * *

Водворенного в постель Филю по просьбе следователя немедленно оградили от всех контактов. Рита пыталась возражать и даже сымитировала небольшую истерику, но добиться ей удалось лишь того, что Филиппову была передана папка с рисунками.

Разложив их поверх одеяла, он ворошил эскизы перебинтованными руками. Пальцы плохо слушались, поэтому листы то и дело соскальзывали на пол. Филя провожал их коротким взглядом из-под отекших век и тут же хватался за новый. Ему не терпелось увидеть их все. Зрение подводило, картинки иногда расплывались, и он старательно моргал, отодвигая рисунок на вытянутую руку, ждал, пока мутноватое пятно обретет резкость. Из этих пятен у него в голове постепенно возникал созданный Петром жутковатый образ будущего спектакля.

— Гениально... — пробормотал он. — Вся декорация из мертвых тел... Зомби-торшер, зомби-кресло... Это Босх... Нет, это круче Босха...

— Ты прямо маньяк, — усмехнулся следователь, стоящий у двери. — Только очнулся, и за работу.

Филя покосился в его сторону заплывшим глазом.

— Я ради этого сюда прилетел... А ты кто?

— Не узнаёшь? — следователь улыбнулся. — Я Толик.

Филя помолчал.

— Какой Толик?

— Твой друг Толик. Мы в школе вместе учились... Ну, ты даешь. А я тебя сразу узнал. Даже в таком виде.

Филя опять помолчал.

— Ты изменился.

— Да ладно тебе, — махнул рукой следователь. — Это просто ты всё забыл.

— Я не забыл. Я тебя помню... Слушай, ты не знаешь, как я сюда попал?

— Знаю.

— Расскажешь?

— Не сейчас.

Филя отложил эскиз, который держал в руке, и внимательно посмотрел на следователя.

— Почему?

— Я здесь не за этим. — Толик достал из кармана удостоверение. — Мне надо тебя допросить.

Филя смотрел на имя в раскрытой перед ним красной корочке, на фотографию, сделанную, очевидно, несколько лет назад, но все равно не мог вспомнить этого Толика.

— Не напрягайся, — догадался тот о причине молчания. — Мы в параллельных классах учились. Ты мне однажды десять рублей дал. Большие деньги, между прочим, по тем временам.

— За что?

— Наш класс по школе тогда дежурил, а я тебя в туалете с сигаретой поймал. Ты решил откупиться.

— Взятка должностному лицу?

Толик мелко и как-то очень отрывисто засмеялся.

— Вроде того. Но если хочешь, могу вернуть. Тогда будет не взятка. Просто как бы взаймы.

— Мне все равно. Ты о чем хотел разговаривать?

— Так ты вспомнил или нет?

Толик испытующе смотрел на Филю. Судя по всему, для него это было важно.

— Вспомнил, конечно, — соврал Филя. — Как такое забудешь? А ты теперь, значит, вышел на новый уровень. По школьным туалетам пацанов больше не ловишь.

— Нет, — снова засмеялся Толик, и в неприятном смехе его отчетливо было слышно, что он доволен собой. — Мы теперь только по крупной рыбе.

— Кто это мы?

Толик слегка опешил.

— Ну, в смысле, я... Просто «мы» — это так говорится.

У него в лице у самого было что-то рыбье, и в моменты легкой растерянности это сходство проступало сильнее. Филе даже показалось, что он припоминает его. Был в школе кто-то похожий на рыбу.

— Ясно, — протянул Филя. — А то я подумал — вас тут много... Слушай, ты не в курсе, что со мной было вчера? Больно мне почему-то. Прямо по всему телу.

— Ты обморозился. Не в той одежде к нам прилетел. Да к тому же на ГРЭС авария.

— Авария? То-то мне вчера показалось... Странно все как-то было. А собака моя где?

— Не знаю. Я в доме собаки не видел.

— Понятно. А выпить тут есть?

— Данилов не пьет.

— Кто это?

— Хозяин дома.

— Ну, может, он для гостей держит. Слушай, сходи, поищи. А я пока с эскизами поработаю. Или купи. У меня вон там в пиджаке должны быть деньжата.

Толик не двинулся с места. Он молча смотрел на Филю, и, пока его взгляд наливался холодом, сам он тоже заметно менялся в лице. Из говорливой, немного пучеглазой, но при этом вполне симпатичной рыбки он превращался в губастого злобного ерша. На спине у него практически зримо встопорщился доисторический колючий плавник, бесцветные глаза округлились и стали поблескивать серебром, а губы некрасиво раздулись. До этого момента ему нравилось болтать с Филей, нравилось вспоминать. Он был доволен тем, что знаменитый однокашник отметил его жизненный рост. Однако стоило задеть его, проявить, как Толику показалось, пренебрежение, и он тут же ощетинился, немедленно стал самим собой. Его влажный, поблескивающий холодным металлом взгляд ясно говорил — со мной так не надо, школьные времена прошли, теперь меня замечают, я больше не пустое место.

Едва превращение в злую рыбку закончилось, Толик приступил к допросу.

— Ты был в машине с Неустроевыми, когда они ездили за реку?

— То есть за выпивкой ты не пойдешь? — загрустил Филя. — Может, хотя бы пива?

— Еще раз повторю свой вопрос. Ты ездил с Неустроевыми за реку сразу после того, как прилетел?

— Неустроевы — это Павлик и Зинаида, что ли?

— Да. И они утверждают, что ты был с ними.

— Ну, был. Просил в гостиницу меня отвезти, а они потащились на ту сторону.

— Зачем?

— Деньги какие-то везли. Сказали, что срочно.

Толик вынул из кармана блокнот и сделал в нем пометку.

— А что произошло на обратном пути?

Филя подумал немного, потом скривил губы и приподнял плечи.

— Ничего... А нет, вспомнил. На портовской трассе чуть не врезались в Риту. Летела как ведьма на шабаш.

Толик покачал головой:

— Нет, я имею в виду — до этого.

— До этого?... Ничего. Просто ехали.

— А на реке?

— Что на реке?

— Вы встретили кого-нибудь на реке, когда возвращались на эту сторону?

Филя вздохнул и прикрыл на секунду глаза. Под веками поплыли разноцветные шарики.

— Слушай, я чего-то устал. Давай потом... Или лучше узнай всё у них, у Неустроевых. Они смешные... И наверняка больше, чем я, помнят. У меня в последнее время, знаешь, проблемы с памятью...

— Павел Неустроев признаёт, что на обратном пути вы проехали мимо потерпевшего аварию автомобиля.

— А-а, ну да. Был там один чудак, соскочил с трассы. Вишнёвая «десятка», по-моему.

— Совершенно верно. Номерные знаки Р 466 ЕВ.

— Ну, этого я не помню, извини. Помню только, что он за нами с монтировкой долго бежал. Павлик очканул из-за своих денег и не остановился. Решил, что его ограбить хотят.

— Этот «чудак» пытался позвать на помощь.

— С монтировкой в руках? — усмехнулся Филя.

— У него в машине сидела беременная жена, — сухо сказал Толик. — В момент аварии она сломала ногу. А ваш автомобиль был уже третьим, который проехал, не остановившись. Очевидно, он был не в себе.

— Ты-то откуда знаешь?

— У них нашли записку с номерами проехавших машин. Ваш номер стоит третьим. После него ещё четыре. Никто так и не помог.

— Записку нашли? — Филя непонимающе уставился на Толика.

— Да. В кармане одного из трупов. Они замёрзли в своей «десятке». А вы проехали мимо, хотя могли им помочь.

Филя два или три раза моргнул, не отводя взгляда от следователя, но видел он сейчас совсем не его. Перед ним снова бежал по снегу тот нелепый человек с монтировкой, за которого именно он, так уж сложилось, решил — жить ему дальше или умереть.

Дверь за спиной у Толика распахнулась, и в комнату влетела Рита.

— Нет, ну вы совесть имейте, Анатолий Сергеевич! — порывисто заговорила она. — Я целое утро ждала, пока он очнется. Мне тоже поговорить надо!

Толик подошел к ней, развернул ее за плечи и, не сказав ни слова, вытолкнул из комнаты. Рита тут же забарабанила в захлопнувшуюся дверь.

— Ты ведь уже бросал людей в безвыходной ситуации, — сказал Толик, удерживая дверь, которая вздрагивала от натиска Риты. — Знакомое чувство?

— Я всё Данилову расскажу! — закричала за дверью Рита. — Про все ваши намеки и предложения!

Толик приоткрыл дверь и сильно толкнул не ожидавшую этого девушку. Филя услышал звук упавшего тела и короткий жалобный вскрик.

— Ты сдурел? — сказал он, садясь и опуская ноги с кровати.

— Лёг быстро! — скомандовал Толик. — Я с тобой не закончил.

Филиппов послушно улегся и натянул одеяло до подбородка. Толик наконец отошел от двери.

— Летом восемьдесят шестого твоя первая жена погибла при странных обстоятельствах, — начал он, надвигаясь на притихшего Филю. — Помнишь, как это случилось? Ты, разумеется, был ни при чем. Обычный несчастный случай. Человек отравился на даче угарным газом. И чего же тогда в этом странного, наверное, спросишь ты... Спросишь? Ну, давай, спроси меня — что в этом странного? И я тебе отвечу — то, что ты был на той самой даче. И как раз в ту самую ночь.

* * *

— Тварь... — бормотала Рита, открывая один за другим шкафы на кухне. — Гадина...

Левый рукав свитера у нее был закатан выше локтя и запачкан кровью. Время от времени она выворачивала руку, смотрела на большую некрасивую ссадину, осторожно касалась ее пальцем, шипела от боли и снова бормотала злые слова. Найдя наконец пластырь, она зубами разорвала упаковку, однако заклеить пораненное место не успела. В кухню вошла Инга.

— Рита, в этом доме есть валерьянка? — спросила она таким тоном, как будто само собой разумелось, что ее дочь должна знать всё о доме Данилова.

— Я не в курсе, — ответила Рита. — Но, думаю, вряд ли.

Инга уставилась на ее ссадину.

— Это кто? Филя?! — гнев закипел в ее голосе.

Она решительно развернулась, чтобы помчаться и немедленно предать виновного казни.

— Да при чем здесь он! — остановила ее Рита. — Просто на лестнице поскользнулась. Кто-то воду на ступеньки пролил... Наверное.

Инга замерла на пороге. Ярость еще клубилась у нее в сердце, искала выхода, но она скрестила на груди руки, запирая бурю в себе, и смотрела на дочь. Перед ней была та самая девочка, которой она совсем недавно говорила — не коси глаза, не корчи рожи на улице, не ковыряйся в носу. И ребенок, в ее понимании, должен был оставаться ребенком — таким, как был создан, таким, как пришел. Однако ее личная, ее собственная дочь в этом отношении сильно ее подвела. Инга, разумеется, не считала, что принесла себя в жертву детям, но какой-то благодарности она имела права от них ожидать. Муж ее жалкой щепоткой соли растворился в жизненных водах еще до рождения Риты, поэтому Инга воспитывала детей одна.

Вместо благодарности сын умчался за какой-то красавицей в Питер, едва красавицы начали интересовать его. Дочь бессовестно выросла. Все эти выскочившие откуда-то в последнее время девицы с тонкими шейками, изящными талиями, с пышной грудью ничуть не беспокоили Ингу до тех самых пор, пока она не почувствовала, насколько они презирают ее, насколько она для них пыль под ногами, прах и тлен — страшное будущее, на которое им противно даже смотреть. В определенный момент она ощутила исходящее от них высокомерие так явственно и так прямо, как будто жила в каком-то древнем Египте и была бесправной рабыней, а все эти твари были ее хозяйками. И вот теперь ее дочь ощутимо перешла на их сторону. У нее тоже появилась изящная талия и пышная грудь. Время от времени Инга пугалась, что, наверное, сходит с ума, но не могла с собой ничего поделать, считая Риту в каком-то смысле предательницей.

— Ты чего, мам? — сказала Рита, не понимая долгого молчания. — Фигня же... Просто локоть ушибла.

— Я состарилась, — глухо сказала Инга.

Рита надула щеки и обреченно помотала головой.

— Ну, началось, блин... Я же тебе говорила — не надо так думать. Хватит настраивать Вселенную в отрицалово.

— Ты о чем?

— У Тёмы книжка есть про буддизм, там написано, что мы сами проблемы к себе притягиваем, когда много думаем о них. Настраиваем Вселенную негативно.

— Я что, стареть перестану, если не буду об этом думать?

— Мам, ну чего ты? — поморщилась Рита. — Понимаешь ведь, о чем я. Помоги лучше пластырь приклеить.

— Нет, не понимаю. И не хочу понимать, — Инга на секунду замолчала, разглядывая дочь. — Свитер этот зачем снова надела? Сколько раз повторять — он слишком обтягивающий. Следователь на твою грудь пялился.

— Ничего он не пялился, — сказала Рита, сама в конце концов заклеивая пораненный локоть. — Он рисовал.

— Видела я, что он рисовал.

— Мама, хватит уже.

Рита расправила рукав и строго посмотрела на Ингу.

— Я не из-за себя, — быстро ответила та. — Можешь не беспокоиться. Я только из-за Данилова. Думаешь, ему сильно понравится, если на тебя вот так будут смотреть прямо у него в доме.

Говоря «вот так», она выпучила глаза, по-идиотски распахнула рот и, склонившись вперед, уставилась на грудь дочери.

— Надо посвободней носить вещи. Чтобы не пялились.

— Мама, ты достала уже со своим Даниловым, — раздраженно сказала Рита. — Я серьезно тебе говорю. У тебя самой какие-то бесконечные фантазии.

— Ничего не фантазии.

— Да? А кто себе грудь сделал, как только устроился в его компанию?

Инга беспомощно выставила перед собой руку.

— Рита, прекрати.

— Да ладно тебе, — продолжала ее дочь. — Я же знаю, как ты зажигала по молодости. В городе об этом легенды ходят. Вокруг тебя целая мифология.

— Рита, не смей так со мной разговаривать!

— Хорошо. Тогда скажи, где мой папа.

Инга ничего не ответила, и они обе стояли молча, глядя в глаза друг другу, пока в кухню не вошел Толик.

Профессиональное чутье, натасканное годами на любое проявление страха, ненависти, раздражения и прочих отходов загнанной в угол человеческой души, тут же подсказало ему, что он попал в любимую обстановку. По спине у него привычно побежали мурашки, но Толик взял себя в руки и удержался. Ему очень хотелось вмешаться, оседлать этих сильно встревоженных чем-то лошадок, использовать их конфликт в своих интересах, однако инстинкт подсказал, что лучше придерживаться плана.

Пройдя мимо Риты и покосившись на ее красиво обтянутую свитером грудь, он по-хозяйски открыл холодильник, секунду-другую подумал и вынул оттуда тарелку с нарезанной ветчиной.

— Кто-нибудь есть хочет? Я что-то проголодался.

Набив рот, он помычал, показывая, как ему хорошо, затем подмигнул Рите и протянул тарелку в ее сторону.

— Будешь? Давай, не стесняйся.

Рита молча смотрела на него, явно не собираясь реагировать на его действия. Следователь поставил тарелку на столешницу рядом с плитой. Тарелка громко звякнула.

— О-о, — с уважением протянул он. — Гранит.

Толик постучал по каменной поверхности.

— Солидно.

— Вам больше заняться нечем? — сказала наконец Рита.

— Да нет, много всего. Просто ветчина вкусная. Ты меня гонишь, что ли?

— Нет, не гоню.

— Ну, спасибо.

Он вынул из кармана мятую бумажку и протянул ее Рите. Та даже не пошевелилась.

— Бери, бери, — сказал следователь. — Сама же хотела со своим Филипповым пообщаться.

Рита неуверенно протянула руку и взяла у него бумажку.

— А что это?

— Адрес. Отвезешь его туда прямо сейчас. Он хочет, чтобы ты отвезла.

— Куда еще! — немедленно возмутилась Инга. — Данилов сказал — там опасно!

Толик усмехнулся и взял с тарелки еще один кусок ветчины.

— Данилов преувеличил. Много на себя берет, как всегда.

* * *

На въезде в город дорожное покрытие стало совсем плохим. По тракту автомобиль бежал еще более-менее гладко, но стоило показаться первым домам, и машину заколотило, как будто она неслась по стиральной доске. Риту, судя по всему, это не беспокоило. Она даже не пыталась объезжать рытвины, поэтому Филя вцепился в ручку у себя над головой. Одет он был уже во все местное. В кладовках Данилова нашелся и новенький пуховик, и унты по размеру, и теплые вторые штаны.

Справа по-прежнему разворачивался абсолютно безжизненный и плоский пейзаж из высокобюджетной фантастики про закованные в ледяной панцирь планеты. Слева мышиной чередой уже побежали домишки окраинной бедноты. Кривые заборы, занесенные снегом крыши, серые покосившиеся сараи — это был еще не совсем город. Здесь, на задворках, ютились те, кого город не хотел к себе подпускать. Те, из-за кого он брезгливо поджимал свои улицы, площади и проспекты — лишь бы не коснуться случайно всей этой пригородной нужды, не заразиться от нее, не подхватить что-нибудь стыдное.

Ближе к центру улицы стали выглядеть поприличнее. Некоторые места Филя совершенно не мог узнать. Там, где раньше лепились убогие кварталы деревяшек — с частными дворами, с тротуарами из прогнивших досок, с ветхими туалетами напротив каждого дома, — теперь безликими крепостными стенами тянулись лабиринты пятиэтажек. Ориентироваться в новом ландшафте Филиппову было непросто. К тому же за окном то и дело мелькали невиданные им прежде архитектурные сооружения, имитировавшие в стекле и бетоне традиционную для северного народа юрту. Здесь, насколько он помнил, эти летние жилища назывались «ураса». Однако в советские времена никому в голову не приходило возводить их в камне.

Все вокруг было не просто покрыто снегом, а укутано в него с такой тщательностью и такой неотступной заботой, с какой не всякая мать пеленает своего младенца. Снежная толща, поглотившая город, достигала археологических порядков и величин. Погребенный под слоем пепла древний Геркуланум и многострадальные Помпеи — вот что могло сравниться с городом, на который Филиппов смотрел сейчас из окна автомобиля. Это был даже не снег, а какая-то особая, мохнатая его разновидность. Мохнатым и серым было абсолютно всё — дома, столбы, фонари, дорожные знаки. В причудливых сталагмитах у проезжей части только местный человек мог опознать деревья. Провода исполинскими коралловыми нитями тяжело провисали над головой. Колючие, взъерошенные решетки вдоль тротуаров были отлиты из жидкого воздуха, а не из чугуна.

Вся эта колоссальная изморозь, по интенсивности с которой можно сопоставить лишь тропическую растительность, являла собой альтернативную, небиологическую форму жизни. Кристаллы затвердевшего холода миллиардными колониями облепляли в городе любую поверхность, едва столбик термометра опускался ниже сорока. Эти колонии вели самостоятельную и как будто осмысленную жизнь. В их бурном росте и размножении читалась не просто стихийная экспансия, не один примитивный захват жизненного пространства — нет, они явно придерживались четкого плана. Холод здесь мыслил, и этот океан мыслящего холода со всей очевидностью чего-то хотел, чего-то ждал, к чему-то готовился.

Ехать в маленькой теплой машине посреди ледяного буйства, способного в считаные минуты приобщить живое существо к вечности, было одновременно жутко и весело. Филя покосился на Риту, которая до сих пор не произнесла ни звука. Минуту-другую незаметно подглядывая за ней, он пришел к выводу, что холод беспокоил ее только в бытовом смысле. Никаких следов трансцендентного в ее хмуром взгляде он не обнаружил.

— Ты зачем рвалась-то ко мне? — наконец решил он прервать молчание. — Чего хотела?

Рита вынырнула из каких-то явно не очень приятных размышлений и покосилась в его сторону.

— Увезите меня в Москву, — после секундной паузы сказала она.

— В Москву? — повторил за ней Филя. — А я сейчас не в Москву. Я в Париж.

— Ну, тогда увезите меня в Париж.

— С чего бы это? — Он хмыкнул и отпустил ручку у себя над головой.

В центре города машину почти не трясло.

— Я ваша дочь. — Рита сдвинула брови. — Вы должны заботиться обо мне.

Филя помотал головой:

— Если дочь, тогда точно не повезу.

— Почему?

— А на фига мне там дочь? Если бы ты была просто девушка, я бы, наверное, мог тебя взять. Потому что с девушкой интересно. С ней можно заниматься любовью. А с дочерью не прокатит... Нет, я еще не настолько.

— Ну, тогда я не дочь. Вы меня просто увезите отсюда. А то я убью тут кого-нибудь.

Филиппов ничего не ответил. Экзальтация молодости давно уже была скучна ему. Порывистые заявления в таком роде говорили о примитивной реакции человека, который впервые осознал, что жизнь разворачивается к нему своей уродливой толстой задницей. Новизна подобных открытий волнует лишь тех, кто не привык еще к этим обвисшим очертаниям и кого они оскорбляют, потому что по глупости ожидалось иное. Филиппова же наивность ничуть не трогала. Он искренне находил ее признаком неразвитой личности.

— Расскажи про себя, — сказал он.

— Что вам рассказать?

— Всё. Ты ведь моя дочь.

Рита слегка прищурилась, помолчала и посмотрела на него.

— А вы разве поверили, что я ваша дочь?

Филя пожал плечами:

— Да мне все равно, если честно... Не хочешь про себя — расскажи про Данилова. Про него даже интереснее.

Не отрывая взгляд от дороги, Рита ввела Филиппова в курс относительно того положения, которое Данилов занимал в городе и которое позволило ему вывезти из аварийной зоны, а также разместить у себя в загородном доме целую группу своих друзей.

— А я-то каким боком ему друг?

— Никаким. Просто вы валялись без сознания в подъезде у художника, когда мы за ним заехали.

— И кто решил меня подобрать?

— А вам это важно? Я думала — вам вообще наплевать на все.

— Ну, в принципе, да. Хотя... Телефончик свой дай на минуту. Сигнал в городе есть?

— Сейчас есть, — сказала она, передавая трубку.

Поставив свою сим-карту в телефон Риты, Филя проверил входящие сообщения и нашел информацию о крупном переводе на свой банковский счет.

— Что? — спросила Рита, увидев улыбку на его лице. — Хорошие новости?

— Французы выплатили аванс. Теперь точно в Париж. Но главное — поскорей отсюда. Нам еще далеко?

— Нет, мы на месте, — ответила Рита, останавливая машину рядом с выплывшей из тумана крупнопанельной пятиэтажкой.

— Хорошо. Ты меня тут подожди, — сказал Филя, открывая дверцу. — Я буквально десять минут. А потом сразу в аэропорт.

Захлопнув дверь, он быстро направился к подъезду, но потом сбавил шаг, остановился и вдруг заспешил обратно.

— Скажи, а в подъезде со мной собака была? — спросил он, снова заглядывая в машину. — Большая такая. На овчарку похожа.

Рита покачала головой:

— Нет, собаки не было.

— Понятно... Ладно, я скоро приду.

Вернулся он буквально через минуту. Мрачный уселся на свое место и буркнул:

— В больницу давай... В областную.

— Вы кого ищете-то? — спросила наконец Рита.

— Я говорю — в больницу давай! — заорал он. — Вопросы тут еще задавать будет.

* * *

Впрочем, сначала они заехали в банк. Разобиженная Рита, теперь уже намеренно въезжавшая во все рытвины, успела припарковаться на огороженной территории областной больницы — там, где у самых ворот располагался морг, однако Филиппов неожиданно потребовал отвезти его в ближайший банк. Он знал, для чего ему вдруг понадобились деньги, но импульс уехать из этого странно знакомого места был продиктован чем-то еще. Филя не сразу дал себе отчет в настоящей причине. Чтобы не разозлить его снова, Рита не стала ни о чем спрашивать.

В банке было столпотворение. Стоя в очереди к банкомату и волей-неволей слушая чужие взволнованные разговоры, Филя узнал, что по всему городу люди снимают наличность. Никто не понимал, надолго ли затянутся перебои с теплом и к чему они приведут, поэтому все кинулись первым делом спасать накопления. В тяжелый и непонятный момент северный человек привык рассчитывать на одного лишь себя, а это прежде всего значило, что свое лучше держать дома. Большинство здесь хорошо помнило дефолт девяносто восьмого года и знало до какой степени государству с его банками наплевать на всех тех маленьких и неинтересных людей, которые толпятся в таких вот очередях, едва происходит что-то большое и страшное.

В предбаннике, где были установлены банкоматы, уже проскакивали первые ласточки нарастающей паники. Филя почти физически ощущал, как они бесшумно проносятся над толпой, касаясь крылом то одного, то другого. Невысокий плотный мужик в черном пуховике с отороченным чернобуркою капюшоном уверял кого-то, кто стоял чуть впереди и кого не было видно из-за огромного капюшона, что некоторые банки уже перестали выдавать наличность. Филя не видел лица говорящего, но голос его, даже несмотря на то, что мужик старался говорить негромко, выдавал страх. Напряжение витало над головами, сгущалось ближе к банкоматам, а входная дверь то и дело распахивалась, впуская закутанных и заиндевевших, если они шли пешком, и расстегнутых, если приехали на машине, но одинаково напряженных вкладчиков банка.

Предбанник быстро заполнялся, поэтому скоро Филя стоял зажатым между стеной и крупной женщиной в лохматой собачьей шубе до самого пола. От того, что женщина пришла в банк одна и ей не с кем было разделить то, что ее переполняло, она стала делиться слухами с Филей, сообщив ему, будто из Москвы уже пришла директива ограничить авиасообщение в целях экономии горючего, и что из города скоро совсем нельзя будет улететь. Также она поведала о таинственном бункере с автономной котельной, где спасется городская элита, когда в жилые дома подача тепла будет прекращена. Пожилой якут, прижатый к Филе с другой стороны, возражал насчет бункера, ссылаясь на вечную мерзлоту, в которой даже могилку выкопать трудно, однако женщина в собачьей дохе отвечала, что при нынешних технологиях и не такое возможно, только не для простых людей.

— Потому что мы с вами никому не нужны, — горячо говорила она старику через Филину голову, которую тот старался максимально при этом отклонить. — Нас тут как собак подыхать бросят. У меня в квартире сегодня ночью было всего плюс пять.

— Да ладно, — раздался недоверчивый голос откуда-то справа. — Это где?

— На Новопортовской, вот где, — звенящим голосом ответила женщина. — А у вас что, теплее?

— Ну да. Пятнадцать градусов держится.

— А вы где живете?

— На Петра Алексеева.

— Ну! Это же почти центр! — в голосе женщины прозвучало едва не презрение.

— Да какая разница?

— Как это — какая разница?! У вас там одно начальство!

— Да бросьте вы!

Женщина в шубе склонилась к Филе и потребовала отчета у него.

— Дома какая температура?

Он молча смотрел на нее, кривил обожженные губы, и через мгновение она переключилась на остальную очередь.

— Кто где живет и сколько градусов? — крикнула она, задирая голову.

— Пояркова, двенадцать! — ответили откуда-то слева.

— Орджоникидзе, четырнадцать! — прозвучал другой голос.

— Хабарова, семнадцать градусов!

— О! Едем все на Хабарова! Ча! Поехали! — дурным и веселым голосом заорал кто-то из дальнего угла, и вся очередь как-то вздохнула, зашевелилась и как будто вдруг улыбнулась одной пока еще несмелой, но общей улыбкой.

До этого момента всех набившихся в студеный предбанник людей объединял, пожалуй, лишь страх, и если было что-то еще помимо страха, что странным и противоречивым образом сближало их всех, так это понимание того, что каждый будет спасаться поодиночке. Они были тут вместе и в то же время глубоко порознь, и это жуткое чувство делало их смертельно уязвимыми, беззащитными абсолютно в той мере, в какой может чувствовать себя ребенок, оставленный ночью в лесу.

Теперь же они слушали чепуху, которую в дальнем углу несли два пьяненьких остолопа, смеялись их россказням, и вся эта чепуха не только прогоняла их страх, воздействуя как защитное заклинание местных шаманов, — она совершенно иначе объединяла их, и каждый в этом предбаннике на какое-то время теперь был уверен, что все обойдется. А если не обойдется, то это не так уж важно.

Когда снова подъехали к больнице и остановились у морга, Филя понял, почему час назад это место показалось ему знакомым. Отсюда он вместе с родителями Нины забирал ее тело. С тех пор здесь ровным счетом ничего не изменилось. То же самое безликое здание окружал все тот же безликий забор. В этой серой бетонной безликости по-прежнему не было ничего трагического, ничего загробного, ничего страшного. Обшарпанная зеленая дверь вела вовсе не в царство Аида. Филя помнил, что за нею лежал такой же скучный и такой же обшарпанный коридор. Мертвыми здесь были не люди — мертвой тут была сама жизнь. Она отступала, теряя всякую индивидуальность, делаясь общим местом, превращаясь в этот коридор, в эту дверь, в эти серые кирпичи. Она стиралась, как стирается с листа ватмана рисунок школьной резинкой, оставляя после себя лишь невнятные разводы и какую-то неопрятную крошку, которую теперь можно просто смахнуть или сдуть. Филя навсегда запомнил, что в этом невзрачном и совершенно нестрашном месте вам выдают не человека, а его ноль. Это даже не то, что от него осталось. Это то, чем он никогда не был. То, чего никогда не было в нем. Вам выдают обман. Как будто человек уже сел в поезд и уехал, а вам зачем-то вручают на опустевшем перроне его ростовую копию, довольно уродливую куклу. Типа, на память, или еще что. И люди, провожавшие поезд, расходятся с вокзала с этими куклами и вдруг спрашивают себя — а нам это жуткое чучело нужно для того, чтобы что? И ответа ни у кого нет. Потому что настоящий тот, кого любили, уехал.

— Пойдем со мной, — сказал Филя, открывая дверцу и выпрыгивая из машины. — Я тут ничего не знаю.

— Как будто я знаю, — ответила Рита, открывая дверцу со своей стороны.

Они оставили автомобиль у морга и направились к основному корпусу. Затем торопливо прошли мимо десятка-другого машин, забивших площадку перед огромным зданием и въезд на высокий больничный пандус для автомобилей «Скорой помощи». Одна из «неотложек» пыталась въехать на этот пандус, но путь был заблокирован, и никто из водителей не обращал ни малейшего внимания на вой медицинской сирены. Навстречу Филиппову и Рите непрерывным потоком спускались люди, приехавшие за своими родными. Они осторожно вели своих больных под руки, заботливо поддерживали их на скользких ступенях, рассаживали по машинам, пытались отъехать, окончательно застревали и тоже начинали нервно гудеть, присоединяясь к общему автомобильному гаму.

Поймав Риту за руку, Филя тянул ее за собой. Со всех сторон летела ругань, слова сочувствия и жалобы на русском и на якутском языках. Это двуязычие еще больше подчеркивало царивший тут хаос и разобщенность. Все хотели одного и того же, но никто не хотел понимать друг друга. Всем казалось, что остальные на них ополчились, что остальные — враги, и что самым лучшим будет заранее дать отпор этим остальным.

— Бесы, — бормотал Филя, задыхаясь от холода и проталкиваясь внутрь больницы. — Черти вавилонские...

В коридоре у самого входа, рядом с постоянно хлопавшей дверью, курил, сидя на корточках, стриженный наголо подросток. Нахохлившись как маленькая больная птица, он прятал сигарету в ладонь и пускал дым себе под ноги. Под расстегнутым армейским бушлатом, который был ему очень велик, виднелись только тельняшка, спортивные штаны и огромные рваные тапки. Клубы пара, то и дело врывавшиеся в больничный коридор с улицы, нисколько его не беспокоили. Входившие и выходившие люди спешили мимо, не обращая на него внимания, а он был поглощен тем, что рассматривал, как дым от его сигареты перемешивается с паром. Кричавшая на него медсестра в пуховике поверх белого халата тоже ничуть его не беспокоила. На все ее претензии он рассеянно отвечал, что будет курить где захочет, что его некому забирать, что он из другого города и не виноват, что после освобождения с малолетки его привезли сюда.

— Заболел сильно, тёть, не ори. Не знаю, куда теперь приткнуться.

— Мне сказали, что Анна Рудольфовна должна быть здесь, — вмешался в их одностороннюю перепалку Филя. — Где ее можно найти?

Медсестра посторонилась, пропуская на выход целую семью, сгрудившуюся вокруг большой грузной женщины с кавказским лицом, которая стонала при каждом шаге и закатывала глаза.

— Ее сегодня не будет. У нее несчастье.

— Да, я знаю, — кивнул Филя. — Но мне сказали, что она поехала сюда. Ее соседка сказала.

— Ну, идите тогда в ординаторскую. Может, там кто-нибудь подскажет.

Филя и Рита двинулись по коридору, а подросток у них за спиной продолжал бубнить, по-прежнему не соглашаясь потушить сигарету:

— У вас тут беспредел, как на малолетке. Ничего не понятно. Куда все подорвались? Вот на взрослой зоне порядок. Всё четко, всё по правилам. Мне пацаны рассказывали, у которых отцы сидят...

Из ординаторской их отправили в неврологию, однако и там никакой Анны Рудольфовны они не нашли. Пожилая медсестра с ярко накрашенными губами нервно сказала, что видела ее в процедурной на другом этаже, но туда посторонним вход воспрещен.

— Вы здесь подождите. Я передам, что к ней пришли.

Стоя в ощутимо прохладном уже коридоре, по которому, как и по всей больнице, сновали с какими-то тарелками, банками и одеялами в руках бесчисленные родственники пациентов, Рита и Филя бессмысленно вертели головами из стороны в сторону до тех пор, пока рядом с ними, у самого входа в полупустую уже и разоренную палату не закричала вдруг женщина.

Она сидела на кровати рядом с дверью, крепко обхватив рукой никелированную спинку, как будто боялась, что ее уведут отсюда силой. Вокруг стояла растерянная родня — судя по всему, дети и даже внуки. Не вытирая бегущих по лицу слез, она говорила, что не хочет возвращаться домой, что она там всем в тягость, что ее там обидели — ей дали это понять.

— Я здесь буду. Мне тут хорошо, — повторяла она, прижимаясь к спинке кровати, словно та была теперь единственное родное для нее существо. — Ничего не нужно.

Дети ее уныло топтались на месте, пробуя возражать, но женщина лишь качала головой и не отпускала спинку кровати.

Так продолжалось, пока у двери не остановился маленький якутский дедушка, которого в соседней палате тоже собирала семья. Очевидно, эти двое успели тут подружиться, поэтому он сразу направился к плачущей женщине, сел на кровать рядом с ней, о чем-то негромко заговорил. Женщина вытерла слезы, кивнула ему и даже слегка засмеялась, указывая на своих детей, как будто вдруг застеснялась этой неразберихи и своего участия в ней и как будто хотела сказать старичку, что вот у нее тоже есть семья. Филя попытался услышать их разговор, но что произошло дальше, он уже не узнал.

К ним с Ритой подошла медсестра с ярко накрашенными губами и нервно сказала, что Анна Рудольфовна в психиатрии.

— Там пациентов эвакуируют в пригородную больницу. У них печное отопление сохранилось. Анна Рудольфовна помогает.

По дороге в отделение психиатрии, пока шли разными коридорами и переходами между корпусами, Рита долго молчала, однако на входе туда все же не удержалась.

— А зачем нужна эта Анна Рудольфовна? — спросила она.

Филя ничего не ответил.

* * *

В просторном и совершенно холодном фойе рядом с кабинетом заведующего отделением на стульях, на табуреточках и в креслах-каталках сидели человек десять из числа пациентов. Ни одного родственника рядом с ними не было. Остальных, судя по всему, уже разобрали, а эти не были нужны никому. Несколько совершенно высохших стариков и старушек с одинаковым отсутствующим взглядом, одинаково провалившимися ртами и всклокоченными остатками волос, два-три олигофрена без определенного возраста и на удивление крупная, но очень худая женщина, восседавшая на кресле-каталке словно на троне.

Кто-то уже успел натянуть на них разношерстную верхнюю одежду явно с чужого плеча, и теперь во всех этих телогрейках, старых тулупах и каких-то несуразных пальто они напоминали группу статистов, готовых к выходу на площадку на съемках нового фильма Йоса Стеллинга. На одном из олигофренов поверх ветхой шубейки для дополнительного тепла был застегнут оранжевый строительный жилет.

— Пипец, — негромко сказала Рита.

— Жизнь принимает разные формы, дочь моя, — безо всякого пафоса ответил Филя. — Привыкай к ее многообразию.

Из кабинета, дверь в который была слегка приоткрыта, летели звуки жаркого спора. Филя заглянул туда, но обе женщины, стоявшие в напряженных позах рядом с большим столом, только скользнули по нему взглядом. Одна из них — небольшого роста, с короткими рыжими волосами, морщинистым лицом и горбатым носом — говорила таким низким и таким скрипучим голосом, что складывалось ощущение, будто в кабинете разговаривало дерево, а не человек. Ее спокойные умные глаза в упор смотрели на крайне взволнованную темноволосую собеседницу, и весь неистовый порыв этой второй женщины, вся ее пылкость и гнев легко разбивались о что-то такое бесконечно огромное и тяжелое, что было в этих глазах и в этом усталом прокуренном голосе.

— Нельзя без прямого распоряжения из министерства! — почти кричала брюнетка. — Это мне придется за них отвечать! Я заведую отделением!

— А я его закрываю, — скрипела в ответ рыжеволосая. — По крайней мере, до отмены чрезвычайного положения.

— Анна Рудольфовна! Ну, как вы не понимаете?! У вас же самой случилась беда!

В лице у рыжеволосой что-то дрогнуло.

— При чем здесь это? — сказала она. — Это сейчас неважно.

— Да как неважно?! Им тоже через реку ехать, и после этого — еще два часа. А наш «пазик» ходит на честном слове. Они все перемёрзнут, если что-то с автобусом случится. Малейшая поломка, Анна Рудольфовна! Любая неисправность!

— Лариса Игнатьевна, идите домой.

— Это мой кабинет! Я никуда не уйду.

— Уходите. Они едут под мою ответственность.

Темноволосая смотрела на свою начальницу таким взглядом, словно хотела ее убить. Просто не знала как.

— Я вас отстраняю от заведования, — проскрипела та. — Еще минута, и вообще уволю.

— Ничего, — выдавила брюнетка после секундной паузы. — Думаете, телефоны уже не работают? Думаете, мне некому позвонить в министерстве?

— Я ничего не думаю. Уходите.

Разжалованная заведующая резко запахнула свою норковую шубу и бросилась к выходу из кабинета. Филя едва успел отстраниться, пропуская ее.

— Вы что-то хотели? — спросила его рыжеволосая, опускаясь на стул и вынимая сигареты из кармана своей потертой дубленки.

— Я деньги принес.

— Деньги? — Она прикурила и в какой-то внезапной задумчивости потерла лоб. — Какие деньги?

Судя по ее интонациям и отрешенному взгляду, вопрос этот она задала машинально. Ее совершенно не интересовал ни Филя, ни его слова. Скорее всего, она даже не поняла, что речь идет именно о *деньгах*. С тем же успехом в эту минуту ей можно было сказать про слонов или про подводные лодки. Слова сейчас не имели для нее никакого значения. Они были просто звуки, лишенные какого бы то ни было наполнения, — картонные стаканчики без воды. И Филя знал, что причина тому не переполох в больнице.

Рыжеволосая Анна Рудольфовна только выглядела живой. Усилием воли, или наоборот — за счет полного ее подавления, она на вид вполне адекватно реагировала на внешние сигналы и раздражители, но на самом деле ее не было здесь, и предыдущий разговор вела лишь ее тренированная оболочка. Сама она находилась в эпицентре урагана — не там, где буря и беспощадная гибель, а там, где царит абсолютный покой. Буквально в нескольких метрах от подобной точки бушует яростный шторм, в клочки разносящий все, что оказывается у него на пути, но в самом центре — безмятежная тишина, и глаз очутившегося там человека недоуменно фиксирует дикий хаос и разрушение, которые, как ему кажется, совершенно не касаются его самого.

— У вас родственники погибли вчера на реке.

— Я в курсе, — проскрипела Анна Рудольфовна, глядя на свою дымящуюся сигарету. — Вы пепельницу можете мне найти?

— Нет.

— Тогда уходите.

— Это деньги из благотворительного фонда.

— И что я должна с ними делать?

Филя покосился на Риту, как будто она могла ему чем-то помочь.

— На организацию похорон... Вот... — Он подошел к столу и положил перед Анной Рудольфовной две толстые пачки. — Здесь двести тысяч.

Она секунду смотрела на деньги, затем подняла взгляд на него.

— Вы в своем уме?

— Да, — кивнул Филя. — Сейчас да. Я уверен.

— Кто вы?

— Я из Москвы.

Она подумала над его ответом и пожала плечами.

— А по-моему, вы дурак.

— Согласен. В принципе, это даже не обсуждается... Вы знаете, на самом деле, мне очень...

Филя хотел сказать что он соболезнует и что он сам терял близких людей, а потому знает — каково это, но за спиной у Риты, по-прежнему стоявшей в дверном проходе, вдруг прозвучал низкий утробный вой, от которого она шарахнулась внутрь кабинета, запнулась о Филину ногу и едва не упала.

— Сеня! — хриплым голосом закричала Анна Рудольфовна, ударив рукой с дымящейся сигаретой по столу, от чего пепел разлетелся по стеклянной поверхности во все стороны.

Из фойе доносилось тоскливое мычание, негромкая брань и странные шоркающие звуки, как будто мешок с цементом возили зачем-то по каменному полу от одной стены до другой.

— Сеня! — повторила Анна Рудольфовна, выходя из кабинета. — Я тебя просто попросила посадить их в автобус. А ты чем занимаешься?

Небольшой худощавый якут, одетый в старенький пуховик защитного цвета, тянул за руку лежащего на полу олигофрена в строительном жилете. Тот отбивался, мычал, шуршал жилетом, вырывался и отползал немного, но упрямый якут немедленно догонял его и снова волочил к выходу.

На гневные расспросы Анны Рудольфовны расстроенный Сеня отвечал, что он сильно торопится, а проклятые психи садиться в автобус никак не хотят. Говорил он быстро, от возмущения путая русские слова и затейливо раскрашивая их якутским акцентом.

Олигофрены тем временем собрались вокруг поверженного на пол собрата, который явно не собирался вставать, и переминались с ноги на ногу, глухо сочувствуя своему. Старики оставались ко всему безучастны. Рты их по-прежнему были открыты, как будто все они проветривали свои давно нежилые внутренние помещения. Худая женщина, восседавшая в кресле-каталке, наоборот, проявляла к происходящему живой интерес, царственно улыбаясь и кивая, словно давала на все это свое монаршее позволение.

Филя опытным взглядом прочитал мизансцену, моментально определив центр композиции, затем подошел к сидевшей в каталке женщине и покатил ее к выходу. Олигофрены немедленно успокоились и потянулись к двери следом за ним. Старики тоже пришли в движение. Рита почти услышала, как поскрипывают их кости, когда они начали оживать, поднимаясь один за другим и ложась на курс, проложенный Филей. Так могли бы двигаться к морю внезапно ожившие на острове Пасхи сильно усохшие по какой-то причине каменные исполины. Филя слышал их неторопливое шарканье у себя за спиной и придерживал шаг.

На улице рядом с автобусом к нему подошла Анна Рудольфовна.

— Нет, вы все-таки не дурак, — хрипло сказала она, снова закуривая и перехватывая свободной рукой воротник своей дубленки у горла. — Второй раз в жизни встречаю человека, который их так понимает.

— Спасибо, — ответил Филиппов, наблюдая за тем, как Сеня подсаживает в автобус покачивающихся на ледяном ветру стариков. — А кто первый?

— Мой внук. Антошка...

Произнеся это имя, она помолчала, как будто прислушивалась к чему-то, два раза торопливо затянулась своей сигаретой, а затем продолжала:

— Я в прошлом году однажды оставила его у себя в кабинете, а он убежал. Через полчаса нашли у них в палате, — она кивнула в сторону олигофрена в строительном жилете, который во весь рот улыбался ей с Филей, размахивая руками, словно хотел улететь. — Знаете, что они делали?

Филя помотал головой.

— Разучивали стихи. Антошка декламировал то, что до этого в садике выучил... Пушкина, кажется... А они повторяли. Им всем очень нравилось...

— Отличная история, — сказал Филя, начинавший уже подмерзать. — Передавайте привет своему Антошке.

Анна Рудольфовна как-то странно посмотрела на него и покачала головой.

— Значит, вы все же дурак.

— Почему? — Он перестал подпрыгивать.

— Потому что он был в той машине. Он замерз вчера со своими родителями на реке. С моим сыном и с моей невесткой... Вы же сами принесли деньги на похороны... Как, интересно, я могу передать ему привет?..

Сказав это, она охнула и покачнулась. Ее рука с дымящейся сигаретой еще пыталась дотянуться до рта, но рот открывался уже не для сигареты. Губы Анны Рудольфовны судорожно искривились, голова начала запрокидываться назад, и Филя понял, что эпицентр урагана сместился. Несчастную женщину подхватил бешеный смерч, который до этого кружил, не задевая. Довольно долго ей удавалось ускользать от него в ту область, где все еще зыбко и не очень определенно — где все неточно, где все еще только в категории «может быть». Однако теперь она была в его полной власти. Вспомнив о внуке, подпустив к себе мысль о нем и проговорив для себя его смерть, она отчетливо сформулировала свое горе, от чего оно обрело твердые и понятные очертания, стало непреложным фактом и, наконец, настигло ее.

Анна Рудольфовна склонилась вперед, как будто ее затошнило, затем резко выпрямилась и начала выгибаться дугой. Голова ее гулко стукнулась об автобус. Олигофрены, толпившиеся вокруг Сени, дружно обернулись на этот звук. Филя подхватил неестественно вытянувшуюся женщину, и ее распахнутый рот оказался в нескольких сантиметрах от его лица. Крик еще не вырывался из этого сведенного судорогой рта, но тело в руках у Фили уже содрогалось в мощных конвульсиях, предвосхищая крик, прокладывая ему дорогу.

— Дверь открой, — выдавил Филя в сторону Риты, но та не успела добежать до крыльца.

Анна Рудольфовна закричала так страшно и так громко, что один из олигофренов упал. Сеня, поскальзываясь и размахивая руками, бросился к Филе на помощь. Старики безжизненно замерли у подножки автобуса, Рита застыла на половине пути к зданию, а Филя продолжал держать Анну Рудольфовну, которая ходила у него в руках так, словно изнутри ее разрывал вулкан.

Чтобы она не упала, вырвавшись из его рук, и не ударилась о промерзший асфальт, он стал приседать. Судороги, сотрясавшие тело Анны Рудольфовны, передавались ему, и он с трудом сохранял равновесие. Подбежавший Сеня бестолково крутился у него за спиной, бормоча что-то на якутском языке. Анна Рудольфовна продолжала кричать и неестественно запрокидывать голову. Когда Филя наконец опустил ее на темный бугристый лед, она рванулась из каких-то уже последних сил, как будто Филя и весь остальной мир мешали ей освободиться для чего-то такого важного, что она хотела сделать именно в этот момент. Руки ее взметнулись, и сигарета, которую она до сих пор никчемно сжимала в пальцах, отлетела под автобус, ударившись о колесо и рассыпав небольшой сноп тут же погасших искр.

Олигофрен в строительном жилете с готовностью опустился на колени и уполз под автобус. Через мгновение он вынырнул оттуда с окурком в руке. Торопливым крабом подобравшись к извивающейся Анне Рудольфовне, он попытался вставить сигарету ей в рот, но голова женщины отчаянно ходила из стороны в сторону, и все его попытки восстановить гармонию были тщетны. Филя пробовал оттолкнуть его, однако добрый олигофрен твердо решил помочь, и горящий окурок то и дело оказывался в опасной близости от искаженных невыносимой болью женских глаз. Когда он обжег ей щеку и Анна Рудольфовна закричала еще громче, Филя ударил его кулаком по лицу. Олигофрен повалился на бок, его собратья завыли, а Филя все продолжал встряхивать Анну Рудольфовну за плечи и повторял как заклинание:

— В машине было два человека... Два человека... Мальчика с ними не было...

* * *

— А кто сказал, что он жив? — пожал плечами Толик, убирая в рюкзак старенькую клавиатуру, которую за секунду до этого отключил от компьютера. — Мы там вокруг не искали. Может, рядом с машиной где-то замерз. Реку всю не обыщешь.

Филя переступил с ноги на ногу.

— А что, если его забрал кто-нибудь? — предположил он.

— Кто?

— Ну... те, кто проезжал мимо...

— Как ты со своими подельниками?

Толик покосился на стоящего в дверном проеме Филю и с усмешкой ему подмигнул.

— У тебя, гляжу, руки уже в крови. Решил перейти к активным действиям?

Филя опустил взгляд на свои забинтованные руки. На правой — там, где бинт уже размотался, действительно темнели пятна крови.

— Дурачка одного ударил, — сипло сказал он.

— Молодца, — одобрительно кивнул Толик. — Чего с ними возиться? Ждать, пока сами подохнут... Добил аккуратно — и всё.

Толик сымитировал короткий энергичный удар сверху вниз.

— А то просто так оставлять неэффективно. Да, москвич? Скажи — долго помирают они... Задолбали, наверное? Ты не бросай их больше. Добивай сразу. Опять же — проявишь милосердие.

Следователь открыл сейф и задумчиво уставился внутрь, соображая, что еще ему нужно забрать.

— Дай мне список тех номеров, — сказал Филя.

Толик обернулся и подмигнул ему.

— Может, еще табельное оружие свое отдать?

— Я хочу поговорить с этими людьми.

— А-а, — осклабился Толик. — Обмен впечатлениями? Решил узнать, что другие чувствуют, бросив людей на смерть? Похвально.

Филя упрямо склонил голову вперед.

— Ребенка мог забрать кто-то из них.

Тон следователя стал еще более издевательским.

— Хлеб у меня отнимаешь?

— Ты же не хочешь искать пацана... Не хочешь. Я вижу.

Толик помолчал, глядя Филе в глаза, и после долгой паузы вынул из открытого сейфа папку. Раскрыв ее, он достал лист бумаги, положил его на стол и отвернулся. Филя подошел к столу.

— Это та самая записка?

— Дурак, что ли. Записка в вещдоках. Мы номера из нее переписали. Адреса там уже указаны. Большинство владельцев живет в улусах.

— Они все ехали из города?

— Не обязательно. Ты же со своими подельниками сюда направлялся.

— А как узнать?

Толик обернулся и пожал плечами:

— Как хочешь, так и узнавай. Чего ты вообще ко мне прицепился? Мое дело — по сто двадцать пятой тебя привлечь. И я привлеку, даже не сомневайся. Не думай, что вся эта кутерьма поможет отмазаться. Скоро тепло в городе восстановят, все утрясется, и тогда ты ответишь по полной. Из-за тебя люди погибли, ты про это не забывай. Один раз выкрутился — больше не выйдет.

Откуда Толик знал про Нину и про Филино участие в ее смерти — оставалось неясным. Никаких прямых доказательств присутствия Фили в ночь ее гибели на той даче следователь не привел. Он просто напирал на то, что знает об этом — и всё. Активно давил на совесть, запугивал. В первый момент, когда он заговорил на эту тему в доме Данилова, Филя по-настоящему испугался. Толик неожиданно предстал перед ним даже в каком-то мистическом свете. Слова об уголовной ответственности, о сто двадцать пятой статье, об оставлении человека в опасности ошарашили Филю далеко не в той степени, в какой он был подавлен самим фактом того, что этот неизвестно откуда возникший Толик всё знает.

Работал он в милиции на момент гибели Нины или еще нет? Кем он мог быть в то время, если работал? Стажером? Начинающим следователем? Отчего он так уверенно заявлял о причастности Фили? Были у него свидетельские показания, или весь этот наезд явился лишь результатом предположения, головокружительной догадки? И что там насчет срока давности? А главное — зачем Толику было наезжать на него? Эти вопросы пришли уже потом, значительно позже, а в тот момент, когда следователь вдруг заговорил о погибшей Нине, Филе показалось, что над ним разверзлись пылающие небеса.

— Расскажи мне про Толика, — сказал он, усаживаясь в машину рядом с Ритой и убирая в карман лист бумаги с автомобильными номерами. — Чего он от тебя хочет?

— Вы вроде в аэропорт собирались.

— Хочешь, чтобы я улетел?

— Нет.

— Тогда расскажи мне про Толика.

В аэропорт ехать Филя действительно передумал. Он решил, что улетит завтра. Или послезавтра. В любой другой день после того, как найдет мальчика. Он почему-то был абсолютно уверен в том, что тот жив и что он найдет его. Не может не найти — ведь у него теперь был переданный Толиком список машин, которые проехали мимо. Кто-то из этих людей должен был что-то знать. Филя чувствовал себя новым и свежим.

В своих глазах он был теперь настолько свеж и настолько нов, что прямо в кабинете у следователя, еще даже с ним не простившись, решил немедленно ехать по первому указанному в списке адресу. Ему хотелось во что бы то ни стало реализовать эту давно забытую свежесть, пустить ее в нужное русло, оказаться полезным, достойным и правильным. Он чувствовал в себе силу, и это чувство, сменившее привычную за последнюю пару лет вялость, наполняло его надеждой.

«Я смогу, — повторял он себе под нос, выходя из едва отапливаемого уже милицейского здания и направляясь к машине, в которой его ждала Рита. — Я смогу. Все получится. Я найду тебя, парень. Держись там пока...»

Бормоча свое «держись», Филя стискивал зубы и до боли сжимал правый кулак с размотавшимися на нем бинтами, словно это могло еще и физическим образом усилить его решимость. Однако в теплой машине рядом с Ритой он внезапно понял, что очень устал. Туман за лобовым стеклом уже наливался отёчной синевой. Часы на приборной доске мерцали голубыми цифрами «16.08». Ехать за реку было поздно. В городе, несмотря на календарную осень, наступала бескрайняя, как всё в этих местах, зимняя ночь. Это место, этот город, этот кусок планеты абсолютно ни в чем не знали чувства меры. Всё, что происходило тут — ночь, день, люди, события, холод, — было неимоверным. Все это было до такой степени огромным и совершенно неподдающимся ни внутреннему, ни внешнему взгляду, что Филя растерянно замер от одной только попытки взглянуть на это.

События странного, безумного дня тяжело навалились на него, на его вчерашние болячки, и он почувствовал себя раздавленным червячком, на которого обрушился прокопанный им же самим в невероятных усилиях тесный подземный ход. Не в силах пошевелить ни рукой, ни ногой, он откинулся на сиденье и глухо повторил:

— Расскажи мне про Толика.

— А куда едем?

— К Данилову. В гостинице, скорее всего, еще холодно. Даже у ментов тепла нет. Короче, давай, рассказывай...

Из гневных, путаных, не всегда связанных между собой высказываний Риты Филя не без труда, но все же сумел выделить для себя сюжетную линию — скорее всего, Толик представлял группу людей, заинтересованных в дискредитации и возможном оттеснении Данилова от городской власти. Очевидно, ему было обещано серьезное продвижение по службе, если он сумеет нарыть компромат, а еще лучше — посадить сильно мешавшего кому-то местного строительного магната.

Рита раздражалась, когда говорила о следователе, поэтому Филя то и дело придерживал ее за локоть.

— Не газуй, — говорил он. — Туман сильный... Вдруг кто-нибудь выскочит под колеса.

Противотуманные фары излучали плоский и широкий горизонтальный луч впереди машины, и по большому счету это было всё, что Филя мог видеть в густой толще этого уже темно-синего киселя. Рита ненадолго брала себя в руки, но уже через минуту ненавистный образ опять пробуждал в ней гнев, и педаль газа уходила в пол как бы сама собой.

— Не гони, — снова просил Филя. — Убьемся.

Продолжая время от времени придерживать Риту, он думал про Толика и постепенно приходил к выводу, что следак наезжает на него неспроста. Очевидно, ему было важно перетянуть Филю на свою сторону, он как-то хотел использовать его. Но как? Чем и кому Филя мог быть полезен в местных интригах? Решив, что ничем и что вербовочные усилия Толика в этом случае были направлены, скорее всего, на дурочка вики-Павлика, который был за рулем в тот злосчастный момент и который из-за своей близости к Данилову действительно мог представлять для следака интерес, Филя окончательно успокоился.

— Видимо, что-то личное, — со вздохом произнес он вслух.

— Что? — подала непонимающий голос Рита.

— Да так, ничего... Люди иногда цепляются без всякой причины... Мерещится им вечно что-нибудь, жмет в разных местах, плавки в попу врезаются...

— Какие плавки?

— Забей, не важно.

Пару минут они ехали молча, а потом заговорила Рита.

— Я в одном интервью у вас прочитала... Вы сказали, что каждый из нас часть какого-то текста.

— Да? Не помню... Наверное... Я иногда и не такую чушь несу.

— Что это значит? Я часть какого текста?

Филя хмыкнул и промолчал.

— Не скажете? — Она испытующе покосилась на него.

— Почему не скажу? — пожал он плечами. — Скажу... Ты часть очень симпатичного текста. Хороший текст у тебя, не бойся.

— Правда? — Она, не скрывая, обрадовалась. — А вы откуда знаете?

— Ты же моя дочь... Слушай, ты можешь ехать помедленней?

Продолжая улыбаться, Рита слегка отпустила педаль газа, но машина не успела хоть сколько-нибудь заметно сбросить скорость. Буквально в следующую секунду туман над дорогой разорвался в клочья, и в этом просвете Филя отчетливо увидел стоявшего уже в нескольких метрах перед ними прямо на проезжей части ребенка.

— Стой! — заорал он, рванув руль на себя.

Машину бросило вправо, она вылетела на обочину, однако за долю мгновения до этого Филя услышал звук, от которого ему захотелось взвыть.

— Мы задели! — кричал он, выпрыгивая из машины на снег. — Задели его! Я слышал!

Удар пришелся по касательной, поэтому тело отбросило на противоположную сторону. Филя увидел его лежащим на краю дорожного полотна. Рванувшись к нему, он поскользнулся на укатанной колее, упал, и тут же мимо него по встречке пролетел темным снарядом еще один автомобиль. В ужасе от мысли, что вторая машина прошла по сбитому ими ребенку, Филя вскочил на ноги, снова упал, закричал что-то и, нелепо карабкаясь, на четвереньках, подвывая от страха, не замечая обжигающей боли в руках, побежал к лежавшему на обочине серому бесформенному комку.

— Не надо, не трогайте, — сказала Рита, догнавшая Филю и уже стоявшая у него за спиной. — Может, он заразный... Лишай там, или я не знаю...

Филя обернулся и ошарашенно посмотрел на нее снизу вверх. Ничто в лице Риты не выдавало сильного беспокойства. На нем — на ее лице — не было ничего, кроме обычного небольшого сочувствия. Как будто она сбивала детей каждый день и уже давно к этому привыкла.

— Их в последнее время много в городе развелось. — Она вздохнула и пожала плечами. — В теплотрассах живут... А теперь повылазили. Там, наверное, тоже холодно. Может, холодней даже, чем на улице...

Онемевший Филя, который все еще продолжал стоять на коленях рядом с бесформенным темным комком, схватился за горло, внезапно перехваченное жестким ледяным воздухом, и закашлял. На глаза ему навернулись слезы. Ресницы мгновенно слиплись, он усиленно заморгал и мазнул по лицу забинтованной правой рукой, чтобы разлепить веки.

— Пойдемте, — сказала Рита. — А то заболеете. Вам долго на морозе нельзя.

Филя отвернулся от нее и снова посмотрел на то, что они сбили. На снегу перед ним лежала собака. Это был тот самый пес, который полночи бродил с ним по городу. И он был жив. Левый бок его вздымался от частого, прерывистого дыхания. Из пасти вырывались клубы пара.

— Может, не надо? — пыталась возражать Рита, когда пыхтящий от напряжения и странного счастья Филя с псом на руках велел ей открыть заднюю дверцу. — Это же Тёминого отца машина. Испачкаем всё сиденье. Он нам потом мозги выест.

— Не напрягайся, — сказал Филя, укладывая грязного содрогающегося пса на светлые сиденья. — Это как раз то, что ему нужно.

— Тёминому отцу?

— Да, и ему тоже.

Из-под раненого животного на светлую дорогую обивку тут же начала просачиваться кровь. Сбежав по кожаному покрытию, она закапала на коврик под сиденьем, и Филя захлопнул дверцу.

— Быстрее давай, — выдохнул он вместе с клубом пара. — Вот теперь гони как подорванная!

Сидя рядом с Ритой, Филя то и дело оборачивался и подолгу держал руку на псе. Он как будто слушал его этой рукой — чутко улавливал мелкую дрожь и почти неслышимое, буквально на грани ультразвука, поскуливание, которое вплеталось в тяжелое дыханье собаки. Пес косился на Филину руку, пытался благодарно хлопнуть по сиденью хвостом, однако всё, что у него получалось, было лишь едва заметным подрагиванием. Слипшаяся от крови и растаявшего снега шерсть на перебитом, очевидно, хвосте делала его окончательно неподъемным. Пес продолжал дрожать и только взглядом извинялся за свою беспомощность.

Филина рука лежала на мокрой и грязной холодной шерсти, машину колотило по выбоинам пригородного тракта, собаку временами подбрасывало, но Филя больше не просил Риту сбавить скорость. Подобно жалкому бумажному клочку на ветру, его мотали из стороны в сторону порывы самых противоречивых чувств. То он радовался, что сбитый ребенок оказался всего лишь собакой, то горевал из-за того, что опять едва не убил бедолагу пса. Потом снова начинал радоваться и, пугая этим немного Риту, даже улыбался, потому что пес все-таки был, и всё, что произошло с ним вчера, Филе не померещилось, и пес теперь лежал рядом с ним — живой, настоящий, пусть и слегка покалеченный. Потом Филя начинал думать, что, может быть, не слегка, и эта мысль приводила его в отчаяние, но зато, с другой стороны, существование пса в реальной жизни, в той ее части, которую теперь могла легко подтвердить сидевшая рядом с ним Рита, доказывало, что он все-таки не сошел с ума, и то, что было вчера — оно все-таки было. Мысль о том, что он не безумен, успокаивала его, и Филя, придерживая пса за свисавшую лапу, отчего-то даже гордился этим.

* * *

В доме у Данилова их ожидал переполох. Тёма ходил с огромным синяком, Павлик пытался удержать Зину у себя в комнате, однако она была совершенно неудержима и выскакивала оттуда на лестницу, где громогласно делала заявления о том, что нога ее в этот дом больше не ступит и что пусть она лучше замерзнет у себя в городской квартире, чем и дальше будет терпеть такое. После этого она возвращалась в комнату к мужу, но вскоре неизменно появлялась опять. Кому она адресовала свои филиппики, оставалось неясным. Кроме Инги, которая встретила Филю и Риту в прихожей, в доме из посторонних для Зинаиды людей больше никого не было.

Занятый размещением пса и поисками хоть какого-нибудь лекарства, Филя вначале не обратил на всё это особенного внимания. Он понял только, что между Даниловым и Тёмой произошел наконец открытый конфликт, и Тёма в результате получил по физиономии. В чем состояла причина конфликта, Инга не знала или не хотела говорить. Впрочем, сейчас Филе это было неважно.

— Лапы ему держи! — кричал он на Риту. — Вырвется же!

— Я держу! — отвечала она, напряженно кривя лицо и хватая раненого пса за передние лапы, которыми тот яростно бил по воздуху, словно проваливался в какую-то бездну и пытался изо всех сил выбраться из нее.

Собачьи когти несколько раз прошли с неприятным визгом по рукаву Ритиной куртки, и, если бы она, войдя в дом, успела раздеться, на руке у нее наверняка остались бы шрамы.

— Задолбал! — выдавила Рита сквозь крепко сжатые зубы и навалилась на пса всем телом, отчего тот жалобно заскулил.

— Полегче, — выдохнул Филя, который возился со сломанной задней лапой.

Щедро залив большую рваную рану йодом, он теперь старательно прикручивал бинтом к лапе логарифмическую линейку, найденную в кабинете Данилова. Под ногами хрустели осколки стекла. У стены валялся разбитый журнальный столик. Филя не помнил, когда он его разбил.

Пес, надежно прижатый к спинке дивана, продолжал скулить, иногда негромко рычал и скалил клыки.

— Тяпнет, — предупредила Инга, стоявшая за спиной дочери.

— Мам, не каркай, пожалуйста, — попросила ее Рита. — И так страшно.

— А к ветеринару не думали отвезти? Есть врач такой специальный, между прочим.

— Мама, очень смешно.

— И насчет дивана, я думаю, хозяин вряд ли обрадуется.

Обивка элегантного голубого дивана была залита йодом и кровью. Из-за того, что Филя в запале и в страшной нервозности йод лил так щедро, как будто тушил пожар, а также из-за схожести пятен по цвету, диван теперь выглядел местом языческого жертвоприношения. У человека, внезапно вошедшего в эту минуту в гостиную, могло сложиться вполне естественное впечатление, что пса не столько лечат, сколько пытаются добить.

— Я клеенку сейчас принесу! — воскликнула Рита и бросилась вон из комнаты.

— Да поздно уже, — сказал Филя, но Рита его слов уже не услышала.

Пес, ощутивший внезапное избавление от бремени, поднял голову и тонко опять заскулил.

— Что, брат, фигово? — обратился к нему Филя. — Ты нас прости, дружище. Мы не нарочно.

Пес вывалил из пасти длиннющий вялый язык, закатил глаза и стал часто и громко дышать. Ему, видимо, было уже все равно, что с ним происходит. Через минуту Филя закончил возиться с бинтом. После этого, словно не зная, что с ними делать, повертел перед глазами испачканные йодом руки, вздохнул и в полном изнеможении опустился на пол рядом с диваном. Расстегнув куртку, он попытался стащить ее с себя, но неудобная поза и отпустившее наконец колоссальное внутреннее напряжение сделали Филю совершенно беспомощным. Он немного пошуршал чужим неудобным пуховиком, а затем слабым голосом рассмеялся.

— Есть сигаретка? — поднял он взгляд на Ингу.

— Я не курю.

Обращенный к ней снизу взгляд был взглядом настолько уставшего и настолько беззащитного существа, что Инга, которая из Интернета, разумеется, знала о Филиной репутации и потому готовилась к его приезду, заботливо собирая капля по капле всю свою желчь, теперь оказалась захвачена врасплох и не смогла среагировать в русле этой «антифилиной» подготовки. Вместо желчи, отпора и сарказма, которые она собиралась обрушить на его голову, Инга вдруг просто и необъяснимо порывисто его пожалела.

Филя сидел на полу у ее ног, немощно подогнув колени, так и не расстегнув до конца куртку, привалившись спиной к безнадежно испорченному дивану и откинув голову на мерно вздымающийся, провонявший мочой, теплотрассами и помойками собачий бок. Он смотрел в ее невероятно синие глаза и думал, что если бы не знал ее раньше, то наверняка бы решил, что она носит декоративные линзы. У Риты были совсем другие глаза.

— Она моя дочь? — перескочив сразу через несколько ступеней, спросил он.

Инга отрицательно покачала головой.

— Жалко, — вздохнул Филя. — Славная получилась...

— Женись, если нравится.

Инга произнесла это таким ровным, таким обыденным тоном, что иностранцу, не понимавшему языка, это показалось бы просто вежливой фразой — предложением стакана воды или дежурным, ничего не значившим замечанием, сделанным лишь для того, чтобы разговор не угас. Однако иностранцев тут не было. А Инга сказала то, что она сказала.

Филя помолчал, вглядываясь в ее лицо. Внутренние усилия, необходимые на такую реплику, непременно должны были оставить на нем свои следы — смущенно приподнятую бровь, извиняющуюся за бестактность улыбку или хотя бы на долю секунды отведенный в сторону взгляд. Однако у Инги в лице ничего такого не случилось. Даже тени малейшей не пробежало по этому все еще красивому лицу.

Безмятежно глядя на него холодными синими глазищами, Инга была абсолютно в своем репертуаре. Перед Филей стоял его подлинный учитель, настоящая инопланетная тварь. Единственное беспокойство, которое он улавливал в ней, было связано вовсе не с ним, не с его возможным отцовством и уж точно не с ее неожиданным предложением. Нет, Ингу беспокоила ее уязвленная гордость.

Неказистый Филя, которому она когда-то выделила от королевских щедрот пару недель своей невероятной жизни, по ее глубокому убеждению, не годился в чуваки, на чье имя, набранное в Интернете, выскакивает несколько десятков, а то и сотен тысяч линков. Но тем не менее он в эти чуваки угодил, и от ее некогда оглушительного превосходства, с позиции которого она привыкла взирать не только на него, но и на всех остальных мужчин, не то чтобы не осталось следа, но оно было в значительной мере попрано этим фактом. Оно накренилось.

Этот крен, разумеется, нисколько не отменял пронзительной синевы ее глаз или по-прежнему пленительного лица, как не отменял он и ее прошлых подтвержденных побед. Термин «подтвержденная победа» Инга позаимствовала из одной книжки про военных летчиков эпохи Второй мировой. Книжку ей оставил подбитый Ингой лет восемь назад худой и весьма нервный англичанин, приезжавший преподавать свой язык в местный пединститут. Согласно британской авиационной классификации, к вероятным победам относились боевые машины противника, подбитые в ходе воздушного боя, но сумевшие, не рухнув на землю, выйти из поля зрения пилотов или других наблюдателей. Таких побед Инге было даром не нужно. То, что она делала, всегда и со стопроцентной уверенностью было подтверждено.

Ее превосходство хищницы и молниеносного аса формировалось еще в старших классах средней школы, когда в окно ее спальни, согласно городской легенде, взрослые мужики лезли с улицы один за другим. Что вынуждало их быть столь нетерпеливыми, оставалось ее фирменным секретом, но одно обстоятельство было известно практически всем — хоть сколько-нибудь симпатичному представителю мужского племени она не отказывала. В каждом она умела найти что-то интересное для себя. В городе даже составился своеобразный мужской клуб, входным билетом в который служил хотя бы мимолетный роман с Ингой. Филя со своими двумя неделями занимал в этом клубе далеко не самое последнее место и некоторое время слегка гордился своим членством в этой негласной организации. Остальные, разумеется, гордились тоже.

Но теперь всё грозило пройти. И даже уже не грозило, а почти прошло, и Филин московский успех, на гребне которого он теперь вдруг здесь объявился, ничуть не делал пилюлю слаще. Вернее, он был для Инги как порошок стрептоцида, которым любили потчевать ребятишек советские врачи. Эту белую горечь по каким-то причинам нельзя было запивать, и склонный к иносказаниям язык постепенно сам начинал воспринимать гадость во рту как нечто все-таки сладковатое.

— Не хочешь на Рите — женись на мне.

Свое второе предложение руки и сердца Инга сделала еще спокойней, чем первое. Она умела расставить точки над «i».

Филя улыбнулся правым углом рта.

— Мне показалось — ты на Данилова открыла охоту.

— Открыла. Но не факт, что получится.

— Рита мешает?

Инга промолчала, не отводя в сторону своих синих, как лед на большой глубине, глаз.

— Думаешь, если я увезу ее, охота пойдет удачней?

— Она сама хочет уехать, — пожала плечами Инга.

— Да, я уже в курсе.

Пес у него за спиной шумно вздохнул, завозился и лизнул ему горячим языком ухо. Филя не отстранился. Задрав голову, он смотрел на стоявшую перед ним Ингу, у которой теперь под свитером вздымалась гордая, лишенная всяких сомнений грудь, и думал о том, что именно она явилась его настоящим учителем — не Инга, а ее грудь. Эта волевая отчаянная пара не полагалась на милость капризной судьбы, не соглашалась, не плыла по течению. Она давала отпор, она боролась и при минимуме стартового ресурса, подобно глухому Бетховену, вырывала у скупой жизни победу. Эта грудь, как теперь понял Филя, и была его настоящий наставник во всем — в несогласии с миром, в неспособности удивляться, в открытом и вселенски осведомленном цинизме, в отстраненной манере называть вещи своими именами, ничуть при этом не заботясь — оскорбляет это кого-нибудь или нет. Это она навсегда отняла у него способность по-человечески стесняться, испытывать неловкость и стыд. Это она сделала его непотопляемым и мертвым.

— У пса наверняка блохи, — сказала Инга. — Ты бы хоть головой на нем не лежал.

— Мне все равно, — снова улыбнулся Филя. — Буду с блохами. Я теперь принимаю жизнь как она есть.

— Тогда женись на Рите.

— А если она все-таки моя дочь?

— Нет, Филя, — покачала головой Инга. — Твои здесь только блохи.

В этот момент наверху что-то грохнуло, и она подняла голову к потолку.

— А куда Рита пропала?

— Не знаю, — ответил он. — Вообще-то, за клеенкой ушла.

Сверху долетел приглушенный потолочными перекрытиями возмущенный голос.

— Зина, похоже, — сказал Филя. — Опять справедливости ищет.

Это действительно была Зинаида. Она застала Риту в комнате своего сына, куда та зашла, чтобы узнать о причине конфликта, и конфликт немедленно перешел в новую плоскость. Однако стоило Филе с Ингой появиться на пороге, и гнев обесцвеченной валькирии с удвоенной силой обрушился на их головы. Точнее, на голову Инги, потому что Филина голова была слишком занята. Он думал о том, есть ли у Инги душа, вспоминал о ранних христианах, которые сомневались в существовании женской души вообще, думал о себе — есть ли душа у него самого, пусть он и не женщина, размышлял о своем отцовстве, о покалеченном псе, а главное — о том, куда пропал мальчик Анны Рудольфовны и что нужно делать, чтобы найти его в замерзающем городе. Все это переплеталось и звучало в нем одновременно, не оставляя уже места для тревог обесцвеченной Зины. Поэтому Филя, разумеется, видел, как яростно двигаются тонкие некрасивые губы у нее на лице, но смысл того, что она говорила, доходил до него какими-то отрывками. Он уловил только, что Зина очень не любит Ингу, а Риту она не любит еще больше, потому что в доме из-за нее теперь спокойно не будет, и она слишком, слишком много вертит хвостом.

Зина именно так и выразилась: «Вертит хвостом». В этой реплике, неожиданно вынырнувшей из деревенских ощущений детства, Филя был абсолютно уверен, потому что как раз перестал думать и услышал пронзительный голос обесцвеченной и расстроенной родительницы в полном объеме. Огромный фингал под глазом у ее сына возник, по ее словам, именно из-за Риты.

Сама Рита с отстраненным лицом стояла посреди комнаты и мяла в руках цветастую клеенку. Филя помнил такие по своему детству, когда родители привозили его к бабушке. Праздничный стол с яствами из только что забитой свиньи всегда был накрыт этой стоявшей коробом на углах, скользкой от пролитого вина и упавшего на нее холодца клеенкой. Глядя на огромные кисти рябины, щедро разбросанные по желтоватому фону, Филя вспомнил ее запах — резкий, противный, химический. От этого запаха у него всегда слезились глаза. Еще он вдруг вспомнил голоса взрослых за столом, когда они начинали орать все вместе:

«Ой, рябина, рябинушка, что взгрустнула ты?!»

Особой удалью в этом «пении» была запредельно визгливая нота в конце каждой строки, и голос бабушки в этом отношении заметно превосходил все остальные. Она краснела от напряжения, тяжело раскачивалась из стороны в сторону, выдавая этот нечеловеческий звук, и горделиво посматривала на маленького Филю, зажимавшего липкими ладонями уши.

— Дай мне это, пожалуйста, — сказал он Рите, проходя мимо точно так же визжавшей теперь Зинаиды.

Рита протянула ему клеенку, думая, очевидно, что он собирается отнести ее на диван, однако Филя вышел из комнаты и швырнул липкую мерзость через перила лестницы вниз, в прихожую. Затем он спокойно вошел обратно, остановился напротив продолжавшей разоряться Зины и положил испачканную йодом руку в бинтах ей на плечо.

— Заткнись. Я не могу больше. И никто не может, поверь.

Сказав это, он невольно покосился на ее сына, но тот никак не отреагировал на его слова. Тёма вообще вел себя так, словно в комнате, кроме него и Риты, никого больше не было. Он совершенно не слушал свою мать, не видел вошедших на шум Ингу и Филю, ничего не говорил и только смотрел, не отрываясь, на Риту, как будто ждал от нее чего-то важного, крайне необходимого ему сейчас. Филя узнал этот взгляд. Много лет назад он как в зеркале видел отражение точно такого же взгляда на лице своей Нины. На лице Риты сейчас этот взгляд отражался примерно в том же ключе. Она оставалась безучастной.

— Не смейте трогать меня! — задохнулась от ненависти Зина, сбрасывая Филину руку со своего плеча.

— Да кто тебя трогает? Я просто говорю — успокойся. Ничего страшного не произошло. Ну, поспорили парни, выяснили отношения — так бывает. Тебе другого бояться надо.

Зинаида непонимающе уставилась на Филю.

— Мне?

— Тебе. Следователь утром с тобой и с Павликом о чем говорил?

Лицо Зинаиды окаменело.

— Это вас не касается.

— Теперь касается. Еще как касается, родная моя. У нас на совести с тобой не только эти два трупа. В машине ребенок был. И он пропал. Понимаешь? Нету его нигде. А если не найдется — считай, три человека мы погубили. Ребенку — всего шесть лет. Как тебе такая проблема? Уверена, что тебя его синяк все еще беспокоит?

Филя выбросил вперед руку и застыл, указывая на лицо ее сына. Тот наконец вышел из своей комы, переводя взгляд с Фили на Зинаиду.

— Мам, какие трупы? О чем он?

Зина решительно развернулась и, не сказав больше ни слова, ринулась вон из комнаты.

Тёма шагнул следом за ней.

— Мама!

— Пусть идет, — поймал Филя его за рукав. — Или тебе нравилось ее слушать?

— Я не понимаю... Я...

Лицо у Тёмы стало совсем растерянным.

— Да чего понимать? Все хорошо. Мама твоя расстроилась из-за того, что ты в табло получил. Я ее успокоил. Как минимум одну проблему решили. А где герой торжества, кстати?

— Кто?

Тёма был совершенно сбит с толку.

— Ну, Данилов. Я так понимаю, это он одержал верх. — Филя шутовски изобразил боксера, наносящего боковой удар. — Надо поздравить чемпиона. Где он?

— Филиппов, подожди, — вмешалась в их разговор Инга. — Что случилось? Ты можешь нормально сказать? Следователь разве не к Данилову приезжал?

— Нет. Он приезжал не к нему. Но сейчас это неважно. Вы мне скажите, где автор этого шедевра? — Филя показал на заплывший глаз Тёмы. — Хочу пожать ему руку. Теперь эта дерзкая молодежь знает, что наше поколение рано списывать со счетов. Мы еще ох как можем постоять за себя.

Филя снова встал в боксерскую стойку и несколько раз выбросил правую руку вперед.

— Он уехал, — сказала Инга.

— Опять в город? Насчет аварии?

— Нет. Повез Петра с Лилией и с детьми в деревню. У них там дом.

— Так они уехали? — шутовское выражение сползло с Филиного лица. — Из-за меня, что ли?

— Дети испугались драки. Младшие даже плакали, когда Тёма на журнальный столик упал. После этого Лиля сказала, что не хочет больше здесь оставаться.

— А-а, вот откуда стекло, — Филя облегченно вздохнул и опять ухмыльнулся. — У вас тут, выходит, шумно было... Жалко, я всё пропустил...

Он хотел еще что-нибудь съязвить на эту тему, но в следующую секунду мысли его перескочили на другое, и он буквально выбежал из комнаты. Торопливо войдя к себе, он бросился к разобранной постели и начал ворошить одеяло. На кровати ничего не было.

Филя почувствовал, как его пробила испарина, рванул надоевшую куртку и наконец просто стащил ее с себя через голову.

Папка с эскизами лежала на подоконнике. Увидев ее, он даже засмеялся. Все рисунки были на месте. Петр не забрал ничего.

* * *

Вернувшийся через полчаса Данилов рассказал, что после деревни он все же заехал в город. Обстановка там за прошедший день осложнилась. Аварийная ситуация перешла на новый уровень. Ни городские службы, ни прибывшие из Москвы большие чины МЧС пока не могли ничего сделать.

Силовые структуры тоже не справлялись. Мародерство и грабежи поползли по всему городу. Люди громили торговые точки, запасаясь продуктами, теплыми вещами и вообще всем, что попадало под руку. На одной из окраин в считаные минуты разнесли целый склад с промышленной теплоизоляцией. Защитные плиты из минеральной ваты вывозили на грузовиках.

— Быстро организовался народ, — сказал Данилов, стоя посреди усеянной стеклом гостиной и отхлебывая обжигающий чай из огромной кружки. — Завтра наверняка уже где-нибудь торговать всем этим начнут.

По поводу испорченного дивана и спавшего на нем пса он промолчал. На секунду задержал на нем взгляд, но заговорил о другом.

— Без необходимости на улицу никто не выходит. Остаемся в доме. На внешние сигналы не реагируем. Двери никому не открывать. Я завтра оставлю тут человека — он будет принимать все решения.

— Какие решения? — спросила Зинаида.

— Кого впускать, а кого нет. И кому можно доверить оружие.

Данилов посмотрел на мрачного, глядевшего исподлобья Тёму, но тот ничего не сказал.

Поздно вечером к Филе в комнату проскользнула Рита. Возможно, она просто хотела поговорить, обсудить то, что произошло с ними в городе, или посоветоваться насчет своих явно запутанных отношений с Даниловым и Тёмой, но Филя ничего этого узнать не успел. Прежде чем он о чем-то подумал, взглянув на трогательную пижамку, которая торчала из-под длинного вязаного кардигана, тело его вскочило с кровати, развернуло опешившую Риту на сто восемьдесят градусов и вытолкнуло ее из комнаты.

Стоя у закрытой двери и прислушиваясь к тому, что за ней происходит, Филя подивился реакции своего оказавшегося таким вдруг активным туловища, но возвращать Риту не стал. Он подождал, когда за дверью стихнет ее гневное сопение, и лишь после этого выглянул в коридор.

В доме, очевидно, все уже спали. Свет горел только на первом этаже. Впрочем, это был даже не свет, а его тусклые остатки. Филя натянул брюки и полуголый вышел из комнаты. Постояв на лестнице, он прислушался — в доме царила абсолютная тишина. В батареях и трубах отопления время от времени что-то пощелкивало, но живых, органических звуков Филя не уловил. Всё, что могло думать, злиться, смешить, ненавидеть, пугать, радовать и, главное, разочаровывать, — всё это притихло и спряталось по своим углам.

Филя, осторожно ступая, спустился по лестнице и вошел в гостиную, освещенную только оранжевой спиралью обогревателя. Ковер у дивана по-прежнему был усеян стеклом. Осколки горели и переливались оранжевыми бликами, из-за которых ковер будто расцвел странными живыми цветами. Над этим внезапным великолепием в полутьме дивана лежал покалеченный Филей и Ритой пес. Почуяв присутствие человека, он открыл заблестевший оранжевым глаз, но головы не поднял. Подобно самостоятельному существу этот глаз жил своей жизнью и двигался, следуя за Филиными перемещениями по ковру. Обуться тот не успел, поэтому старался не наступить босыми ногами на сверкающие осколки. В гостиной было заметно прохладней, чем наверху, и по голой филипповской спине уже бежали мурашки.

Подняться в темноте по лестнице с тяжелым псом на руках оказалось непросто. Пару раз Филя запнулся и едва не потерял равновесие, больно ударившись большим пальцем сначала правой, а затем левой ноги о высокую ступеньку. Пес эти сотрясения, очевидно, тоже воспринимал довольно болезненно и оба раза прихватывал Филю зубами за голое плечо, не очень сильно сжимая при этом челюсти, но все же давая понять, что больше так делать не надо.

У шкафа, рядом с которым Филя положил пса в своей комнате, было теплее всего. Чтобы выяснить это, он минуту, наверное, ходил из угла в угол с ним на руках, и в итоге босые ступни подсказали, где будет лучше. Оказавшись наконец на полу, пес громко зевнул, фыркнул и закрыл глаза. Переезд в теплую комнату утомил его.

Проснувшись через пару часов от звуков странной возни, Филя увидел в темноте чей-то силуэт, сидящий на корточках перед псом. Кроме демона пустоты, запропастившегося вчера куда-то на целый день, сидеть посреди ночи у него в комнате вот так вот на корточках было некому.

— Отошел от собаки, — перехваченным спросонья голосом потребовал Филя. — Она мне нужна.

Силуэт обернулся и заговорил Тёминым голосом:

— Лучше бы вы меня вместо нее сбили.

— Тёма? — Филя приподнялся в кровати. — Ты чего? Лунатишь?

— Данилов сказал, что Рита с ним переспала.

Филя глубоко вздохнул и уселся на постели.

— Слушай, давай завтра, — сказал он после долгой паузы. — У меня дело одно очень важное... Надо выспаться. Хочешь, утром поедем со мной?

— Хочу.

— Вот и договорились.

Они помолчали еще немного.

— А можно я собаку к себе унесу?

— Нет.

Во второй раз Филя проснулся от выстрелов за окном. Вынырнув судорожно из сна, задохнувшись и хватая что-то перед собой руками, он успел испугаться, но тут же решил, что выстрелы ему приснились. В следующее мгновение прямо под окном бабахнул еще один.

Филя притаился под одеялом и на время перестал дышать. Никаких звуков с улицы больше не доносилось. Он ждал минут десять, думая, что надо, наверное, встать и выглянуть из окна, однако потом незаметно уснул. Больше до самого утра его ничего не беспокоило.

— А кто стрелял ночью? — спросил он, спустившись в гостиную, где в половине восьмого уже собрались все обитатели дома.

— Это мои люди были, — ответил Данилов, на секунду повернув голову от телевизора. — Мародеров отпугивали.

Филя обвел взглядом собравшихся в большой комнате. Все напряженно слушали новости о положении в городе.

— Работает вещание, — сказал Филя. — Значит, не так всё страшно.

На его слова никто не ответил. Только Тёма посмотрел в его сторону. Диктор начала зачитывать сводку погоды.

— По всей территории республики температура значительно ниже нормы. В Анабарском, Булунском и Верхоянском улусах до минус пятидесяти. В столице республики — минус сорок четыре...

— Господи, мы как в романе Агаты Кристи, — всхлипнула Зина.

— Перестань, — тут же откликнулся Павлик. — Агата Кристи писала исключительно в жанре детектива, тогда как наша ситуация — это скорее роман-катастрофа. Если быть абсолютно точным, у нее имеется шесть недетективных романов, но они были написаны под псевдонимом «Мэри Уэстмакотт», поэтому, технически говоря...

— Павлик, не надо больше, я умоляю, — взвился голос его жены. — Ты ведь понимаешь, о чем я. Мы отрезаны от мира, вокруг уже начались убийства, нам отсюда не выбраться...

Чтобы не слушать дальше весь этот бред, Филя едва заметно кивнул Тёме и покрутил руками невидимый автомобильный руль. Тот сразу поднялся с места. Однако перед тем как выйти из комнаты, он обернулся и посмотрел на Риту. Она не ответила на его взгляд.

— Почему так тяжело жить? — спросил Тёма, когда они уже прилично отъехали от дома и минут десять промолчали, глядя в густой и темный предрассветный туман.

— Не знаю, — ответил Филя. — Это не я придумал.

— А потом... Будет легче?

— Не факт.

В списке автовладельцев, который он забрал у следователя, только два человека были прописаны в городе. Первым шел Павлик. Адрес второго Филе был хорошо знаком. Этот дом находился рядом с театром, где он когда-то работал пожарным. Выпрыгнув из машины и глядя на расплывчатые в тумане колонны парадного входа, он подумал, что круг замкнулся. Или вот-вот замкнется. Его дистанция подходила к концу.

На площади перед театром толпился народ. Несмотря на раннее время, здесь было человек сорок или пятьдесят. Они подпрыгивали у огромных костров, разведенных рядом с высокой театральной лестницей, обступали два бортовых «КамАЗа», доверху набитых дровами, клубились паром и были заняты чем-то важным. Искрилась и шипела сварка, грохотали удары по металлу. Туман превращал эту картину в призрачное и вполне инфернальное действо, но Филя больше не думал про чертей. Теперь у него была настоящая и всеобъемлющая задача.

— Пойдем, чего встал, — толкнул он в плечо Тёму, который застыл рядом с машиной, позабыв застегнуть свой пуховик.

— Что они делают?

— Не знаю. Куртку застегни, заболеешь.

— Мне все равно.

Филя узнал это безразличие. И даже не безразличие, а желание перевести душевную боль в область физического, сделать свое страдание ощутимым телесно. Наивное желание. Гнев, растерянность, чувство, что тебя предали, не имеют физического аналога. Если бы он был, по улицам ползали бы одни инвалиды.

Одна из расплывчатых теней у «КамАЗов» склонилась, что-то подобрала и швырнула в их сторону. В борт «Лэнд Крузера» с глухим стуком прилетел увесистый кусок льда. Осколки брызнули в разные стороны и ощутимо посекли сзади Филину шею, там где ее не закрывала шапка.

Тёма поднял такой же кусок и размахнулся.

— Не вздумай, — сказал Филя.

Те, что толпились у грузовиков, уже почти все смотрели в их сторону. И хотя лиц в тумане не было видно, Филя знал, что на них написано.

— Не надо, — негромко сказал он. — Будешь один, делай что хочешь. А здесь нам обоим башку оторвут... Тёма, у меня очень важное дело.

Тёма опустил руку и выронил кусок льда.

— Молодец... Я тебе на досуге расскажу о других способах самоубийства. Есть менее болезненные, поверь.

Едва они вошли в подъезд и за спиной у них гулко хлопнула обросшая гигантской бородой инея скрипучая дверь, в кармане у Тёмы ожил телефон.

— О, значит и связь уже есть, — сказал Филя. — Налаживается жизнь.

Тёма вынул мобильник, посмотрел на дисплей, а затем убрал телефон обратно.

— Рита, — пояснил он.

— Ага... То есть вот до такого уже дошло?

— Просто не хочу с ней говорить.

Они прошли один лестничный пролет, и телефон в кармане у Тёмы снова курлыкнул.

— Эсэмэску-то можно и прочитать, — толкнул его локтем Филя. — Старался человек, набирал, между прочим.

Тёма остановился на площадке между этажами и уставился воспаленным взглядом ему в лицо. Видно было, что ночь эту он совсем не спал.

— Чего смотришь? Проверь, говорю. Может, все объяснится... Может, наврал тебе этот Данилов.

Тёма вынул телефон, пощелкал кнопками и на несколько секунд замер, склонив голову к мертвенному свечению экрана. Пар, который срывался с его губ и до этого горячо и нервно клубился, прежде чем раствориться в неподвижном холодном воздухе, теперь застыл на месте, не поднимаясь к мохнатому от инея потолку. На какое-то время в этом заиндевевшем пространстве всё остановилось. Вообще всё.

— Это вам сообщение, — сказал наконец Тёма. — От какой-то Анны Рудольфовны звонили. Просили передать, чтобы вы заехали вот по этому адресу.

Он вытянул руку и показал текст на экране.

— Улица Ярославского, — прочитал Филя. — Это же где-то рядом?

— Соседняя, кажется. Параллельно проспекту идет.

Филя посмотрел ему в глаза, чтобы понять, насколько тот обескуражен. Тёма с мрачным безразличием смотрел на него в ответ. Взгляд его не отражал ничего, что ожидал увидеть в нем Филя, — ни гнева, ни боли, ни растерянности, ни жалости к себе. На Филю смотрела гнетущая пустота, и на мгновение ему даже показалось, что вместо Тёмы перед ним стоит его старый, любивший поглумиться над ним приятель.

— Вы чего? — спросил Тёма, глядя, как Филя начал вдруг трясти головой.

— Нормально всё. Пошли дальше.

Но всё было уже далеко не нормально. Филя соврал юноше в отчаянной попытке хотя бы так защитить себя, однако пустота, открывшаяся ему в Тёмином взгляде, уже хлынула, уже проникла в него, и устоять перед ней у него не было никаких шансов. Тяжелое безразличие человека, у которого внезапно отняли то, чем он жил, засасывало его подобно жадной чавкающей трясине, сдавливало грудную клетку, с хрустом ломало в ней все, что можно было сломать, и он беспомощно проваливался в него, в это безразличие, глядя на окружающий мир уже глазами раздавленного Тёмы. Филя как будто вновь оказался в своем ненавистном прошлом и ощутил знакомую леденящую глухоту. Сквозь нее с трудом проходили не только звуки, но вообще всё, что представляет собою жизнь. Эта глухота была вязкая, как местный туман, как холод. Бескрайняя, как зима.

Теперь Филя знал, что мальчик не врал ему этой ночью. Тёма на самом деле жалел, что они с Ритой сбили собаку, а не его. Он и вправду не хотел жить. Откуда в мальчишке выскочил такой градус и как он за одну ночь успел уйти на такой фальцет — это было не совсем понятно. Однако факт оставался фактом — Тёма сорвался и летел в пропасть, хотя еще два дня назад выглядел абсолютно нормальным. При первой встрече с ним Филя ни за что бы не угадал этой почти забытой, но все же такой родной ненависти к миру. Многое меняется в мироощущении мальчиков, когда они узнают, что их девочки спят с другими.

* * *

Дверь им открыл неприятный суетливый человечек, принявший их, очевидно за тех, кого он ждал, и потому впустивший без всяких расспросов. Человечком он был не по внешним своим габаритам, а по внутренней суете. При росте значительно выше среднего и довольно плотной комплекции он бесконечно и мелко что-то внутри себя перебирал, перекладывал с места на место, не знал, за что взяться, и потому хватался сразу за всё. Пока он вел своих ранних гостей на кухню, кузнечиком перепрыгивая через коробки, которые загромоздили всю прихожую и коридор между комнатами, он успел сообщить им, что это не весь товар, что у него на рынке свои азербайджанцы, что фруктов будет намного больше и что со второй теплой машиной он уже практически вопрос решил. Вполуха слушая его бормотание, Филя понял, почему эта квартира благоухала мандаринами. Человечек скупал по дешевке у городских торгашей все, что могло помернуть на их не отапливаемых теперь складах, и срочно переправлял этот нежный товар в улусы, где цены падать не собирались. Навар, судя по всему, обещал быть большим, поэтому человечек искренне радовался городской аварии.

— А тех-то умельцев на площади видели перед театром? — быстро говорил он. — Вот это ребята сообразили, вот это респект. Прямо на месте буржуйки из листов железа клепают и тут же продают вместе с дровами. Народ валом к ним валит. Торгуют уже второй день. И рубли берут, и валюту. Даже украшения золотые — как договоришься. Красавчики, чего тут сказать.

В его голосе было столько искреннего восхищения и одновременно зависти, что Филя не удержался и пнул одну из коробок с мандаринами, через которые до этого он вежливо переступал.

На кухне Тёма сразу скрючился на табурете в углу и затих, однако Филя все время чувствовал его. Между ними протянулась невидимая, но очень прочная пуповина. Через пуповину пульсировала беда.

— Тепло у тебя, — сказал Филя торговому жучку, суетливо убиравшему со стола неаппетитно выглядевшие остатки ужина.

— Ага, — с готовностью кивнул тот. — Вчера жуткий дубак был, но я ночью тут напоил кое-кого из местной котельной, она автономно от основной магистрали тепло дает, подгон сделал — пообещали наш дом больше не отключать. Аварийку на нас перевели.

— Аварийку?

— Ну да. Аварийный ресурс. Для детских садов держат и для больницы. Надо по квартирам пройти, собрать с народа копеечку.

— Шакалишь?

— Зачем? — легко улыбнулся жучок. — Я ведь о людях заботился. Один за весь дом заплатил. Надо вернуть хоть сколько-то.

— О мандаринах своих ты заботился, — негромко сказал Тёма, глядя в пол перед собой.

Его лицо к этому моменту переменилось, как будто он нашел какое-то трудное, но очень важное для себя решение, и теперь по нему блуждала странная полуулыбка. Не отрывая застывшего взгляда от невидимой точки на грязном полу и явно не отдавая себе в этом отчета, он снимал и надевал широкое серебряное кольцо, которое украшало большой палец его левой руки. Филя кольца раньше не замечал, но сейчас вкупе со странной улыбкой этот бесконечно повторяющийся жест производил зловещее впечатление.

— Ты позавчера сам на ту сторону ездил? — спросил наконец Филя торгового жучка. — Или давал машину кому-нибудь?

— Сам, — ответил тот, вынимая из шкафа под окном замерзшую в дерево рыбину. — Строганину будете?

— Нет.

— Погоди, а ты откуда знаешь, что я за реку ездил?

Жучок уже упер огромную рыбину хвостом в стол, приготовившись ее строгать, но замер с ножом в руке и вопросительно смотрел на Филю. Нож у него был хороший, охотничий, с костяной рукояткой.

— Неважно. Ты по дороге машину заглохшую видел? Рядом с островом?

— Ну, видел. А при чем здесь...

— Помолчи. Просто отвечай на вопросы.

— Вы чего, не за фруктами? — догадался жучила. — Вы кто, ребята? Эсэмэску не вы прислали?

— Не мы.

На сообщение о погибших людях он отреагировал так, словно его это не касалось. Лишь на мгновение перестав строгать свою рыбу, он слегка нахмурился, а потом возобновил плавные и уверенные движения, которые совершенно не совпадали с его предыдущей внутренней суетой. Тревожная новость как будто остановила его, он весь подобрался, перестал суетиться и приготовился к защите. Филя следил за тем, как тонкие розовые пласты с янтарными прожилками заворачиваются в колечки, выходя из-под острого якутского ножа, и слушал холодное, абсолютно спокойное объяснение хозяина квартиры. Тот уверял, что ни ему самому, ни Филе, ни кому бы то ни было еще за этот случай отвечать не придется.

— Максимум — штраф или общественные работы. Но даже этого, скорее всего, не будет. Чтобы нас обвинить, им доказать надо, что мы по закону обязаны были заботиться о безопасности потерпевших, то есть были их опекунами, ну или создали причину опасной ситуации.

— Ты откуда все это знаешь? — спросил Филя.

— На юридическом учился. С третьего курса выперли. Так что, земеля, не заморачивайся. А следаку своему скажи, чтобы он шел лесом... Точно строганину не будете? У меня водочка есть. Заодно усопших помянем.

Он подмигнул Филе, и тот едва не кивнул. Кивнуть было бы так легко, естественно и приятно, что Филя почти сделал это, но потом вспомнил Анну Рудольфовну, упавшую рядом с автобусом, ее распахнутый в безмолвном крике рот и олигофрена, тыкавшего сигаретой в ее лицо.

— А ты почему не остановился? Сам почему мимо проехал?

— Я? — хозяин квартиры и мандаринов пожал плечами. — Загружен был «уазик» под завязку — сникерсы там, лимонад разный, жевачка. Некуда было мне их садить. На голову себе, что ли? Даже в кабине все битком. И торопился я дико — товар надо было сбросить в улусе. В городе тут уже началось, а у меня в Нижнем Бестяхе у дружбана одного на складе целая партия обогревателей с прошлого лета. Надо было сюда их махом везти. Они в тот же вечер как пирожки разлетелись.

— А пацан?

— Что пацан? — хозяин квартиры непонимающе уставился на Филю.

— Пацан куда делся?

— Я-то откуда знаю? Не видел я никакого пацана. Может, и не было его с ними в машине.

— Был. Они втроем из города выехали.

— Точняк? Ты уверен?

— Да, — тяжело вздохнул Филя. — Уверен.

— Ну, я не знаю, братан, — сдался торговец. — Забрал кто-нибудь... Только, знаешь, чего скажу... Бумажка твоя с номерами не катит. Не найдешь ты так пацана.

— Почему?

— Потому что записывали они только тех, кто не остановился — таких, как мы с тобой. А раз мимо проехали — откуда нам знать, был там пацан или нет? Никто тебе ничего толком не скажет. Смотри — по репе еще надают.

Филя понял, что этот непотопляемый человечек прав, и ничего не ответил. Он так вдохновлен был вчера и еще сегодня утром тем, что сделает большой и важный поступок, он до такой степени поверил в свой шанс и в новый смысл, который вдруг появился у него в жизни, что теперь ему стало невыносимо горько. Филя слушал, как продолжает балагурить хозяин квартиры, отрицательно мотал головой на его предложения выпить, злился на то, что с этого торгаша все было как с гуся вода, но не мог при этом избавиться от стойкого и неприятного ощущения, что узнаёт в этом человечке самого себя. Вся эта его игривость по отношению к жизни, его словечки, легкий и даже обаятельный цинизм, его непотопляемость, а самое главное — соблазн тут же забыть обо всем, были не просто знакомы Филе. Он сознательно вырастил эти свойства в себе, потратив на их выращивание годы, однако сейчас в этой благоухающей мандаринами кухне едва сдерживал приступы отвращения.

— Да не бери в голову, — продолжал наседать на него ставший вновь суетливым торговый жучок. — Бери в рот! Ха-ха-ха! Давай лучше выпьем. Строганинку макай вот сюда. Смотри, у меня со вчера какое макалово осталось. Аж слюнки бегут... Ну, мало ли чего не бывает? Эй! Хорош тоску нагонять. Не хочешь?.. Ну, я один. Давайте, ребятки. Дай бог, не последняя...

Несмотря на всю ту броню, которой он успел защитить себя, Филя, тем не менее, был ему нужен. Этот человек изо всех сил втягивал его в свою орбиту, старался разделить с ним то, что произошло, как будто забыл или все же боялся признать, что оно и без того уже навсегда разделено между ними. Так и не добившись от Фили желаемой реакции, он переключился на молчаливо сидевшего в своем углу Тёму. Тот морщился на его развязное поведение, но по-прежнему не отвечал.

— Чего такой кислый? — наконец воскликнул хозяин квартиры. — Голова, что ли, болит? Сейчас махом поправим.

Тёма в очередной раз оттолкнул от себя рюмку, однако хозяин стремительным движением переметнулся на его сторону стола и схватил юношу за голову.

— Эй, отпусти его, — успел проговорить Филя.

— Нет, нет, я умею! Всем так снимаю головную боль.

В следующую секунду суетливый торговец обогревателями и фруктами сдавил голову Тёмы подобно тому, как могучие покупатели на рынке сдавливают на пробу арбуз, дожидаясь, когда он хрустнет. От неожиданности и резкой боли Тёма вскрикнул, сильно толкнул торговца, и тот отлетел назад. Запнувшись о полураскрытую коробку с мандаринами, он рухнул на пол и звучно стукнул своей суетливой головой в половицы.

— А если он сейчас там умрет? — спросил Тёма, когда Филя вытащил его из подъезда.

— Ничего с ним не будет... Сам к тому же полез.

Правый бок их машины зиял длинной, глубоко прочерченной бороздой. На снегу рядом с дверцей валялся кусок арматуры. У заднего бампера копошились двое в армейских бушлатах.

Тёма подхватил арматуру и ринулся на этих двоих, но Филя успел затолкать его в машину.

— Не дергайся, — прошипел он, прижимая Тёму к сиденью. — Затихни... Я все разрулю.

* * *

Подъехав к дому, адрес которого был указан в эсэмэске от Риты, и разглядев его номер сквозь немного поредевший к этому времени туман, Филя повернулся к Тёме. Тот мрачно смотрел в пространство прямо перед собой.

— Знаешь, ты лучше тут пока посиди... А то опять кого-нибудь толкнешь ненароком.

— Скажите, — вздохнул тяжело Тёма. — А что человек чувствует, когда он кого-то убил?

Филя хмыкнул:

— Да не убил ты его, успокойся. Я даже крови почти не увидел... Так, самую малость.

— Я не про себя говорю.

— А про кого?

— Про вас.

Тёма наконец повернул голову и посмотрел Филе в глаза. Тот помолчал секунду, затем открыл дверцу и, перед тем как выпрыгнуть из машины, выдохнул вместе с клубами вскипевшего на губах пара:

— Ты у родителей лучше своих спроси. За рулем-то не я сидел.

На четвертый этаж он поднялся очень быстро. По дороге сюда Филя успел убедить себя, что у Анны Рудольфовны появились какие-то новости насчет ее пропавшего внука, и новости эти обязательно должны быть хорошими, потому что в противном случае она бы не стала искать его через Данилова и через Риту. Кому надо делиться дурными вестями? Скорее всего, она хотела сообщить о чем-то хорошем.

Войдя в квартиру, дверь в которую ему открыла небольшая девочка в мутоновой шубе, он тяжело и громко дышал. Позавчерашнее похмелье еще взимало с него свою дань. Изо рта у Фили заметно шел пар. Температура в квартире была явно ниже десяти градусов.

— Здравствуйте, — поднялась ему навстречу из-за стола смутно знакомая женщина в норковой шубе. — Меня зовут Лариса Игнатьевна. Нам Анна Рудольфовна подсказала, как вас найти. Мы вас ждем.

В комнате было еще три человека — мужчина и две женщины. Все в верхней одежде и в меховых шапках. Филя перевел взгляд с них на говорившую с ним Ларису Игнатьевну и узнал в ней ту самую заведующую психиатрическим отделением, с которой Анна Рудольфовна спорила по поводу отправки больных за реку в сельский стационар.

— А где Анна Рудольфовна? — совершенно не понимая, что происходит, спросил он.

— Она... Видимо, у себя.

— У себя? В каком смысле? Разве это не ее квартира?

— Нет-нет, — затараторила Лариса Игнатьевна. — Я вас искала от ее имени, потому что вы — фонд.

Фонд? — Филя понимал все меньше и меньше. — Какой фонд?

Он уставился на женщину в норковой шубе. Кто-то из знакомых врачей однажды сказал ему, что психиатры, бывает, сами сходят с ума, и на секунду он допустил такую возможность. Сложившиеся в городе обстоятельства вполне могли подтолкнуть к развитию дремлющие в этой темноволосой голове странные и непредсказуемые процессы.

— Благотворительный фонд, — сказала женщина в шубе, выдержав его долгий взгляд. — Вы же сами привезли Анне Рудольфовне деньги. Двести тысяч рублей на организацию похорон.

— Ах... Вы об этом, — выдохнул Филя, опускаясь на стул и зачем-то хлопая себя по карманам.

Ему как будто понадобилось что-то вдруг в них найти, но что именно — он пока не придумал.

Нет, она не была сумасшедшей. Эта женщина знала, чего она хочет.

— Многие известные люди занимаются благотворительностью, — понимающим и даже почему-то оправдывающим тоном продолжала она. — Вот и вы тоже, значит, решили... Тем более наш город для вас не чужой. А у нас такая беда. Вы очень оперативно сработали. Прямо как знали, что такая беда грянет.

— Я не знал, — быстро сказал Филя.

— Конечно, конечно. Но все равно, очень здорово. Хорошее дело.

Она вдруг протянула ему руку, как это делают чиновники и официальные лица, и он автоматически протянул ей свою в ответ. Лариса Игнатьевна вцепилась в его ладонь, энергично встряхнула ее, словно поздравляя, и от неловкости очень неестественно рассмеялась.

Филя зачем-то глупо улыбался ей в ответ, не зная, как разорвать эту нелепую сцену, а откуда-то сзади, из-за спины уже выплывали налитые надеждой и страхом темные глаза мужчины, сидевшего до этого на диване. Бормоча что-то, он совал Филе медицинские документы, из кипы которых на пол начали падать снимки УЗИ и кардиограммы. Лариса Игнатьевна, не выпуская Филиной руки, стала присаживаться, чтобы поднять их, и Филя тоже невольно согнул ноги в коленях.

Из бормотания мужчины и отрывистых пояснений Ларисы Игнатьевны, пока они все втроем собирали разлетевшиеся бумаги, не сразу, но все-таки стало понятно, что мужчина женат на ее двоюродной сестре, которая по-прежнему молча сидела на диване, что его мать позавчера оперировали, и что во время операции по причине общей аварии в городе произошло отключение электричества. Женщина в итоге не умерла, но что-то в ней очень сильно испортили, и теперь ее надо было везти на материк, и лечить, и заново резать, и все это очень дорого.

Мужчина повторял немного странное теперь для Филиного уха слово «материк», как будто они все тут были на острове, тянул его за рукав, но тот уже невольно переключался на третью женщину. Решив, очевидно, что может упустить свой шанс, она поднялась на ноги и, прижимая руки к груди, торопливо объясняла Филе из дальнего угла комнаты свою тяжелую ситуацию. Мужчина перебивал ее, она повышала голос, Лариса Игнатьевна перекрикивала обоих, объясняя, что это ее подруга, что мародеры сожгли ее дачу, и ей нужна хоть какая-то компенсация. Потом, как будто сорвавшись, Лариса Игнатьевна закричала стоявшей у двери девочке в мутоновой шубе, чтобы та бежала к соседке и сообщила, что *он пришел.*

Эти напуганные всем происходящим люди, которые, очевидно, находились в последней степени отчаяния, но при этом с такой силой с таким ожесточением превозмогали свое стеснение и неловкость, что их сносило куда-то в незнакомую страну и они готовы были вести себя хуже самого развязного хама, — эти беспомощные люди нисколько не напрягали Филю своими просьбами о деньгах. По-настоящему он был разочарован только в одном, из этого неожиданно обрушившегося на него бедлама со всей ледяной очевидностью вытекало только одно — ребенок пока так и не отыскался, и он совершенно напрасно спешил сюда.

— Да, да, я — фонд, — говорил он, вынимая из карманов деньги. — Фонд... Самый настоящий... Надежный... Вот здесь...

Он положил на стол все, что у него при себе было — все что осталось после разговора с людьми в армейских бушлатах рядом с театром. Чтобы не быть больше похожим на человечка, торгующего мандаринами, не чувствовать себя одною с ним крови, Филя готов был отдать гораздо больше, но больше у него ничего не было.

— Семнадцать тысяч пятьсот? — обернулась к нему Лариса Игнатьевна, пересчитав деньги. — У нас один билет до Москвы стоит больше тридцати тысяч.

Когда Филя запрыгнул в машину, Тёмы внутри не оказалось. Он обернулся, решив, что юноша прилег на заднем сиденье, но и там никого не было.

— Да чтоб тебя! — чертыхнулся Филя.

Уехать без Тёмы он, разумеется, не мог, хотя теперь очень спешил. Он понимал, что ничего хорошего это исчезновение, скорее всего, не сулит.

В тумане Тёма нашёлся не сразу. Он сидел на детской площадке, забравшись на горку, съёжившись и прижимая ладони к ушам. Его пуховик и лохматая шапка валялись на снегу рядом с лесенкой.

— Как ты меня достал! — рявкнул Филя, стягивая его вниз.

Тёма уцепился за перильца, как будто его тащили в бездонный омут, замычал, задёргался, и вся хлипкая конструкция накренилась, грозя рухнуть на стоявшего под ней Филю.

— Ты кто?! Космонавт? — невпопад говорил Филя. — В открытый космос, блин, захотел?! Я тебе покажу космос! Иди сюда... Я кому говорю... Отцепил руки!

Пока он волок изо всех сил отбивавшегося Тёму к машине, тот успел два раза его укусить. Первый укус пришёлся в толстый рукав пуховика на плече, и всё, что Филя заметил, было лишь лёгким шуршанием Тёминых зубов по толстой прорезиненной ткани. Однако во второй раз юноша отчаянно изогнулся у Фили в руках и смог дотянуться до его лица. Укус пришёлся в правую щёку.

Филя взвыл от неожиданной боли и стукнул Тёму головой о капот. От удара тот на мгновение перестал извиваться. Забросив его на заднее сиденье, Филя побежал за оставленными на снегу вещами, а когда вернулся, Тёма уже сидел вертикально, подвывая и сотрясаясь всем телом, как будто был подключён к высоковольтной линии электропередачи.

— На! — заорал Филя, швыряя в него курткой и шапкой, а затем с грохотом захлопнул дверь.

В машине он повернул к себе зеркальце. След от укуса отчётливо просматривался на обмороженной правой щеке.

— Дебил!

Филя посмотрел в зеркало на Тёму, который так и сидел истуканом с курткой на голове.

— Я тебе сейчас устрою...

Выпрыгнув из машины, он снова распахнул заднюю дверцу и рывком вытащил Тёму наружу. Тот уже не сопротивлялся. Куртка упала на снег, но Филя не обратил на неё внимания.

— Веди! — заорал он, заталкивая Тёму за руль. — Ты поведёшь!

— Я н-н-не м-м-могу... — промычал тот.

— Можешь, урод! Вези нас! Людям помощь нужна!

Филя хлопнул дверцей, на секунду остановился у бампера, поймал Тёмин безумный взгляд через лобовое стекло, показал ему кулак, обогнул внедорожник и ввалился на пассажирское сиденье.

— Трогай, дебил!

Машина тяжело захрустела примёрзшими к снегу колёсами и покатилась прочь из двора. Куртка так и осталась лежать на проезжей части.

* * *

Ни в первом, ни во втором банке, в который они заехали, денег снять Филе не удалось. Банкоматы в обоих учреждениях не работали, а стойки операторов осаждали такие жуткие толпы, что даже втиснуться в помещение удавалось ему с большим трудом. Третий банк вообще был закрыт, однако собравшийся рядом народ сообщил, что вот-вот обещают начать работу. Беспокойно переминавшуюся и подпрыгивающую на месте толпу накрывало гигантское облако выдыхаемого всеми этими людьми совместного пара, и Филя почему-то решил, что в этом облаке будет теплей. Ждать в машине было нельзя. Таких из очереди немедленно изгоняли.

Оглянувшись на внедорожник и удостоверившись, что Тёма смирно сидит за рулем, Филя нырнул в гудящее от разговоров облако, где тут же наткнулся на пронзительный, вытянутый в хрустальную струну голос.

— Не надо так со мной разговаривать! — убеждала кого-то девушка в грязно-сером пуховике и в песцовой шапке. — Вообще не смей говорить со мной. Ты ничего не понимаешь. У меня мама умерла. Ее нет. А я — Алена Фролова! Я есть! Есть! Тебе ясно?!

Она продолжала настаивать на том, что она существует, упрямо повторяя свое имя, а Филя проталкивался все дальше, пока его не остановил чей-то крик:

— Эй, люди, вы офигели! Парень раздетый совсем! Отправьте его в машину!

Филя вытянул шею, повертел головой, однако из-за спин и лохматых шапок разглядеть ничего не сумел, поэтому в итоге крутнулся на месте и двинул в обратную сторону.

— По второму кругу в очередь не вставать! — толкнул его кто-то в плечо, но он не остановился.

— Я не занимал, — бормотал он себе под нос перехваченным от мороза голосом. — Не занимал...

Тёма неподвижно сидел за рулем, хмуро глядя на клубившуюся паром толпу.

— Выходил из машины? — просипел Филя, судорожно захлопнув дверцу.

Вместо ответа юноша указал рукой на людей.

— Для чего им сейчас деньги?

Филя протянул подрагивающие ладони к животворным шторкам автомобильной печки и пожал плечами.

— Улететь, наверно, хотят... Билеты очень дорогие.

— Бараны...

Когда Филя сообщил, что они возвращаются за город к Данилову, Тёма вдруг заартачился. Он хотел остаться в городской квартире. Придумал это себе, очевидно, пока сидел в теплой машине и глазел на толпу. Ни Риту, ни родителей, ни тем более самого Данилова, по его словам, видеть он больше не мог.

— Я лучше один там насмерть замерзну... Мне уже все равно...

Слушая его подрагивающий на грани истерики голос, Филя еще пытался найти в себе хоть каплю сочувствия или интереса к нервозности молодого существа, но потом все же признал, что это скучно, и, ничего не сказав, просто ударил его по лицу.

Удар кулаком пришелся прямо в шевелившийся, без умолку говорящий рот, но поскольку Филя сидел сбоку и к тому же не мог из-за тесноты размахнуться, получилось это довольно криво и скорей удивило Тёму, чем причинило ему хоть какую-то боль.

— Вы совсем уже?! — сказал он после секундной заминки, во время которой осознал, что произошло.

— Еще могу, — ответил Филя. — Хочешь?

По банкам он решил больше не ездить. Наличность гораздо проще было занять у Данилова. К тому же тот имел доступ к администрации города и, следовательно, мог оказать существенную поддержку в поисках пропавшего ребенка. В любом случае это было эффективнее, чем тупо мотаться по городу или за реку, теряя драгоценное время на остальных владельцев машин. Торгаш был прав. Филя теперь и сам знал, что никто из них ничем не поможет.

Едва машина выскочила на загородный тракт, Тёма начал показывать характер. Объезжая неровности дорожного покрытия, он то и дело бросал автомобиль на обочину, где его начинало колотить по глубоким выбоинам в замерзшей земле, как центрифугу в допотопной стиральной машине. Японцы, конечно, строили свой аппарат в расчете на бездорожье, но про обочины якутских дорог они узнать поленились. Филя хватался за ручку над головой, терпеливо подпрыгивал на сиденье, ощущая себя неправильно уложенным ветхим пододеяльником, и до поры до времени сдерживался, позволяя парню хотя бы таким способом высказать свое отношение к несправедливому и жестокому миру.

Впрочем, терпения хватило ненадолго. Стоило внедорожнику чуть сильней и чуть резче уйти вправо, как Филя крепко приложился виском к стеклу. Гулко стукнувшись головой об окошко, он зашипел, чертыхнулся и отвесил Тёме хороший подзатыльник. Тот сначала втянул голову в плечи, как черепаха втягивает ее в панцирь, а затем неожиданно бросил руль, закричал что-то и, развернувшись всем телом к пассажирскому сиденью, начал хаотично тыкать Филю обеими руками, словно тушил внезапно возникший в машине пожар. Делал это он так горячо и так беспорядочно, продолжая при этом неразборчиво что-то кричать, а Филя настолько был застигнут врасплох, что ни тот ни другой не видели выскочившего из тумана и уже наваливающегося на них сзади «КамАЗа».

Оглушительный рев гудка на мгновение парализовал обоих, но уже в следующее мгновение Филя рванул руль на себя, и внедорожник окончательно соскочил с полотна. Машина полетела по полю, Тёма вцепился наконец в руль, однако возвращаться к дороге явно не собирался. Отклоняясь по целине все дальше и дальше от трассы, он правил куда-то в туман, как будто уводил утлое суденышко в открытое море. Машину подбрасывало, Филя хватался за ручку и уже не понимал, в какой стороне берег, вернее, то, что могло здесь играть роль берега, твердой суши, надежной и крепкой земли.

Тёма с искаженным от злобы лицом бормотал что-то себе под нос, утапливая педаль газа все глубже и глубже в пол. Машина неслась в никуда, а Филя с отчаянно бьющимся сердцем, и в то же время оцепенев, смотрел в туман перед собой в ожидании бетонного забора, глухой стены или дерева. В конце концов это оказалась яма.

Машина, как лодочка в распахнувшуюся перед ней зыбкую бездну, нырнула капотом вниз. Филино сердце куда-то уехало. Ремень безопасности, выламывая ключицу, рванул назад изогнувшееся от напряжения тело. Голова, как футбольный мяч после удара по воротам, совершенно самостоятельно полетела куда-то вперед, пока ее не остановила бесконечно вытягивающаяся, но еще не готовая разорваться шея. Филя услышал, как надсадно треснуло в считаных сантиметрах перед его лицом лобовое стекло, и после этого всё исчезло.

* * *

Сознание вернулось к нему через несколько секунд. Возможно, даже в следующее мгновение. Филе показалось, что он еще слышит последние такты работы двигателя. В недрах автомобиля что-то еще ворочалось, невнятно шумело, но потом стукнуло, и воцарилась полная тишина. Она хлынула снаружи в накренившийся внедорожник, подобно темной воде, которая устремляется в пробитый трюм терпящего крушение судна.

Филя решил, что от удара оглох, поэтому удивился, когда услышал свой стон. В такой невесомой удивительной тишине стон прозвучал вульгарно. Противный скрипучий звук на фоне чистейшего безмолвия. Филя поморщился, и в этот момент его догнала жуткая боль.

Он снова застонал и повернул голову. Сломанная ключица не позволила ему увидеть всего Тёму — только странно подогнутое колено и лежавшую на нем без движения правую руку. Все остальное пряталось от Фили там, где была боль.

Замерев на секунду, а потом все же двинувшись навстречу огненному всполоху, он потянулся к юноше, вскрикнул от яростной боли, пробившей ему правое плечо, и схватил Тёму за руку. Тот не шевельнулся. Рука его осталась безжизненной.

Скрипя зубами, постанывая и прерывисто дыша, Филя целую минуту возился с ремнем безопасности, пока наконец его не расстегнул. Это позволило ему дотянуться до ключа в замке зажигания. Он понимал, что двигатель надо немедленно запустить. Иначе температура в салоне скоро станет такой же, как и снаружи. Необходимо было сохранить в машине тепло.

Тёма все еще не приходил в себя, но был жив. Филя видел, что он дышит. С губ юноши срывался едва заметный пар. Судя по этому пару, Филя пробыл без сознания дольше, чем ему показалось. В машине становилось прохладно. Надо было спешить.

Повертев ключ и ничего не добившись, он вспомнил про телефон Тёмы. Пару часов назад тот работал, значит, можно было вызвать кого-нибудь на помощь. Однако в карманах у юноши телефона не оказалось. Филя напрягся и заглянул за сиденье, рассчитывая на то, что Тёма мог уронить мобильник, пока находился сзади, но и там ничего не было.

Он посидел неподвижно, пытаясь сосредоточиться и понять, куда могла деться трубка, а потом, как при свете яркой вспышки, увидел Тёмину куртку, упавшую с его головы на тротуар, когда он вытаскивал парня из машины во дворе Ларисы Игнатьевны. Телефон, скорее всего, остался именно в ней — в этой глупой, никчемной куртке. Не подняв ее там, Филя обрек их обоих на самую печальную участь.

«Узнаешь теперь, что было с теми... — шевельнулось у него в сердце. — Что они чувствовали... Те, кто...»

По какой-то причине он даже про себя никак не мог назвать замерзших в машине людей и поэтому застрял на безликом «те», словно все еще прятался от них, пытаясь укрыться за то, что он их не знал, а раз так, то и людьми они были только в очень общем, абстрактном смысле.

«Примерно, как ты сейчас, — мелькнуло у него в голове. — Абстрактный, никому не нужный чувак, который скоро замерзнет в абстрактной машине».

Мысль о неминуемой смерти вернула ему силы. Филя встрепенулся и левой рукой начал застегивать свою куртку. Надо было идти к трассе. Там ездили люди. Кто-нибудь остановится, и он приведет их сюда.

«Узнаешь теперь...» — снова прозвучало у него в голове, но он отогнал *это*.

Молния на куртке ему никак не давалась, нужна была помощь правой руки, поэтому в конце концов он выпрыгнул на снег, так и не застегнувшись. Холод стальными клещами стиснул ему грудную клетку. Филя, как мог, запахнул куртку и, прижимая болтающиеся полы левой рукой, двинулся в сторону трассы.

Туман к этому времени из густого и темного киселя, каким он был утром, превратился в полупрозрачный рисовый отвар, и Филя мог уже разглядеть сквозь него кое-какие окрестности. За спиной у него оставалась длинная линия невысоких, покрытых жидкой растительностью холмов. Прямо по курсу маячили опоры ЛЭП, в которые Тёме посчастливилось не врезаться, когда они соскочили с трассы. Впрочем, если бы внедорожник ударился в одну из этих опор, Филе сейчас до дороги было бы гораздо ближе. Лишняя сотня метров играла большую роль.

Неловко развернувшись всем телом и посмотрев на брошенный автомобиль, чтобы запомнить его местоположение, он постарался прибавить шаг, но боль от этого стала донимать его сильнее. Через десяток метров он сдался и остаток пути брел как сомнамбула, стараясь не тревожить правую руку. К невероятному холоду в этом безбрежном поле добавилась легкая поземка, выжигавшая и без того обмороженное лицо. Чтобы хоть как-то спрятать его от этого ледяного напалма, Филя шел, сильно опустив голову и прищуривая глаза, а потому не сразу понял, что идет уже по трассе.

Слева от него начал стремительно нарастать звук приближающегося автомобиля. Он поднял голову, и в следующее мгновение за спиной у него с грохотом пролетел огромный армейский грузовик. На Филю обрушился рев сигнала и такой силы обжигающая воздушная волна, что он едва устоял. Если бы не эта машина, он бы наверняка ушел дальше.

Остановившись посреди трассы, он поднял левую руку и слабо помахал ею в надежде на то, что водитель грузовика еще смотрит на него в зеркало. Но тот, видимо, не смотрел. Куртка на Филе распахнулась, и холод, как опытный боец, который терпеливо ждет ошибки противника, пронзил его насквозь одним ударом своих отточенных серебряных когтей.

Минут пятнадцать Филя погибал на пустынной трассе. В какой-то момент у него возникло смутное чувство, что он больше не на Земле. С каждой секундой это чувство крепло, и в конце концов он полностью уверился в нем. Вокруг действительно не осталось ничего человеческого. Даже дорога у него под ногами и размытые в тумане мачты электропередачи были всего лишь реликтами чужой древней цивилизации. Как ни странно, это ничуть не обескуражило его, и даже напротив — уяснив для себя это, он вдруг снова обрел силы, и тягостное отчаяние, не покидавшее его с того момента, как он очнулся в заглохшей машине, наконец отступило.

Теперь ему было все равно. И это ощущение давало ему колоссальную свободу. Он наконец согласился с тем, что он застывает, впадает в анабиоз, останавливается подобно выключенному агрегату.

Единственное, что еще привязывало Филю к покинутой им Земле, находилось в замершем где-то посреди поля и стремительно теряющем тепло внедорожнике. Он туманно вспомнил, что на Тёме не было куртки, и, спотыкаясь, побрел назад. Опоры ЛЭП служили для него ориентиром, однако довольно скоро ему показалось, что он идет не туда. Вернувшись на трассу, он из последних коченеющих сил постоял еще минут пять в надежде, что кто-нибудь проедет, а потом снова двинулся в поле практически наугад. Все живое в нем к этому моменту настолько замерзло, настолько уже перестало быть живым, что ему было глубоко безразлично — верно ли он идет.

Тем не менее через несколько десятков шагов он набрел на отчетливый след колес, оставленных Тёминым внедорожником. Следуя по этой свежей еще колее, он доковылял до машины. С дверцей пришлось повозиться. Даже здоровая левая рука отзывалась с такой задержкой, как будто сигнал до нее шел из соседней галактики. Наконец Филя заполз на пассажирское сиденье. Затем, судорожно подвывая, он содрал с себя куртку и накинул ее на Тёму, который по-прежнему был без сознания, но все же еще дышал.

* * *

Филя вряд ли смог бы сказать, сколько прошло времени между тем, как он забрался в машину, и моментом, когда он услышал снаружи чьи-то шаги. Назойливый скрип снега заставил его приоткрыть глаза. Кто-то в ярко-желтом пуховике стоял у дверцы со стороны водителя и, склонившись к окну, заглядывал в салон.

Филя выпрямился на своем сиденье. Желтый пуховик заметил, что он пошевелился. Поскрипывая снегом, яркое пятно обошло машину, остановилось у пассажирской дверцы и постучало чем-то металлическим по стеклу. Филя повернул голову к окошку. Тот, кто стоял снаружи, показал жестом, чтобы он опустил стекло. Филя послушно нажал на кнопку.

— Приве-е-ет, — улыбаясь, протянул демон пустоты. — Давно ждешь?

— Я не жду, — поморщившись, ответил Филя.

— Ладно, пойдем, дружище.

Демон распахнул дверцу и протянул руку, чтобы Филя оперся на нее.

— Я не могу, — покачал головой тот и кивнул в сторону Тёмы. — Он погибнет.

— Пойдем, пойдем. Его через десять минут спасут.

— А меня?

— А тебя я спасаю.

Пока они уходили куда-то еще дальше от трассы, в сторону бесконечно тянувшейся невысокой гряды холмов, демон без умолку болтал, словно отчитывался за то время, которое отсутствовал. Подсмеиваясь над Филиными приключениями, он заверил его, что за последние два дня тот возился по крайней мере с тремя разными псами, и ни один из них не имел ни малейшего отношения к той бедняге, что сдохла во время его спектакля.

— Ты такой милый, — смеялся над Филей старый проверенный друг.

Между Даниловым и Ритой, как оказалось, тоже ничего не было. Демон пустоты остроумно поиздевался над мнительным Тёмой, а потом над самим Филей за то, что тот совершенно напрасно мотался по городу и в итоге чуть не угробил несчастного парня.

— Я ребенка искал, — пробовал оправдаться Филя.

— Да какого ребенка?! Не было его в той машине. Мальчишку оставили в городе.

— У кого?

— А тебе не все ли равно? Сейчас уже везут к бабушке... А, нет, уже привезли.

Демон продолжал зубоскалить, делясь не самыми чистоплотными подробностями из жизни всех тех людей, которых Филе довелось повстречать в эти три дня в родном городе. Филя мотал головой, закрывал уши, но голос назойливого приятеля проникал через прижатые ладони, и кое-что он все же узнал — про Павлика и про Ингу, про Зину — то, что ему совсем не хотелось про нее знать, про Данилова и даже про своего давнего друга Петра. Впрочем, все это его не удивило. В общих чертах он примерно такие вещи предполагал и ничуть не осуждал никого из своих знакомых. Задело его лишь упоминание о следователе Толике. Выяснилось, что тот никогда с ним про Нину и про его возможную вину в ее смерти не говорил. Толик даже не знал о том трагическом случае.

Филя разгорячился:

— Думаешь, я сам этот разговор придумал? Он постоянно мне намекал.

— Ну, я не знаю, — пожал плечами демон и кивнул куда-то за спину остановившегося перед ним Фили. — Смотри. Узнаёшь?

Тот обернулся и увидел небольшой дачный домик. Свет в окнах уже не горел. Только на веранде остался тусклый голубоватый ночник.

— Иди, — шепнул ему демон. — Теперь можно.

Филя нерешительно поднялся по деревянным ступеням, потянул дверь, и та поддалась. Внутри было тепло. Где-то совсем рядом была Нина. Филя знал, что она в доме. Почувствовал ее еще на крыльце. Она спала в дальней комнате. Он тихо прошел туда, легко ориентируясь в темноте. Остановился рядом с Ниной и долго слушал ее дыхание. Потом вышел из комнаты. На веранде снова остановился и посмотрел вокруг себя. Важно было запомнить, что она видит, в каких предметах она отражается, к чему прикасается чаще всего.

Взгляд упал на печную заслонку. Железяка была до упора утоплена в голубоватую стену. Филиппов открыл дверцу печи и заглянул внутрь. Дрова еще явно не прогорели. На сияющих головешках дрожали синие язычки. Кто-то закрыл трубу намного раньше, чем надо.

Филиппов постоял рядом с печкой, затем вытянул заслонку и вышел из дома, аккуратно прикрыв за собой дверь.

Занавес

Оглавление

Литературно-художественное издание

СЕКРЕТЫ РУССКОЙ ДУШИ
Проза Андрея Геласимова

Геласимов Андрей Валерьевич

ХОЛОД

Ответственный редактор *О. Аминова*
Ведущий редактор *Ю. Качалкина*
Младший редактор *А. Семенова*
Художественный редактор *А. Сауков*
Технический редактор *Г. Романова*
Компьютерная верстка *Е. Коптева*
Корректор *Н. Сикачева*

ООО «Издательство «Эксмо»
123308, Москва, ул. Зорге, д. 1. Тел. 8 (495) 411-68-86, 8 (495) 956-39-21.
Home page: **www.eksmo.ru** E-mail: **info@eksmo.ru**

Өндіруші: «ЭКСМО» АҚБ Баспасы, 123308, Мәскеу, Ресей, Зорге көшесі, 1 үй.
Тел. 8 (495) 411-68-86, 8 (495) 956-39-21
Home page: www.eksmo.ru E-mail: info@eksmo.ru.
Тауар белгісі: «Эксмо»
Қазақстан Республикасында дистрибьютор және өнім бойынша
арыз-талаптарды қабылдаушының
өкілі «РДЦ-Алматы» ЖШС, Алматы қ., Домбровский көш., 3«а», литер Б, офис 1.
Тел.: 8 (727) 2 51 59 89,90,91,92, факс: 8 (727) 251 58 12 вн. 107; E-mail: RDC-Almaty@eksmo.kz
Өнімнің жарамдылық мерзімі шектелмеген.
Сертификация туралы ақпарат сайтта: www.eksmo.ru/certification

Сведения о подтверждении соответствия издания
согласно законодательству РФ о техническом регулировании
можно получить по адресу: http://eksmo.ru/certification/

Өндірген мемлекет: Ресей
Сертификация қарастырылмаған

Подписано в печать 29.01.2015. Формат 80х100¹/₃₂.
Гарнитура «Балтика». Печать офсетная. Усл. печ. л. 16,3.
Тираж 10 000 экз. Заказ 5348.

Отпечатано с электронных носителей издательства.
ОАО "Тверской полиграфический комбинат". 170024, г. Тверь, пр-т Ленина, 5.
Телефон: (4822) 44-52-03, 44-50-34, Телефон/факс: (4822)44-42-15
Home page - www.tverpk.ru Электронная почта (E-mail) - sales@tverpk.ru

ISBN 978-5-699-78236-9

Дорогой читатель!

Если Вы приобрели эту книгу, значит,
Вы любите хорошее, серьезное чтение.

Но:

практически любое достойное литературное произведение (будь то роман, повесть или рассказы) сначала печатается в одном из литературно-художественных журналов и лишь затем публикуется отдельной книгой в издательстве. Публикация в журнале всегда была и остается своего рода знаком качества, свидетельством высокого уровня художественного текста. Именно на эти публикации ориентируются в первую очередь издательства, выпускающие серьезную литературу, жюри и оргкомитеты различных литературных премий.

А значит:

подписка
на старейший литературно-художественный
журнал «Октябрь»
вам позволит:

• первыми насладиться новыми произведениями лучших современных писателей;
• постоянно быть в курсе значимых событий литературной жизни;
• стать незримыми участниками дискуссий и полемик по самым разным актуальным проблемам современной жизни и культуры;
• узнать о наиболее интересных книжных новинках;
• и еще многое-многое другое...

А главное — «Октябрь» гарантирует вам умное, полезное и всегда интересное чтение!

Подписные индексы журнала
по объединенным каталогам «Пресса России»
и «Почта России»: **23111 и 73293**.
Индекс годовой подписки: **46001**